HANS ERNST

WO DIE ALPENROSEN BLÜHN

HANS ERNST

Wo die Alpenrosen blühn

Roman

[redacted]

TITANIA-VERLAG STUTTGART

[redacted]

Verlags-Nr. 9387
ISBN 3 7996 9387 4

Printed in Germany
Druck und Einband:
Wilhelm Röck, Weinsberg (Württ.)
Buchdruckerei – Großbuchbinderei

Lautlose Stille im dunklen Hochwald. Nur leises Raunen und Wispern in den Zweigen. Wenn der Wind die Äste auseinanderbog, fluteten breite Sonnenbänder in den kühlen Schatten hinein, der zwischen den vielhundertjährigen Stämmen lag.

Kein Wölkchen am tiefblauen Maienhimmel, kein Laut im weiten Raum — die richtige Sonntagsruhe.

Nahe dem Waldrand schoß rauschend ein Bergwasser vorbei, im Volksmund der Kupferbach genannt.

Es war Ende Mai, und an den Bergen haftete kein Schnee mehr, der Hochwassergefahr hätte befürchten lassen. Diese war vorüber. Schon Mitte April hatten sich die Wildwasser über Felder und Wiesen ergossen. Drei Tage hatte dieses donnernde Tosen gedauert, dann war das Wasser in seine aufgewühlten, zerrissenen Ufer zurückgetreten.

An dem neugezimmerten Brückengeländer lehnte ein junger Bursche und sah sinnend in die dahinflutenden Wellen, aus denen ab und zu eine Forelle aufsprang und blitzschnell, als könnte sie das gleißende Sonnenlicht nicht vertragen, wieder untertauchte.

Jetzt reckte der junge Bursche seine hohe kräftige Gestalt und sah, die Hand über die Augen haltend, über die Wiese auf den Weiler Bürg, der drüben wie ein kleines Paradies auf einer Höhe lag.

Der Weiler Bürg zählte nur vier Höfe, die durch eine Straße von einander getrennt waren, so daß der Erlenhof und der Lahnerhof dem Weber- und dem Leitnerhof gegenüberstanden wie zwei Burgen.

Von einem Hof ragte nur das rote Ziegeldach durch

das Blättergewirr der ihn umsäumenden Erlen, während die anderen Gehöfte frei dastanden, umflutet von der Maiensonne.

Ein stolzes Leuchten ging über die Züge des Träumenden. „Heimat, liebe Heimat!"

Klaus Brückner, der Sohn und künftige Erbe vom Erlenhof, atmete tief.

Er war ein hübscher Bursche, erst neunzehn Jahre, aber groß und schlank gewachsen, mit schönen edlen Gesichtszügen, die noch von reiner Jugend zeugten, aber doch in manchen Linien festen unbeugsamen Willen verrieten. Er war einer, der wenig redete, das Herz aber auf dem rechten Fleck hatte.

Schmuck sah er aus in seiner kleidsamen Hochlandstracht, der kurzen Lederhose mit einem breiten Ledergurt um den Leib. An seiner linken Schulter hing eine hellgraue Lodenjoppe mit grünem Aufschlag und großen Hirschhornknöpfen, und über der von dunklen Locken umrahmten Stirn saß der weitrandige dunkelgrüne Hut, auf dem sich vom Wind gefächelt ein buschiger Adlerflaum wiegte.

Den Kopf leicht zurückgebogen, die Daumen in die Hosenträger eingehakt, ließ er seine Augen weiter wandern — bis zum Fürstenschlössel, das sich aus den dunklen Tannenwipfeln heraushob.

Auf der Zinne flatterte eine Flagge, ein Zeichen, daß die hohen Herrschaften bereits ihren Sommeraufenthalt bezogen hatten.

Hohe Herrschaften — die Fürstenleute von Rankenstein? Für die Begriffe des Burschen waren sie es nicht. Er glaubte, es gäbe keine Kluft zwischen ihm und den Fürstlichen. Er sah in dem gütigen alten Herrn noch immer eine Art Vormund und in der feinen zarten Prinzessin Waltraud die Gespielin seiner Kinderzeit.

Dieses Zurückschauen war für Klaus etwas Betrübliches. Seine Mutter war bei seiner Geburt gestorben, und die Stiefmutter, die auf den Hof kam, als er drei Jahre alt war, hatte es nie verstanden, das Herz des Kindes zu erobern. Als Klaus neun Jahre alt war, wurde der Erlenhofer von einem heimtückischen Leiden, das er aus dem Felde mitgebracht hatte, hinweggerafft. Von da an wurde der Knabe noch einsamer und verschlossener. Tagelang lag er unter den Tannen oder ging im dunklen Wald umher. Oder er saß am Kupferbach und spielte mit den Steinen, die das Hochwasser über die Ufer geschwemmt hatte; bis eines Tages das Prinzeßlein vom Schloß, die damals sechsjährige Agnes Viktoria Waltraud ihn bei seinem einsamen Spiel überraschte.

Die beiden Kinder fanden Gefallen aneinander und wurden unzertrennliche Spielkameraden. Einige Tage später schleppte das Prinzeßlein ihren Gefährten mit auf das Schloß. Auch der Fürst fand Gefallen an dem munteren, aufgeweckten Knaben. Als er dessen musikalisches Talent entdeckte, schenkte er ihm eine Geige, und allwöchentlich dreimal mußte Klaus ins Schloß zur Musikstunde kommen, um das Prinzeßlein beim Klavierspiel zu begleiten.

Als die Kinder älter wurden, beherrschten sie ihre Instrumente wie Künstler. Ab und zu fand sich auch der Doktorbub mit seinem Cello ein, und wenn das junge Trio an Sommerabenden seine Weisen hinausrauschen ließ, dann lauschten unten im Dorf die Bauern, die vor dem Haus auf den Hausbänken den Feierabend genossen, voll heiliger Ehrfurcht. Sie kannten solche Musik nicht, aber sie fühlten, daß das, was sie hörten, etwas Erhabenes, Großes war. Und müde, abgearbeitete Weiblein, die nur den Alltag mit seinen Mühen und Nöten kannten, falteten die welken Hände und lauschten andächtig auf das wundersame Klingen.

Nun war es zwei Jahre still gewesen. Die Herrschaften hatten den Sommer in Nizza verbracht, und der Doktorhans oblag in Heidelberg seinen Studien.

Jetzt aber wehte die Flagge wieder vom Fürstenschloß, und bald würde Klaus seiner Kindergespielin gegenüberstehen. Daß seine kleine Traudi nun schon über sechzehn war, wurde dem Erlenhofersohn nicht recht bewußt. Für ihn war sie noch immer sein kleines Traudele, wie er für sie der Burschl.

Wieder zog er das Brieflein, das er vor einigen Tagen aus Nizza erhalten hatte, aus der Joppentasche und las wohl schon zum zehntenmal die lieben, trauten Worte:

Lieber Burschl!

Zwei Tage noch, und ich bin wieder auf meinem lieben Schloß Bürg, in meinen Bergen, und was die Hauptsache ist, bei Dir, mein lieber Burschl. Oder bist Du keiner mehr? Du warst damals vor zwei Jahren schon groß und stark. Nun bist Du halt jetzt mein lieber Junge. Hast Du Beethoven schon verlernt? Nicht? Du — ich freue mich schon riesig darauf, wieder mit Dir spielen zu können. Aber gelt, das erste Wiedersehen wollen wir ganz unter uns feiern. Erwarte mich deshalb am Sonntagabend bis 6 Uhr am Kupferbach, auf demselben Platz, an dem ich Dich das erstemal sah, als Du mit den Steinen spieltest. Grüße mir einstweilen meinen lieben Wald, und sei auch Du bis dahin tausendmal gegrüßt von der

kleinen Traudi.

Klaus merkte, wie ihm das Herz heftig schlug. Lange konnte es bis sechs Uhr nicht mehr sein.

Vom Dorf herauf, das der Schloßberg verdeckte, klangen gellende Juhschreie und fröhliches Trompetengeschmetter. Man feierte dort den Maitanz. Keine Macht der Welt hätte den jungen Erlenhofer in diese lustige Gesellschaft gebracht.

Sein einziger Gedanke war nur: Heute sehe ich mein Traudele!

Im Geist sah er das schöne Prinzeßlein vor sich, erlebte wieder jenen Abend, als sie vor zwei Jahren auseinandergingen und sie mit ihrer glockenhellen Stimme Abschied nahm:

„Lebe wohl, Burschl, und vergiß mich nicht!“

Zwei Jahre waren wie im Fluge vergangen. Jede Karte, die aus dem herrlichen Süden kam, befestigte Klaus an der Wand seines Zimmerchens. Die Brieflein mit dem Kronensiegel hatte er fein säuberlich in eine silberne Kassette geschlossen, die einst seiner Mutter zum Aufbewahren ihres Schmuckes diente.

Da — kam nicht aus dem Waldesdunkel ein Geräusch? Angestrengt blickte Klaus auf die hellen Serpentinen des Reitweges, der sich zwischen den Tannen emporschlängelte. Ja, es klang wie Pferdegetrappel. Plötzlich tauchte eine junge Reiterin auf. Nun blieb der Goldfuchs stehen, die Reiterin sprang behende aus dem Sattel und streichelte den Hals des Tieres.

Die Reiterin war eine feine zarte Gestalt, halb Kind, halb Weib. Zwei goldene Sicheln kupferdunklen Haares legten sich schimmernd um die Schläfen und verschwanden unter dem Florentinerhut. Den biegsamen Körper umschloß ein elegantes Reitkleid. Zwei dunkelblaue Augen suchten das Gelände ab.

Es war Prinzessin Agnes Viktoria Waltraud von Rankenstein. Nervös spielte sie mit dem Buschen Alpenrosen, die an ihrem Gürtel hingen.

Klaus stand zitternd vor Aufregung hinter dem Weidenbusch, hinter den er sich geduckt hatte, und starrte auf das Mädchen, das von der Sonne umflutet dastand.

Das war kein Kind mehr, kein kleines Traudele, sondern ein Wesen, das sich bewußt war, alles Kindliche abgelegt zu haben.

Klaus bog den Busch langsam auseinander, er stand drei Schritte von der Wartenden entfernt. Er sah, wie ihre Augen aufleuchteten, und dann hörte er seinen Namen jubelnd über die roten Lippen sprudeln: „Klaus!“ Die Prinzessin machte einen Schritt auf den Verdutzten zu.

„Klaus!“

„Traudi!“

Sie hielten sich an den Händen, sahen sich in die Augen. In dieser Minute fühlten beide zutiefst in ihren jungen Seelen, daß die Kinderzeit um war.

Nach langem Schweigen sprach Klaus endlich: „Grüß Gott in der Heimat, Traudi!“

Und leise kam es von ihren Lippen: „Grüß dich Gott, Bu — Klaus! Wie groß und stark du geworden bist!“

Er lachte. „Und du? Du bist auch nimmer das Traudele von damals, wenigstens von außen nicht.“

Er legte scheu den Arm um ihre Schulter. Sie schmiegte sich wohlig an ihn wie in früheren Tagen, wenn sie in den dunklen Wald gingen und sie sich zu fürchten begann.

„Hast du dich gar nicht nach mir gesehnt, Klaus?“

„Nach dem Traudele, aber nicht nach der Prinzessin“, kam es gepreßt von seinen Lippen.

Mit weit geöffneten Augen sah sie ihn an. „Prinzessin“ — dieses Wort hatte Klaus noch nie gebraucht. Tränen begannen ihr aufzusteigen.

„Traudi! Um Gottes willen, was hast du?“

„Nichts, Klaus.“ Sie sah an ihm vorbei. „Ich vermute nur, daß wir uns fremd geworden sind. Eines sage mir, Klaus: Wer ist es, der dich mich vergessen ließ?“

„Aber Traudi! Du weißt ja nicht, wie lange ich schon

auf den Tag gewartet hab und die Stunden gezählt, bis du wieder dabist! Und gar nicht hab ich es erwarten können, daß ich nach so langer Zeit wieder in deine lieben guten Augen sehen kann. Weißt, eben bin ich halt ein bißchen erschrocken, weil du so groß und schön geworden bist und so vornehm, daß ich im ersten Augenblick gemeint hab, es wär gar nicht möglich, daß dir der einfache Bauernbub noch was sein könnte."

„Kein solches Wort mehr, Klaus! Du solltest mich besser kennen als jeder andere. Du hast mir viel Sonne in meine einsame Kinderzeit gebracht, und das, glaubst du, könnte ich je vergessen? Hätte ich dich dann um dieses Wiedersehen gebeten, gerade hier auf diesem Platz? Glaube mir, Klaus, man hat nichts unversucht gelassen, mich an eine andere Umgebung zu gewöhnen. Aber niemand hat es fertiggebracht, mir die Erinnerung an dich — an mein schönes Kinderglück zu rauben."

„Aber Traudi, liebes Kind, so weine doch nicht! Schau, es ist ja noch alles, wie es war. Jetzt weiß ich es, du bist noch immer mein liebes, gutes Trauderl."

Halb lachend, halb weinend fragte Waltraud: „Warum sagst du mir dann kein anderes Grüßgott?"

„Aber ich habe es doch schon gesagt."

„Nein, nicht so, anders. So, wie wir damals Abschied nahmen —"

Da schlang Klaus seine Arme um sie.

Als sie sich wieder voneinander lösten, waren sie beide glühend rot geworden. Was war das nur? Sie hatten sich doch sonst auch nicht anders benommen und geküßt wie früher als Kinder. Und doch — dieses rätselhafte Brennen im Blut, dieses dumme Gefühl des Errötens?

Und wieder klang es in ihren jungen Seelen: „Die Kinderzeit ist um!"

Verlegen bückte sich Waltraud nach dem Hut, der

zu Boden gefallen war. Dabei löste sich der Knoten in ihrem Nacken, und wie eine Flut von Gold fiel das lange Haar über ihre Schultern. Lächelnd blickte sie zu ihm auf.

„Sieh, Klaus, ich habe mein Wort gehalten und mir das Haar nicht abschneiden lassen."

Er nahm ihre Hände und sprach leise auf sie ein.

Da begann unweit von ihnen eine schrille Stimme zu singen:

„Die Lieb ist was Narrisch's,
und doch ist's so schön!
Wenn zwei sich gernhaben,
das kann man gleich sehn.
Nur eins sollt's nicht geben:
so niedrig — so groß!
Drum, Leutln, seid's gscheit heut —
's gibt Herzeleid doch bloß!"

Die zwei jungen Menschen blickten nach der Richtung, aus der der Gesang kam, und sahen, wie eine gebeugte Frauengestalt sich aus dem Grase erhob und dem Walde zustrebte.

„Wurzelmarie! Was soll das heißen?" rief Klaus ihr nach.

Statt aller Antwort begann die Greisin zu lachen und verschwand zwischen den Bäumen.

„Wer ist diese alte Frau?" fragte Waltraud, die sich ein wenig fürchtete.

„Die Wurzelmarie nennt man sie. Sie wird wohl einen anderen Namen haben, den niemand außer ihr weiß. Man sagt, es wär bei ihr nicht ganz richtig im Oberstüberl. Aber auf die Leut darf man nichts geben. Die reden viel, wenn der Tag lang ist. Ich glaub, sie ist gescheiter als viele, die gescheit sein wollen."

„Der alten Frau geht es wohl schlecht?"

„Man weiß nix von ihr. Droben, wo der Wald am dunkelsten ist, steht ihre Hütte. Sie sammelt Wurzeln, die eine ganz besondere Heilkraft haben sollen."

Waltraud versank in tiefes Nachsinnen. Dann sagte sie: „Du, Klaus, mich interessiert die Frau. Könntest du mich nicht einmal zu ihrer Hütte bringen? Wohnt sie ganz allein da droben?"

„Nein, ihr Enkelkind wohnt bei ihr. Kannst du dich nimmer an das kleine zerlumpte Mädel erinnern, das uns damals vor neun Jahren den Weg gezeigt hat, als wir zwei uns in den Bergen verstiegen haben?"

Wieder sann Waltraud eine Weile nach, bis sie sich an jenen Abend erinnern konnte. „Sagtest du nicht, daß im Dorf niemand das Mädchen leiden mag? Ist das immer noch so?"

Klaus nickte. „Es wird auch immer so bleiben, mein ich, obwohl ich selber nicht weiß, warum. Sie tut keinem Menschen was zuleid, und doch gehen sie ihr und ihrer Großmutter aus dem Weg, als ob sie Aussätzige wären. Es ist grad, als wenn ein Mensch, der weniger hat als die andern, an Geltung und Achtung verliert. Ich meine doch, Armut schändet nicht. So hat mein Vater selig immer gesagt."

„So denk ich auch, Klaus. Wir sind alle nur Menschen. Ob einer sein Leben lang im seidenen Rock oder im Lumpenkittel geht, bleibt sich am Jüngsten Tag doch gleich. Dort wird nur der Innenmensch gewertet. Und ich bin überzeugt, daß häufig unter dem groben Leinenkittel eine viel schönere Seele wohnt als bei den sogenannten besseren Leuten. Und daß man die Wurzelfrau und ihre Enkelin so von aller Gesellschaft verstößt, finde ich häßlich. Wie muß ihnen dort oben in ihrer Einsamkeit zumute sein? Niemand wird zu ihnen kommen und ein gutes, tröstendes Wort sagen. Aber ich tue es! Ich fürchte mich nicht. Gleich morgen steig ich zur Hütte hinauf."

„Das darfst du aber niemand sagen, Traudi", warf Klaus ein. „Übrigens geh ich mit dir. Weißt, man sagt, die Alte könnte hexen."

Belustigt lachte Traudi auf. „Das glaubst doch selber nicht, Klaus! Was die törichten Menschen behaupten, sind alte Märchen, Aberglaube vergangener Zeiten."

Klaus strich ihr über das Haar. Ihm war so eigen zumute, so sonderbar wie noch nie. In seinem Innern lebte etwas so Großes, so Herrliches, und dann schmerzte es wieder wie ein Messerstich.

„Du bist so gut, Traudi", flüsterte er.

Die Sonne sank, und schweigend sahen sie beide in das Abendrot.

„Klaus, glaubst du wirklich, was die Leute von der alten Frau sagen? Ich nicht. Und mit ihrem Singen muß es seine Bewandtnis haben. Ich empfinde es. Sie wollte damit etwas Bestimmtes ausdrücken, als sie sang: So niedrig — so groß!"

„Ja, ja, ich weiß, was du sagen willst —" stieß er hervor. „Ich hab's gemerkt vom ersten Augenblick an, als ich dich heut wiedersah. Vor neun Jahren, als du in mein Leben tratest, war es anders. Da haben wir zwei die Kluft nicht gesehen, die uns voneinander trennt. Warum hast du auch damals kommen müssen? Ich hätte allein auch mit meinen Steinen spielen können, und alles Herzleid wäre mir erspart geblieben. Das beste ist wohl, wir gehen uns aus dem Weg, denn:

So niedrig, so groß —
's gibt Herzeleid doch bloß!"

Er trat zur Brücke hin. „Leb wohl, Traudi. Gute Nacht!"

Mit einem erstickten Schrei flog sie auf ihn zu. Tränen in den Augen, sank sie vor ihm nieder und schrie zu ihm auf:

„Klaus, tu mir doch nicht so weh! Seit meiner Kindheit hast du mir noch keine Stunde meines Lebens verbittert — im Gegenteil. Kannst du denn so grausam sein und mir mit solchen Worten gewaltsam mein schönes Kinderglück zerstören? Sag, daß es dir damit nicht ernst ist! Es kann ja nicht sein. An dir ist doch alles gut und wahr, Leib und Seele an dir ist ein blühender Frühling —"

Da verstummte sie jäh, über ihre eigenen Worte erschreckend.

Und als Klaus sie zu sich emporzog, sank sie haltlos weinend an seine Brust. Ruhig ließ er sie gewähren.

„Sei vernünftig, Traudi! Schau, die Kinderzeit ist um!"

Mit feuchten Augen sah sie zu ihm auf. „Ja, Klaus, die Kinderzeit ist um. Ich fühlte es wohl, wenn ich auch fern von dir war. Wie feine Schleier legte es sich um das Glück meiner Kindheit. Aber die lange Zeit im Süden hat eine unbeschreibliche Sehnsucht in mir erwachen lassen, die mein ganzes Sein ausfüllte, Tag für Tag. Und in den Nächten träumte ich ein süßes, wunderschönes Märchen vom Glück. Rastlos schrie meine Seele in die lauen Lüfte: ‚Glück, warum rufst du nicht, daß ich dich finde?'"

Zitternd hielt Waltraud einen Moment inne. „Ich träumte wie alle Mädchen, wenn sie in mein Alter kommen. Aber nicht von einem Prinzen oder einem Königsschloß, sondern von dir, Klaus, von dir, dem Waldbuben. Immer klang mir das Lied, das du mir vor zwei Jahren zum Abschied gesungen hattest, in den Ohren:

Mein Glück ist ein Hütterl
im schönen Tirol.

Und im Traum sah ich so ein Hütterl mit kleinen blitzblanken Scheiben, an denen das Gold der steigenden Sonne funkelte. Hoch oben in den Bergen stand es, hoch über allen Menschen. Als es Abend wurde, stand ich wartend mit einem Buschen Almenrausch unter der Tür und sah zu dir empor, wo du an steilen Wänden auf schwindelndem Pfad einherstiegst, als gingest du auf ebenen Wegen. Groß und schlank standest du im Feuerschein der sinkenden Sonne. Und wie Glockenton kam dein Jodler durch die Lüfte. Du hobst die Arme und schleudertest etwas zu mir herunter. Wie Blütenschnee fielen Edelweißsterne auf mich herab, große glänzende Blümlein, lind und samtweich." Im Flüsterton hatte Waltraud die letzten Worte gesprochen. Sie atmete tief. „O Klaus, wie schön war dieses Träumen! Ich habe dich so lieb, mehr als mich selbst und mein Leben, ja, mehr als alles in der Welt. Mir ist jede Etikette verhaßt. Unglücklich fühle ich mich in dem höfischen Zwang, der leider auch auf Schloß Bürg herrscht. Nur dich habe ich lieb."

Da schwanden alle Bedenken. Nichts wußte Klaus mehr von der Kluft, die zwischen der Prinzessin und ihm bestand. Es gab einen Menschen, der ihn lieb hatte und den er wiederliebte mit der ganzen Kraft seiner Jugend. Innig und zart drückte er die Geliebte an seine Brust.

Dann standen sie stumm mit gefalteten Händen und beteten — durch den Abend klangen die Aveglocken.

„Ich muß jetzt heim, Klaus", sagte Waltraud, als der letzte Ton verhallt war.

Sich wie Kinder an den Händen führend, schritten sie den schmalen Wiesenpfad dem Schloßberg zu. Gemächlich trabte der Goldfuchs hinter ihnen her. Es dunkelte bereits, als sie die Höhe zum Schloß hinaufstiegen.

Langsam, mit verhaltenen Schritten gingen sie an der

Schloßmauer entlang, bis sie das schmiedeeiserne Tor erreicht hatten. Waltraud öffnete es und ließ das Pferd hinein, das wiehernd dem Stalle zustrebte.

Groß und silbern schob sich der Mond über die Zinnen herauf, alles in weitem Umkreis mit seinem Licht verklärend. Ein leises Rauschen ging durch die alten Parkbäume. Vom Dorf herauf vernahm man den Lärm der Tanzmusik.

Der Augenblick des Abschieds war gekommen. Waltraud legte die Arme um Klaus und küßte ihn. „Gute Nacht, Klaus!"

Dann schloß sich das Tor hinter ihr, und Klaus vernahm nur noch leise Schritte, die dem erleuchteten Portal zueilten.

*

Immer lauter und lärmender drangen die Stimmen vom Dorf herauf. Das Fest schien dort seinen Höhepunkt erreicht zu haben. Einen Augenblick blieb Klaus stehen und lauschte, ging dann aber weiter. Nur jetzt nicht unter die Menschen, nach dieser Stunde! Sie würden ihm sein Glück aus den Augen ablesen und ihm mißgünstig sein. Nein, ganz allein wollte er mit seinem Glück, seinem Denken und Fühlen bleiben. — —

Still und dunkel lag der Hof unter dem leise flüsternden Blätterdach der hohen Erlen, als Klaus ihn betrat. Die Leute schienen alle zum Maitanz gegangen zu sein, aber auch die Erlenhoferin. Die Haustür war versperrt, und der Schlüssel lag zwischen den Geranienstöcken am Fenstersims.

Klaus wunderte sich, denn die Stiefmutter pflegte sonst derartigen Vergnügungen fernzubleiben, obwohl sie noch nicht alt war. Anfang Vierzig, ein fesches gesundes Weib, auf das verschiedene Bauernsöhne ein

Auge warfen. Und mancher hätte sich nur zu gern in den schönen, prächtigen Hof hineingesetzt, wenn nicht — —

Nach dem Testament seines Vaters war Klaus nach Vollendung seines einundzwanzigsten Lebensjahres rechtmäßiger und alleiniger Besitzer des Erlenhofes. Die heimlichen Bewerber sahen in ihm ein Hindernis, das sich nicht auf die Seite räumen ließ. Und um die Witwe allein lohnte es sich doch nicht, wenn sie auch einen schönen Austrag erhielt.

Den Kopf an die Hauswand gelehnt, saß Klaus auf der Hausbank und starrte unverwandt zum Fürstenschloß, in dem noch vier Fenster beleuchtet waren.

*

Das lange Ausbleiben der Prinzessin schien im Schloß bereits übel vermerkt worden zu sein, denn als Waltraud die Stufen der Freitreppe emporschritt, stand Miß Harton, die Erzieherin und Lehrerin, schon wartend im Flur mit emporgezogenen Brauen und der üblichen Unmutsfalte auf der Stirn.

„Hoheit scheinen die Pünktlichkeit vergessen zu haben. Es geht bereits auf neun Uhr."

„Sogar schon acht Minuten darüber, liebes Fräulein, nach meiner Uhr", sagte Waltraud erheitert.

Miß Harton, eine zur Korpulenz neigende Engländerin, machte eine ihr eigene Schnörkelbewegung mit dem glatt frisierten Kopf. „Hoheit, ich verbitte mir —" Mitten im Satz brach sie ab, hob die Nase noch um einen Zoll höher und ging Waltraud würdevoll mit geblähten Nüstern voraus.

Waltraud konnte kaum das Lachen unterdrücken, als sie hinter der Erzieherin herschritt.

Die Miß öffnete eine Tür, und Waltraud einlassend, sagte sie: „Durchlaucht wartet bereits."

Hut und Reitpeitsche auf einen Stuhl legend, trat Waltraud in das Arbeitszimmer des Fürsten von Rankenstein.

Bei ihrem Eintritt blickte ihr ein gütiges, von grauem Vollbart umrahmtes Gesicht entgegen. Dann ging der Fürst auf seine Tochter zu und küßte sie auf die Stirn. „Spät kommst du heim, liebes Kind."

Waltraud war ein wenig rot geworden, dann sprudelte sie lebhaft hervor: „Ach, weißt du, Papa, ich war im Wald. Es ist so schön gewesen, und —"

Lächelnd zog sie der Fürst an einer Locke. „Mein Kind, schön ist sehr vieles im Leben, aber nicht immer vernünftig."

Waltraud sah den Vater groß an. Sie verstand den tiefen Ernst seiner Worte nicht. Der Fürst führte sie zu einem Stuhl, zog für sich einen anderen heran und erfaßte ihre Hände.

„Sieh einmal, liebes Kind, du warst heute allein im Wald. Wenn du künftig ausreiten willst, soll dich ein Diener oder der Stallmeister begleiten. Es ist heutzutage für ein junges Mädchen nicht ratsam, allein im Wald zu sein. Ich habe mich sehr gesorgt um dich."

„Aber Papa, das hättest du nicht gebraucht. Klaus war doch bei mir."

„Wer war bei dir?"

„Klaus —" Die Stimme Waltrauds zitterte, als sie den Namen aussprach, und vergebens wehrte sie sich gegen das aufsteigende Rot.

Der Fürst lachte. „So, Klaus Brückner. Nun, da konnte dir freilich nichts passieren. Er muß übrigens ein strammer Bursche geworden sein."

„Ja, Papa, Klaus ist groß und stark geworden. Aber sonst ist er immer noch der gleiche."

„Da könntet ihr ja wieder einmal miteinander musizieren. Hast du ihn nicht eingeladen?“

„Nein, ich wollte erst dich fragen. Wenn es dir recht ist, könnte er vielleicht morgen abend kommen?“

„Aber natürlich, Kind. Ich freue mich aufrichtig und lasse ihm morgen im Laufe des Tages durch Felix Bescheid geben, wenn ich nicht selbst zufällig am Erlenhof vorbeikomme.“

Waltraud hätte vor Freude aufjubeln mögen. In dieser Freude schlang sie beide Arme um den Hals ihres Vaters und preßte ihre Wange an die seine.

*

Klaus saß noch immer auf der Hausbank. Plötzlich sprang er auf und streckte sich. Was war doch heute für ein frohes Gefühl in ihm! O Liebe, einzig herrliche Jugendliebe! O Gott, wie schön ist doch die Welt!

Eben schlug die Uhr zehn. Auf Schloß Bürg waren alle Lichter erloschen. Ob Traude wohl schon schlief?

Klaus wollte noch nicht zu Bett gehen und schritt durch den Obstgarten auf die Straße hinaus. In den gegenüberliegenden Höfen war es ebenfalls dunkel. Ruhe und Frieden überall. Nur die Brunnen plätscherten, und ab und zu hörte man das Klirren von Ketten aus einem der Ställe.

Wie aus reinem Silber getrieben leuchteten die Steinwände des Karwendelgebirges im Mondschein.

Langsam wanderte Klaus durch die Erlenallee dahin. Stärker vernahm er den Lärm aus dem Dorf.

Schon wollte er umkehren, als er eine Gestalt gewahrte, die ihm entgegenkam. Es war eine große, schlanke Gestalt in einem hellen modernen Sommeranzug.

Der Fremde grüßte. Klaus hob erstaunt den Kopf

und gab den Gruß zurück. Der Fremde war auf dem Fußweg stehengeblieben und wendete den Kopf. Im gleichen Moment tat Klaus dasselbe. Der andere kam auf ihn zu. Klaus sah ihn scharf an, dann rief er erfreut: „Doktorhansl, du? Herr im Himmel, bist du's wirklich?"

„Ja, Klaus, ich bin's."

Klaus schlang seine Arme um den Freund. „Wo kommst denn du her? Bleibst länger da?"

„Vierzehn Tag gönn' ich mir jetzt Ruh. Aber dann heißt es wieder fest arbeiten. Es wird ein hartes Stück Arbeit werden, mir eine Existenz als Rechtsanwalt zu gründen. Du weißt doch, mein Vater starb vor drei Jahren, und die Mutter lebt in München. Für die muß ich ja auch sorgen. Meine gute Mutter hat ihre letzten Ersparnisse für meine Studien geopfert. Ich werde es schon schaffen, wenn es auch im Anfang schwer sein wird."

„Ach, geh, der Beruf, den du dir gewählt hast, ist nicht der schlechteste. In einer Zeit, wo fast alles prozessiert, bleibt die Kundschaft nicht aus. Halt dich nur an die Bauern, die sind froh, wenn sie einen haben, der sie versteht und unter ihnen aufgewachsen ist."

Der junge Jurist preßte die Hände des Freundes. „Deine Worte geben mir Mut. Ich danke dir, Klaus!"

„Für was denn?"

„Für Worte, aus denen ich herausgehört hab, daß du noch immer der Klaus bist, den ich gernhaben mußte. Aber komm, jetzt wollen wir das Wiedersehen feiern."

„Nobel hast dich 'rausgewachsen, Hansl", sagte Klaus im Weitergehen. „Ausschauen tust wie ein Graf."

„Ja, wie ein Graf von Habenichts!" lachte Hans. „Aber geh, erzähl mir, wie es dir immer ergangen ist!" Alles wollte er wissen, was sich in der Zeit seiner Abwesenheit ereignet hatte, und ob die Herrschaften wieder im Schloß wären.

„Ja, freilich“, die Stimme des jungen Erlenhofers bekam einen frohen Klang. „Ich sag dir, beinahe hätt ich sie nimmer erkannt, das Trauderl, so fein und schön ist sie geworden. Wie ein Blümerl schaut sie aus, das grad aus der Knospe gesprungen ist.“

Klaus konnte sich nicht genug ereifern, um das Prinzeßlein zu preisen. Dann fragte er den Freund lachend:

„Wie steht's denn bei dir? Hat die Lieb dein Herz schon gekitzelt? Gewiß hast dir schon ein Fräulein 'rausgesucht, das zu dir paßt.“

Der andere schwieg eine Weile. Dann erwiderte er: „Nein, mein Leben hat mich genug gedrückt. Ich habe arbeiten, schuften und lernen müssen von früh bis in die späte Nacht. Für solche Gedanken hatte ich wirklich keine Zeit übrig. Aber bei dir, scheint es mir, hat es schon eingeschlagen!“

„Und gezündet hat es auch gleich. Wie das brennt, Hansl, das kann ich dir gar nicht sagen. Seit heut abend ist mir grad, als wär die Welt nochmal so schön. Dir will ich's sagen, du bist der einzige, der es wissen darf.“ Ganz nahe legte Klaus den Mund an des Freundes Ohr und flüsterte ihm das Geheimnis seines jungen Glückes zu.

Hans Westermann blieb erstaunt stehen. Ein tiefer Ernst lag auf seinen Zügen, und fest schlossen sich seine Hände um die braunen Fäuste des Freundes. Mit einem Blick der Sorge sah er in das schöne Gesicht, das durch die eigenartige Mischung von Männlichkeit und unverdorbener Jugend so gewinnend wirkte. Er fühlte, daß er in dieser Stunde dem Freunde vieles hätte sagen müssen. Er brachte aber kein Wort heraus. Erst im Weitergehen stieß er hervor:

„Ich dank dir für dein Vertrauen. Aber so gern ich dir Glück wünschen möchte, ich kann es doch nicht."

„Ach, geh, grad von dir hätt ich mir so ein Wort erhofft."

„Du weißt, Klaus, ich wünsche dir nur Gutes. Und wenn du in deiner Liebe glücklich wirst, so kann es dir niemand mehr gönnen als ich." — —

Unterdessen hatten sie das Dorf erreicht. Aus dem Gasthaus klang Lärm und Stampfen.

Bald standen die Freunde im hellerleuchteten Flur und stiegen die schmale Wendeltreppe zum Tanzboden empor. Am Geländer lehnten schäkernde Mädchen mit ihren Burschen. Stumm nickend erwiderte Klaus den grüßenden Zuruf einiger Burschen.

Da klang ihm ein Gelächter entgegen. Klaus hob den Kopf. Mit keiner Wimper zuckte er. Ruhig schritt er am Schweiger Dori, dem Sohn des Bürgermeisters vorbei, der es ihm noch nicht vergessen hatte, daß Klaus ihn bei der letzten Tanzmusik nach einem Wortwechsel unsanft vor die Tür gesetzt hatte. Dori suchte nämlich bei jeder Gelegenheit Streit. Als Sohn des Bürgermeisters glaubte er sich alles erlauben zu dürfen. Bei Klaus aber war er an die unrichtige Adresse gekommen.

Die beiden Freunde traten in den Saal. Dichte Staubwolken hüllten die Tanzenden ein. Gelangweilt sah Klaus in das Gewirr.

Da stutzte er. Er hatte seine Stiefmutter erspäht, die sich im Arm eines ihm fremden Mannes, der die Uniform eines Grenzjägers trug, nach den Klängen eines Ländlers wiegte.

Klaus warf einen Blick in das Gesicht des Fremden. Ein herbes, interessantes Gesicht mit aufgezwirbeltem Schnurrbart sah ihm entgegen. Man hätte es schön nennen können, wenn nicht die Augen einen Ausdruck gehabt hätten, der zu sagen schien: „Alles, was ich sehe, möchte ich besitzen.“

Der Tanz war zu Ende, und die Paare nahmen ihre Plätze ein. Jetzt erst hatte man die Freunde bemerkt. Von allen Seiten erklangen Grußworte. Und am großen Bauerntisch hinter der Schenke hoben sich die Arme mit den Krügen. Beide konnten nicht anders, sie mußten den Bauern Bescheid trinken. Die Sitte forderte es. Viele Augen wandten sich zu dem Bauerntisch, und die Gesichter der mit Töchtern gesegneten Väter begannen zu glänzen, als sich Klaus zu ihnen setzte. Auch dem Doktorhansl waren sie alle freundlich zugetan.

*

Ausgestoßen, von jedermann übersehen und verachtet, stand in der hintersten Saalecke neben dem Fenster das Enkelkind der Wurzelmarie. Niemand kümmerte sich um sie, keiner holte sie zum Tanz. Und Regina hätte doch so gern auch getanzt, mit anderen gescherzt und gelacht. Für ihr Leben gern hätte sie ein Mieder mit silbernem Geschnür und blinkenden Münzen ihr eigen genannt. Aber die Großmutter wollte davon nichts wissen und pflegte auf alle Bitten zu sagen: „Dei Mutter wollt auch immer schön sein. Den letzten Pfennig hab ich ihr angehängt, bis das Unglück fertig war. Wär sie so blieben, wie sie gewesen ist, wärst du auch nicht auf der Welt.“

Vielleicht wär es besser! dachte das Mädel in dieser Minute. Was hatte sie nur den Menschen getan, daß man sie verachtete? Es tat ihr doch so bitterlich weh. Wie ein weidwundes Reh kauerte sie im Fensterwinkel und sah traurig auf die lachenden Menschen, die sie nicht beachteten. Oder doch?

Eine Weile schon starrten die Augen Hans Westermanns in ihr Gesicht. Wie in einem Buch schien er darin zu lesen. Und als wieder zum Tanz angetreten wurde und das arme Mädchen noch immer verlassen im Winkel stand, wandte er sich an Klaus: „Wer ist das Mädchen dort drüben?"

Durch das Gewühl der Tanzenden kamen die beiden Freunde heran und blieben vor ihr stehen. Groß und treuherzig sah Regerl dem jungen Erlenhofer in die Augen. Klaus wollte sie ansprechen, als dicht hinter ihm ein widerliches Lachen ertönte.

Den Kopf nach dem Lacher wendend, sah er, daß es kein anderer als der Schweiger Dori war. Herausfordernd stand er hinter Klaus und fragte zynisch, auf Regerl deutend: „Holst dir vielleicht die da zum Tanz?"

„Geht's dich vielleicht was an, Schweigerbub?"

Unwillkürlich wich dieser vor dem drohenden Blick einen Schritt zurück. Klaus aber hatte sich schon wieder in der Gewalt und sagte ruhig: „Für dich wär die Schand auch nicht zu groß, wenn du einmal mit ihr tanzen tätst!"

„Ah na, a bißl muß man sich sein Respekt schon bewahrn", höhnte Dori. „Für mich schickt sich das nicht."

Klaus entgegnete nichts darauf. Man war bereits auf sie aufmerksam geworden. Neugierige umstanden die Gruppe. Da trat Klaus zu Regerl, zog ihr die Hände von den nassen Augen und sagte: „Komm! Wenn alle sich mit dir schämen, ich tanz mit dir."

Das war das Signal für den Schweiger Dori und seine Kumpane. Wie auf Kommando brachen sie in ein schallendes Gelächter aus.

Klaus achtete gar nicht darauf, sondern schritt ruhig mit dem Mädchen zur Musik und reichte ein Geldstück hinauf. Das gab unter den Dörflern ein Staunen und Verwundern. Viele schüttelten mißbilligend den Kopf, manche aber fanden sein Tun verständlich, am meisten wohl Hans Westermann.

Klaus schlang die Arme um Regerl, und so leicht wie eine Feder ließ sich das Mädchen beim Klang eines Walzers von ihm führen. Rings an den Wänden stand Paar an Paar. Klaus war einer der besten Tänzer des Tales, es war immer ein Genuß, ihn tanzen zu sehen.

Das glühende Gesicht des Mädchens leuchtete vor Freude, doch um den Mund zuckte es verräterisch, als sie Klaus nach dem Tanz die Hand reichte. „Vergelt's dir Gott, Klaus. Ich weiß nicht, wie ich dir danken soll!"

„Für was denn?" wehrte Klaus ab. „Wär's ich net gewesen, wär's halt ein anderer. Gelt, Hans, du hättest auch mit ihr getanzt?"

„Ich komm jetzt dran", erwiderte dieser.

Regerl schüttelte den Kopf. „Nein, ich will nimmer länger da im Wege sein. Aber dir, Klaus, danke ich nochmals von Herzen. Du bist der erste, der sich um mich armes verlassenes Waiserl kümmert hat. Vielleicht kann ich dir's einmal vergelten."

Ehe noch Klaus etwas erwidern konnte, verschwand das Mädchen aus dem Tanzsaal.

Im gleichen Augenblick stürmte die Erlenhoferin mit einem entrüsteten „Da hört sich doch alles auf!" davon, unter der Tür noch einen verächtlichen Blick auf den Stiefsohn werfend.

Die Musik begann wieder zu spielen, und die beiden Freunde nahmen Platz.

„Schade, daß das Mädchen fort ist", meinte Hans bedauernd. „Ich hätte gern mit ihr getanzt. Erzähle mir doch, warum keiner der Burschen sie zum Tanz führt. Ich beobachtete sie schon seit längerer Zeit."

Klaus zuckte die Schultern. „Ich weiß nicht. Die Menschen sind manchmal schwer zu begreifen. Vielleicht, weil die Wurzelmarie ihre Großmutter ist."

Im selben Moment nahm der Dori an ihrem Tisch Platz. Mit einem höhnischen „Ich stör doch net?" schob er sich um die Kante herum und rückte den Hut schief aufs Ohr.

Die Freunde nahmen von seiner Zudringlichkeit keine Notiz, bis Dori mit lauter Stimme zu singen begann:

„Die Alte ist narrisch,
die Junge net g'scheit.
Am Erlenhofer-Buam
hat's scheint's doch a Freud!"

Gelächter ringsum. Es war unverkennbar, wem das Spottlied gelten sollte. Das Lachen verstärkte sich, als Dori weitersang:

„Die junge Hex und ihr Bua,
die passen zusamm.
Mein Segen dazua — —"

Da schlug Klaus mit der Faust auf den Tisch, daß es dröhnte. „Noch ein Wort, und du fliegst!"

Man vernahm ein spöttisches Lachen, das von Doris Freunden kam.

„Öha, tu dich ein bißl halten!" Kreischend klang die Stimme Doris über den Tisch. „Meinst, weil du mit der noblen Sippschaft vom Schloß so gut stehst, muß sich unsereins alles gefallen lassen?"

Klaus zuckte zusammen, die Adern an seiner Schläfe schwollen an.

Die Umstehenden lachten. Nur einer nicht — der Dori. Dieser griff verstohlen nach der Hosentasche und lockerte das Messer in der Scheide.

Klaus schleuderte seinen Hut zur Seite und sprang mit einem erstickten Schrei auf Dori los, der fluchend dem Angreifer den linken Arm entgegenstemmte, während in seiner Rechten das Messer blitzte. Schon aber hatte Klaus die Hand, die das Messer hielt, erhascht, packte dann den Burschen und schmetterte ihn zu Boden, daß er liegenblieb und das Messer in den Saal hineinflog.

„So, stechen willst?“ keuchte er und packte seinen Gegner erneut. „Wart, ich zeig dir, wo der Schreiner das Loch gemacht hat!“

Mit einem Ruck hob er ihn in die Höhe, sprang mit seiner Last zur Tür, die Treppen hinunter und hinaus ins Freie.

Dori schlug mit Händen und Füßen um sich, kratzte und biß. Aber dieser zähen, von Wut und Zorn entfesselten Kraft gegenüber gab es kein Entrinnen. Mit eisernem Griff hob Klaus den Burschen über seinen Kopf und schleuderte ihn über den Gartenzaun, daß er auf die Straße plumpste, sich dort überschlug und über Steine und Staub in den Straßengraben kollerte.

Stöhnend erhob sich Dori. „Wart nur, du Hundling! Das brock ich dir noch ein!“

Unter dem Gelächter der auf die Straße geeilten Gäste verschwand er hinter den Haselnußstauden.

Doris Kumpane wollten nun über Klaus herfallen, aber die zwei Knechte vom Erlenhof, Hans und noch einige Burschen von Bürg bearbeiteten sie so mit den Fäusten, daß auch diese es vorzogen, den Weg über die Wiese zu nehmen.

Klaus stand tief atmend eine Weile da und wischte mit dem Joppenärmel den Schweiß vom Gesicht. Es ekelte ihn vor den letzten Minuten. Nein, soweit hätte es nicht kommen dürfen! Was sollte Traudi von ihm denken!

Langsam schritt er wieder dem Saal zu, um seinen Hut zu holen. Hans kam ihm mit diesem entgegen. „Komm, Klaus, ich will dich heimbegleiten.“

Stumm schritten sie eine Weile nebeneinander.

„Nimm dich vor dem Dori in acht, Klaus!“

„Meinst, daß er nicht genug hat?“

„Der Bursche ist heimtückisch und feig. Bestimmt sinnt er schon jetzt auf Rache.“

Klaus tat, als ob er dies nicht allzu ernst nähme. Dabei aber spähten seine Augen scharf in das Dunkel, denn er kannte den Dori nur zu gut.

Die Freunde schritten rasch aus. Dabei überholten sie ein zärtlich umschlungenes Paar, das bei ihrem Näherkommen von der Straße wegging und im Gebüsch stehenblieb. Die kräftige Mannsgestalt hatte eine verblüffende Ähnlichkeit mit dem Oberknecht vom Erlenhof. Klaus ärgerte sich. Warum ging ihm der Friedl aus dem Weg? Der anständige und arbeitsame Bursche konnte doch keinen Liebeshandel haben, dessen er sich zu schämen brauchte. — —

Sie hatten den Hof erreicht. „Bleibst bei mir über Nacht, Hans?“ fragte Klaus.

„Wenn es keine Umstände macht und deiner Mutter recht ist, gern.“

„Komm nur!“ Mit diesen Worten schob er ihn zur Haustür. Da stutzte er plötzlich. Unter der Tür stand die Erlenhoferin und noch einer, der sich kaum bewegte.

„No, no, aus dem Weg könnt man doch gehn, mein ich“, sagte Klaus gereizt.

„Du wirst vorbei können, du Raufbold“, entgegnete die Bäuerin.

Klaus schob den Freund in den Flur, ohne eine Antwort zu geben. Auf der Treppe drehte er sich um. „Der Hans schlaft heute bei uns in der guten Kammer. Du hast doch nix dagegen?“

„Das geht nicht gut, ich hab dem Herrn da schon die Kammer versprochen.“

„Wem?“

„No — dem Grenzjäger halt."

„So —" lachte Klaus belustigt auf. „Der Herr Grenzjäger ist das? Den legst halt die Nacht derweil in Taubenschlag hinauf."

„Du —" entfuhr es zornig der Bäuerin.

Klaus aber schob den Freund die Stiege empor und öffnete die Kammertür.

Hans war es sehr unangenehm, daß er die Ursache zu einer Mißstimmung zwischen Mutter und Sohn war.

Oben in der Kammer sagte Klaus nachdenklich: „Ich weiß nicht, der Mensch kommt mir so bekannt vor. Den hab ich schon einmal gesehen und kann mich nicht erinnern —"

„Du meinst den Grenzjäger?"

„Ja, der muß erst in die Gegend gekommen sein. Aber ich mein, ich kenn ihn von früher her."

„Wenn es dir zur Beruhigung dient, will ich im Laufe der nächsten Tage über ihn Erkundigungen einziehen."

„Ja, tu's, Hansl", sagte Klaus und drückte dem Freunde mit einem „Gute Nacht" die Hand.

Lange noch lag Klaus wach in seinem Bett und grübelte nach, wer der Grenzjäger sein könnte.

Leichte Nebel lagen noch über der Wiese, als Klaus mit dem zweiten Knecht zum Futtermähen hinausging.

Weit ausholend ließ Klaus die Sense durch das tauperlende Gras pfeifen. Nach einer Weile wandte er sich an den Knecht: „Du, Michl, wo geht denn der Friedl immer hin?"

„Ob er an Schatz hat, meinst?"

Klaus lachte: „Wie du gleich alles kapierst, Michl! Was hat er denn für eine, daß er gar so heimlich tut?"

Ein Grinsen ging dem Knecht übers Gesicht. „Ein

bildsauberes Weiberleut, sag ich dir. Das wär mein Geschmack auch. Aber wer zuerst kommt, mahlt zuerst."

Klaus begann zu raten. „Is vom Lehnerhof eine? Net? Oder dem Leitner sei Sali?"

Zu allen Fragen schüttelte Michl den Kopf.

„Herrgott", schrie Klaus, „du weißt es doch, laß dir nicht jedes Wort 'rausbetteln!"

Verlegen kratzte sich der Knecht hinterm Ohr. „Ich weiß schon lang. Aber man sagt so was halt nicht gern. Ich hab's dem Friedl versprochen. Hast denn selber wirklich noch nix gemerkt?"

Klaus begriff nicht gleich, aber dann begann es in ihm aufzudämmern. „Du meinst doch nicht unsere Vevi?" Der Knecht nickte. „Eine ungute Geschicht das! Wenn es der Pfarrer erfährt, muß eins fort vom Hof. Und grad jetzt vor der Heuernte und vorm Almauftrieb, wo ich eins so notwendig brauch wie das andere!"

„Der Friedl will am Sonntag kündigen."

„Du bist nicht gescheit. Wo nehm ich jetzt gleich so einen guten Knecht her?"

„Ein Knecht ist noch leichter zu kriegen als eine Magd", warf Michl ein.

Grimmig ließ Klaus die Sense durchs Gras sausen. „Ich dank dir schön für dein Rat, Michl. Aber auf so einen Knecht, wie man sie jetzt von der Vermittlung bekommt, verzicht ich lieber. Die sollen mit ihrem Achtstundentag bleiben, wo sie sind. Der Bauer muß von früh bis spät dranhängen, wenn er durchkommen will."

Michl nickte zustimmend und mähte weiter.

Die Nebel hoben sich und zerteilten sich im frischen Morgenwind.

Das schmächtige Bürschlein, das den Wagen mit den

Pferden gebracht hatte, fragte beim Aufladen: „Du, Klaus, wann geht's jetzt wieder auf d'Alm?"

„Nächste Woch, Franzl." Klaus fuhr dem Buben über den Scheitel. „Freilich darfst wieder mit."

An dem zwölfjährigen Franzl hing Klaus ganz besonders. Er hatte ihn im Winter, als er einmal in München war, frierend und hungernd gefunden. Kurz entschlossen hatte er ihn ins nächste Gasthaus mitgenommen und ihm ein warmes Essen bringen lassen.

Hier erfuhr er die ganze Leidensgeschichte vom Franzl, der eines von neun Kindern einer armen Familie war. Die Mutter kränklich, der Vater arbeitslos und zudem ein Säufer, der das Unterstützungsgeld restlos in Branntwein umsetzte. Die arme Frau hatte ihm unter Tränen gedankt, als er ihr versprach, den Jungen mit sich zu nehmen und sie ferner etwas unterstützen zu wollen. Und so kam Franzl auf den Erlenhof und dankte seinem Wohltäter durch Gehorsam und Fleiß. —

Langsam schaukelte der Wagen auf der holprigen Straße dahin. Franzl und Michl saßen auf dem Gras, während Klaus in Gedanken versunken einen kleinen Umweg durch den Wald machte. Als das Gefährt verschwunden war, blieb er stehen und sah trunkenen Auges hinüber zum Fürstenschlößl, das sich wie weißer Marmor aus dem dunklen Grün der alten Fichten hob. Ein Lächeln huschte über seine Züge, und ein unbeschreibliches Glücksgefühl durchflutete ihn.

Horch — war da nicht eben ein Fuß an einen Stein gestoßen? Klaus fuhr herum und spähte angestrengt zum Steig empor. Das Lächeln auf seinem Gesicht verschwand.

Dort oben bewegte sich eine graue Gestalt, gegen die er unbewußt ein sonderbares Mißtrauen hegte. Seine innere Stimme sagte ihm, daß er sich vor diesem Manne hüten solle. Es war der Oberjäger Lukas Brenner vom

Grenzjägerposten II, der mit raschen Schritten bergauf stieg. — —

Als Klaus den Hof betrat, wurde er unfreiwilliger Zeuge eines Gespräches, das ziemlich laut aus dem geöffneten Fenster drang.

„Keine Stunde bleibt der Friedl noch auf dem Hof, da hilft alles nichts!"

„Der Friedl kann doch bleiben, Bäuerin, lieber geh ich. Die Almarbeit kann ich im Sommer doch nimmer recht machen."

„Ich brauch dich aber. Wo soll ich so geschwind eine Sennerin herkriegen?"

„Gib uns halt ein Zimmer und laß uns heiraten. Wir wollen dir's gewiß vergelten, Bäuerin."

„Nein, hab ich gesagt, ich will net. Erstens hab ich kein Zimmer, und zweitens hat man nur Ärger und Schererei. Es bleibt dabei: der Friedl geht, und du bleibst und gehst auf die Alm. Wir kommen sonst ins Gerede."

„Der Klaus wird aber den Friedl net fortlassen."

„Der Klaus, hm — der — Am Erlenhof geschieht, was ich haben will. Ein anderer hat nichts zu reden, auch der Klaus nicht."

„Meinst?"

Die beiden Frauen fuhren herum und sahen nach der Tür, wo hochaufgerichtet Klaus stand. Seine Augen blitzten. „Meinst, daß ich gar nichts dreinzureden hätte?" Den Hut in die Ecke werfend, trat er an seine Stiefmutter heran, die er fast um Kopfeslänge überragte und die sich unter seinem zwingenden Blick zur Seite wandte. „Der Friedl bleibt und die Vevi auch."

„Wir kommen ins Leutgered!"

„Laß doch die Leut Leut sein. Wenn die beiden heiraten, wird's gleich aus sein mit dem Geschwätz —"

Klaus wandte sich an die Magd, die verlegen an ihrer Schürze zupfend dastand. „Wie denkst du über meinen Vorschlag, Vevi?"

„Es wär ja unser Herzenswunsch. Aber am Erlenhof ist halt kein Platz für uns."

„Wer sagt denn das? Die große Kammer steht leer."

„Die brauch ich für mich!" warf die Erlenhoferin giftig ein.

Klaus tat, als hätte er das nicht gehört. „Da könnt ihr es euch gemütlich einrichten. Du bleibst den Sommer herunten von der Alm, Vevi. Ich werd mich gleich heute um eine andere Sennerin umschauen."

„Wenn du soviel Geld hast? Ich net!" entgegnete die Erlenhoferin wütend.

Höhnend kam es von Klaus' Lippen: „Mußt halt net so oft in die Stadt fahrn, dann kommt's leicht wieder 'rein!"

Das saß. Wie eine Natter fuhr die Bäuerin auf. „Geht's dich was an? Muß ich mich von dir bevormunden lassen? Noch bin ich Herrin am Hof und kann tun und lassen, was mir paßt. Verstanden?"

Klaus blieb ruhig. Noch konnte er nicht reden, erst mußte er Gewißheit haben. „Du hast recht, mich geht's nichts an. Aber du sollst anderen auch ein bißl Freud gönnen. Was macht's aus, wenn man die zwei Leutl, die sich seit Jahren wahrlich rechtschaffen geplagt haben, eine Existenz gründen läßt? Unser Schaden ist es bestimmt net."

Das sah schließlich die Erlenhoferin auch ein. Aber zu einem ihrer geheimen Pläne paßte die Geschichte nicht. Sie kannte jedoch Klaus gut genug, um zu wissen, daß er sich von einem einmal gefaßten Vorsatz nicht mehr abbringen ließ. Sie mußte sich also wohl oder übel in das Unvermeidliche fügen.

Klaus verließ die Stube, um Friedl aufzusuchen. Der

kam gerade im Feiertagsstaat aus dem Stall, wo er sich von dem Gesinde verabschiedet hatte.

Als Klaus ihm seinen Vorschlag unterbreitete, verzog er keine Miene, schlug aber kräftig in die dargebotene Hand ein. „Das vergeß ich dir nicht, Klaus! Wir zwei, die Vevi und ich, werden es dir durch Fleiß und Treue lohnen."

„Schon gut", wehrte Klaus ab. „Ich weiß ja, was wir an euch zwei haben. Und heut am Feierabend gehst gleich zum Pfarrer, daß er euch am Sonntag zum erstenmal verkünden kann. Ich wünsch euch alles Gute."

Aufmunternd schlug er dem Knecht auf die Schulter und trat zum Brunnen, um sich zu waschen. — —

Nach dem Frühstück, als den Leuten die Arbeit für den Tag angewiesen war, nahm Klaus seine Feiertagsjoppe und den grünen Hut. Im selben Augenblick trat die Erlenhoferin, eine frische Schürze umbindend, aus der Kammer. Verwundert blickte sie auf ihren Sohn. „Wo willst denn hin?"

„Zur Wurzelmarie 'nauf."

„Was willst denn von der alten Hex?"

„Von der Alten will ich nichts", lachte Klaus. „Aber ihr Enkelkind will ich fragen, ob sie im Sommer unsere Alm net übernehmen möchte."

„Bist du narrisch? Willst vielleicht das ganze Vieh verhexen lassen?"

„Red doch kein so dummes Zeug! Die Wurzelmarie hat noch niemand was Unrechtes getan. Das ist bloß euer dummer Aberglaube. Ich muß sie überhaupt erst fragen, ob sie ihr Enkelkind in Dienst gibt. Die Alte hat einen harten Kopf und hat wie jeder andere Mensch auch ihren Stolz."

„Bettelstolz! Aber soviel ich gestern gemerkt hab, liegt dir die Sippschaft schon am Herzen. Eine noble

Freundschaft, das muß ich sagen. Wir werden also doch ins Leutgered kommen."

„Die Leut? Die kümmern mich nicht. Vor mir selber hab ich mein Tun zu verantworten." Dicht trat er vor die Stiefmutter hin. „Schau lieber drauf, daß du nicht zu arg ins Gerede kommst!" Er griff nach seinem Hut und stürmte ins Freie.

Die Bäuerin ballte die Fäuste. Oh, wie sie den Stiefsohn haßte! In ihren Augen glomm ein düsteres Feuer. Einen heißen Kampf würde das geben, ein Ringen, aus dem sie als Siegerin hervorgehen mußte! Noch war sie jung und schön. Sie glaubte ein Recht auf Leben und Glück zu haben. War sie einmal Mitte der Vierzig, dann war es zu spät. Entschlossen und schnell mußte sie deshalb handeln, noch ehe Klaus die Macht hatte, ihr hindernd in den Weg zu treten. — —

Als Klaus die Straße betrat, sah er Felix, den Diener vom Schloß, auf den Hof zukommen. Klaus winkte ihm. „Hast du was für mich, Felix?"

Der wohlgerundete, gemütliche Mann stand jetzt schnaufend vor ihm und zog aus dem Ärmelaufschlag der Livree ein Brieflein. „Eine schöne Empfehlung von Seiner Durchlaucht. Ich soll dir diesen Brief übergeben."

Klaus' Finger zitterten, als er den Umschlag aufriß. Er überflog die wenigen Zeilen, mit denen der Fürst ihn sowie seinen Freund Hans Westermann für den Abend zu einer Musikstunde auf das Schloß einlud. Erfreut reichte er dem Diener, der schon fast zwanzig Jahre seinen Dienst versah, die Hand. „Sag dem Fürsten, daß ich zur festgesetzten Stunde auf dem Schloß bin."

„Du, Klaus, einen Gruß soll ich noch bestellen vom Prinzeßchen!"

„So? Hat sie das gesagt?"

„Ja, und noch was. Du sollst heut gegen sechs Uhr auf sie warten; du weißt schon, wo."

Klaus spürte, wie ihm das Blut verräterisch in die Wangen stieg. Wie konnte Traudi so unvorsichtig sein und das Geheimnis preisgeben! Wenn Felix plauderte, pfiffen es bald alle Spatzen von den Dächern, daß er, der Bauernjunge, sich zu abendlicher Stunde mit der Prinzessin ein Stelldichein gab.

Felix schien den Gedankengang des anderen erraten zu haben. Beruhigend legte er Klaus die Hand auf die Schulter. „Mußt dich net vor mir genieren, Klaus. Ich plausch nix aus. Und wenn du mal was zum Ausrichte hast, kannst mir's ruhig anvertrauen und dich auf mich verlassen."

Klaus atmete auf. „Ich dank dir, Felix. Das vergeß ich dir net in meinem ganzen Leben." — —

Dann schritt Klaus rüstig dem Walde zu. Wie schön war der Wald mit seinen ockergelben Blütenknospen und den blutrot sprossenden Fruchtzapfen der Tannen! Gierig sog Klaus den herben Duft in seine Lungen, und es wurde immer leichter und freier in seiner Seele. Das Rauschen des Kupferbaches klang wie das frische Lied des Lebens. Und dazu tönte leise eine zärtliche Weise vom Schloß herüber. Die Prinzessin saß am Klavier.

Klaus nahm den Hut ab und lauschte in stiller Andacht dem Liedchen, das wie das Lachen der heiteren Jugend in den Mailüften schwebte.

„Wie schön!" flüsterte er, merkte aber zugleich, daß eine gewisse Schwermut ihn zu erfassen drohte. In seine Brust war plötzlich Unruhe eingezogen. Dunkles Bangen bedrückte ihn, daß es ihm fast den Atem nahm. Mit Gewalt versuchte er die quälenden Gedanken abzuschütteln, aber immer wieder stürmten sie auf ihn ein. Als ein Reh über den Weg sprang, das ihn ablenkte, kam allmählich wieder Ruhe über ihn. — —

Als er um die Mittagsstunde die Hütte der Wurzelmarie erreichte, saß die Alte Kräuter sortierend vor der Tür.

Mißtrauisch, fast feindselig musterte sie den Ankömmling. „Ein seltener B'such. Ich hab's mir schon denkt, daß du einmal 'raufkommst."

Klaus nahm ihr gegenüber auf einem Baumstumpf Platz. „Weit wohnst heroben, Marie."

„Brauchst ja net 'raufzugehen, wenn's dir zu weit ist."

„Ich wollt einmal mit dir reden."

„Bin gar nicht neugierig drauf."

„Ist dir denn gar nicht darum", meinte Klaus ärgerlich, „daß du mit den Leuten zusammenkommst?"

Höhnisch sah ihn die Alte an. „Mir ist gar net um die Leute, mir ist es lieber, wenn ich niemand seh. Bloß auf einen wart ich. Eher kann ich net sterben, bis ich mit dem abgerechnet hab!" Ihre Stimme zitterte. „Immer wart ich noch drauf, daß ich dem ein Wörtl sag." Den Kopf zurücklegend krampfte sie die dürren Fäuste an die Brust. „Ich könnte es 'nausschreien in die Welt, aber ein Riegel liegt mir vor der Seele. Ich muß noch zuschauen; mir scheint, es wird etwas wieder lebendig, was vor zwanzig Jahren einmal gewesen ist. Ich will meine Augen offenhalten und will das Büberl vor dem Feuer hüten, mit dem es spielt."

„Wurzlin, was du da sagst, versteh ich nicht." Unwillig war Klaus aufgestanden und vor die Greisin hingetreten. „Ich kam, um vernünftig mit dir zu reden." Und ohne Umschweife erzählte er ihr den Grund seiner Anwesenheit.

Die Alte sah lange schweigend zum Himmel empor. Dann sagte sie fest: „Die Regina bleibt bei mir!"

„Warum? Ist dir der Lohn zu wenig? Ich leg noch

ein paar Mark drauf." Klaus bot seine ganze Überredungskunst auf. Allmählich schien ihr Widerstand nachzulassen.

Da tauchte Regina zwischen den Stämmen auf. Schwer beladen war sie mit Kräutern und Wurzeln. Als sie Klaus erblickte, erschrak sie so, daß ihr der Korb aus den Händen glitt. Glühende Röte übergoß ihr Gesicht, die sich noch merklich vertiefte, als Klaus ihr die Hand reichen wollte.

„Gelt, da schaust, daß ich so unverhofft vor dir stehe", lachte er.

Regerl stammelte einige hilflose Worte und bückte sich, um die herausgefallenen Wurzeln wieder in den Korb zu legen. Klaus half ihr, wobei sich ihre Hände mehrmals berührten. Und plötzlich hielt er sie fest und fragte:

„Sag einmal, Regerl, möchtest mir net einmal einen Gefallen tun?"

Das Mädchen guckte scheu zu ihm auf. „Alles, was du willst, tu ich für dich!"

„Na, also, ich hab's ja gewußt. Schau, Regerl, ich bräuchte eine Sennerin für unsere Alm. Sag, willst mir die Sorg abnehmen?"

Freudig schlug Regerl die Hände zusammen. „Wenn du wüßtest, wie gern ich das tu! Das heißt, wenn es die Großmutter erlaubt."

„Ich hab schon geredet mit ihr. So halb und halb hat sie zugesagt."

„Zum Essen gehen!" erklang die Stimme der alten Marie von der Hütte her.

Es war ein sehr kärgliches Mahl, das die beiden Frauen verzehrten. Klaus, der keinen sonderlichen Hunger hatte, bot ihnen sein mitgebrachtes Rauchfleisch an.

Die Wurzelmarie nahm es zwar nicht an, aber sie

wurde gegen Klaus versöhnlicher gestimmt, so daß sie dann nichts mehr dagegen hatte, als Klaus mit Regerl aufbrach, um die Alm einer Besichtigung zu unterziehen. — —

Während des einstündigen Weges erfuhr Klaus die Lebensgeschichte des Mädchens und ihrer Großmutter. Ein über das andere Mal schüttelte er den Kopf. So hatte er sich die Armut nicht vorgestellt. Einsamsein war ihm schon bekannt, aber Armut nicht. Regerl hatte beides bis zur Neige auskosten müssen. Haß und Mißtrauen hatten ihr die Menschen von Kindheit an entgegengebracht. Keinen Funken Liebe hatte das elternlose Kind erlebt, nie hatte sie den Kuß der Mutter, nie die gütige Hand des Vaters auf ihrem Haupt gefühlt. Beide ruhten schon längst in der kühlen Erde.

Und fragte sie dann die Großmutter: „Wer war meine Mutter?", so ward ihr zur Antwort: „Eine, die in schwacher Stunde ihr Herz nicht festgehalten hat." Galt die Frage dem Vater, so brach die Alte in ein wunderliches Lachen aus. „Eher beiß ich mir die Zunge ab, als daß ich da ein Wörtl sag. Du bist eben ein Kind, das eine närrische Nacht ins Leben gesetzt hat." — —

Schweigend gingen die beiden jungen Menschen dann nebeneinander her. Vergebens grübelte Klaus nach, wo er ein Gesicht gesehen hatte, das eine verblüffende Ähnlichkeit mit dem seiner Begleiterin zeigte. Sein Gedächtnis ließ ihn diesmal im Stich.

Der Wald lichtete sich, und eine weite blühende Fläche tauchte vor ihnen auf. Klaus deutete auf die Hütte, deren Fensterläden geschlossen waren. „So, nun wären wir am Ziel."

Prüfend musterte er den Zaun, der einer Ausbesserung bedurfte. Tief aufatmend betrachtete er dann die Umgebung. Den Blick ins Tal versperrte der Wald. Im

Hintergrund hoben sich die Berge vom klaren Blau des Himmels ab. Die ganze Alm war eine abgeschlossene stille Welt für sich.

„Gefällt's dir da heroben? Gelt, da ist es schön?" fragte Klaus das Mädchen, während er mit dem Fuß das Gatter aufstieß und ihr voran auf die Hütte zuschritt.

„Schön ist es, das muß ich sagen", lispelte Regerl.

Er sah ihr in die Augen, die groß und fragend in die seinen blickten. Rasch wandte er sich ab, um die Tür aufzusperren.

Die Sennhütte des Erlenhofes war eine der schönsten „Kaser" weit und breit und nach ländlichen Begriffen schon fast ein Haus zu nennen. Ein breiter, mit Holzbalken ausgeschlagener Gang führte durch die ganze Hütte. Links lag der große Stall, der sein eigenes Tor ins Freie hatte. Zur Rechten gelangte man in die geräumige Sennstube, an die sich gegen die Felswand zu zwei kleine Kammern schlossen. Eine davon diente zur Aufbewahrung der Almerträge, während die andere als Schlafraum für die Sennerin eingerichtet war.

Klaus öffnete jede Tür und gab dem Mädchen Anweisung, wie man sich's am besten und bequemsten einrichten konnte.

Im vergangenen Herbst war frühzeitig reichlich Schnee gefallen, so daß sich der Almabtrieb fast fluchtartig vollzog. Kein Wunder, daß in der Hütte noch alles in Unordnung war. Ungewaschene Milchtücher hingen über der Banklehne, Reiser und Späne lagen auf den Dielen, und auf dem großen Herd, der mit seinem kupfernen Kessel beinahe die ganze Wand einnahm, lag zwischen halbverkohlten Holzscheiten noch die Asche des letzten Feuers.

Während Klaus unmutig umherschaute, hatte Regerl

schon eine Schürze vom Haken genommen und umgebunden.

„Gar so pressiert's doch nicht", sagte er. „Sollst dich zuerst ein bißl ausrasten. Die Hütte können auch die Knecht saubermachen. Die müssen sowieso 'rauf und den Zaun ausbessern."

„Ich kann's halt net leiden, wenn alles umeinanderliegt. Man könnt glauben, der wilde Jäger hätte da gehaust", sagte Regerl und stieß die Fensterläden auf, so daß das Sonnenlicht hereinkam.

Klaus war hinter sie getreten und fuhr ihr leise über das blonde volle Haar. „Du bist halt die Richtige, wie sie der Herrgott nicht alle Tag auf die Welt schickt", sagte er weich. „Ich kann die Leut nicht verstehn, daß sie dir und deiner Großmutter soviel Unrecht tun."

Dankbar sah sie zu ihm auf. „Du bist der erste, der ein bißl lieb und gut ist zu mir. Unser Herrgott wird's dir vergelten." Und ehe Klaus sie hindern konnte, hatte sie seine Rechte erfaßt und an ihre zuckenden Lippen gedrückt.

Erschrocken zog er die Hand zurück. „Aber Mädl, was tust denn?"

Wortlos trat sie von ihm fort und lehnte verängstigt ihre Stirn an die Fensterscheibe.

Ein drückendes Schweigen war eingetreten, das Klaus endlich unterbrach: „Ich hab noch einen Weg zu machen. Schließ die Hütte wieder ab und leg den Schlüssel in die Dachrinne, wenn du fertig bist." An der Tür sagte er noch: „Nächste Woch ist der Auftrieb. Ich laß dir noch Bescheid sagen. Behüt dich Gott."

Kaum war er draußen, als Regerl in ein herzzerbrechendes Weinen ausbrach. „Ich hab ihn doch so viel lieb!" schluchzte sie. „Herrgott im Himmel, hilf mir, daß ich über die unselige Leidenschaft wegkomm!"

Bebend am ganzen Körper trat sie zur Tür und sah

ihm nach, bis seine Gestalt zwischen den Bäumen verschwand.

*

Ohne auf den Weg zu achten und mit den widerstreitendsten Gefühlen schritt Klaus durch den Wald.

Das hätt nicht kommen dürfen! dachte er ärgerlich. Nur zu deutlich hatte er in Regerls Augen gelesen, was in ihrem Herzen vorging. Da gab es keine Täuschung mehr: dieses Mädchen liebte ihn. Mitleid überkam ihn. Er bedauerte das arme, vom Leben gehetzte Bergkind, hatte er doch heute zum erstenmal erkannt, welch eigenartige Schönheit dieses Wesen umgab. Immer wieder mußte er sich das gestehen, allerdings ohne selbst mit seinen Gefühlen in Zwiespalt zu kommen. Er liebte Traudi, sonst gab es nichts auf der Welt, zu dem er sich hingezogen gefühlt hätte. Sie war sein alles, jeder Atemzug und jeder Herzschlag gehörte ihr.

Klaus hatte sich vorgenommen gehabt, für Regerl in Zukunft wie ein Bruder sorgen zu wollen. Nun aber war das eine schwierige Sache geworden. Das beste war wohl, wenn er ihr ganz aus dem Wege ging. Sie würde und mußte ihn vergessen, denn — so tief kann das unmöglich sitzen.

Von Zeit zu Zeit sich bückend, pflückte er Almenrauschblüten. Aufs Schloß wollte er den Buschen mitnehmen.

Plötzlich horchte er auf. Erklangen nicht aus nächster Nähe Menschenstimmen? Rasch erklomm er einen Hügel und blieb betroffen stehen.

Im Glanz der Nachmittagssonne stand Traudi, die ein schönes blaues Kleid trug, an den Stamm einer Buche gelehnt und blickte auf die Wurzelmarie nieder, die am Boden hockte.

„Unser Herrgott hätte nicht zulassen sollen, daß die beiden sich begegneten. Viel wäre uns erspart geblieben, wenn er eingegriffen hätte, bevor das Unglück geschehen war."

Leise erwiderte das Mädchen: „Daß es zum Unglück wurde, daran waren sie wohl selbst schuld. Sagtet Ihr nicht, daß der Mann zu feig war, für seine Liebe einzustehen? Wer zwang ihn denn, sich durch den Sturz aus der Höhe das Leben zu nehmen?"

Die Alte schüttelte eigensinnig den Kopf.

„Warum wollt Ihr mir die Wahrheit nicht sagen? Ich fürchte sie nicht. Sprecht, wer war jener Mann, der Eure Tochter verführte und dann schmählich sich den Tod gab?"

„Was man nicht weiß, macht einem nicht heiß! Das Sprichwort kennt Ihr doch?" entgegnete die alte Frau.

„Die Wahrheit sagt mir, ich will sie wissen!" kam es fast schreiend aus dem Munde des Mädchens.

Die Greisin warf den Kopf zurück, daß die Strähnen flogen. Ihre Augen flackerten unheimlich, und ihr Gesicht verzerrte sich, als sie hervorstieß: „Sein Bruder hat ihm das Leben so sauer gemacht, daß er es nimmer ertragen hat."

„Sagt mir den Namen jenes unwürdigen Bruders!"

Da stieß die Wurzelmarie hervor: „Der Fürst von Rankenstein."

Zitternd taumelte Waltraud zurück, während sich ihrem Munde ein Stöhnen entrang.

„Das Mädl hat den Schlag nicht verwinden können", sprach die Alte weiter. „Kaum war das Kind auf der Welt, hat man sie aus dem See gezogen. Der Fürst hat nun zwei Menschenleben auf dem Gewissen."

„Und hat man für das Kind nicht gesorgt? Was ist aus ihm geworden?" fragte Waltraud wie geistesabwesend.

„Wohl, wohl. Gleich am nächsten Tag kam ein Bote vom Schloß mit einem Bündel Banknoten. Aber“, die Alte lachte grell auf, „die noblen Herrschaften haben scheint's nicht gewußt, daß Herzleid nicht mit Geld zu stillen ist. Keinen Pfennig hätt ich angenommen. Aber wie das Regerl ein Jahr alt war, da bin ich mit ihm in den Wald 'raufgezogen, um von den Menschen nichts mehr zu hören und zu sehen. So bin ich zu dem geworden, was ich bin: ein ausgestoßenes Leut — eine Hex!“

Die Prinzessin trat vor die Alte hin. „Wurzlin, für mich seid Ihr ein Mensch wie jeder andere auch. Das Schicksal hat Euch nur gegen die Welt und die Menschen verbittert. Ihr tatet auch nicht recht, die Einsamkeit zu suchen, sie ist der Feind allen Lebens. Habt Ihr denn nie daran gedacht, bei Gott dem Allmächtigen Trost zu suchen? Ist Gottes Wort nicht die ewige Verheißung? Haben wir Menschen nach einem rechtschaffenen, gottgefälligen Leben nicht die Gewißheit, daß wir für alle irdischen Leiden durch die reinen Freuden des Himmels belohnt werden? Bei Gott allein ist die Zuflucht für alle Schmerzen und Qualen. Habt Ihr darüber noch niemals nachgedacht, Wurzlin? Sagt denn nicht Euer Herz, daß Gott allein die Güte ist, daß —“

Waltraud verstummte plötzlich und sah erschrocken nach der Stelle hin, wo Klaus unter einer Fichte stand. Ihre Hand griff nach einem Halt. Tränen stürzten aus ihren Augen. Ohne der Alten noch ein Wort zu sagen, wankte sie auf Klaus zu.

Klaus, von allem Gehörten zutiefst bewegt, stützte Waltraud. Zürnend sah er auf die Greisin, die sich hastig erhob und unter unverständlichem Gemurmel zwischen den Bäumen verschwand.

Es dauerte eine geraume Zeit, bis Waltraud sich wieder gefaßt hatte.

„Traudele“, flüsterte er weich, „warum mußtest du aber auch allein die Alte aufsuchen?“

„Ich weiß es selbst nicht. Eine unwiderstehliche Macht trieb mich heraus in den Wald. Ich habe heute das Leben von einer Seite kennengelernt, die mich schwer bedrückt. Eine unbestimmte Ahnung ließ mich nach der Wahrheit suchen. Mir ist noch so vieles unverständlich. Mein Vater, der doch so gut zu mir ist, sollte das Glück seines eigenen Bruders zerstört haben? Das kann ich nicht begreifen, wo er doch gegen jedermann gefällig ist und vielen schon geholfen hat. Aber es muß die Wahrheit sein, denn so wunderlich auch die Alte ist — gelogen hat sie nicht.“

„Ich kann schon begreifen, Traudi, daß dir das alles zu Herzen geht. Aber darüber sind nun über zwanzig Jahre vergangen. Dein Vater hat seine damalige Handlungsweise gewiß tief bereut. Heute wird er sicher anderer Anschauung sein. Oder fürchtest du um unser Glück? Sag mir die Wahrheit, Liebes!“

„Nein, Klaus, ich fürchte nicht darum. Ich habe die Kraft in mir, für diese Liebe einzustehen. Was liegt mir an dem Fürstentitel und dem, was drum und dran hängt! Du bist mein Leben und meine Zuversicht. Laß mich nie an dir zweifeln, das würde ich nie ertragen!“

„Bist mein goldiges Dirndl. Glaube nur fest an mich! Mein Herz gehört immer nur dir allein, und das ist treu wie Gold!“

Langsam schritten sie durch den Wald abwärts und kamen an den kleinen Bergsee, wo einige Sommergäste lagerten.

„Willst ein wenig Kahn fahren? Das beruhigt dich“, fragte Klaus stehenbleibend.

Waltraud nickte ihm dankbar zu und ging an seiner Seite zur Schiffshütte. Verwunderte Blicke trafen das schöne Paar. Ein Sommergast konnte sich nicht enthalten, Klaus ein Kompliment über sein gestriges Verhalten auf dem Tanzboden zu machen. Waltraud sah fragend auf ihren Begleiter.

„Die Erklärung bin ich dir noch schuldig, Traudi."

Klaus hatte unterdessen einen Kahn von der Kette gelöst und half Waltraud beim Einsteigen. Die Ruder tauchten ein, und wie ein Pfeil schoß das Boot über das leuchtende Wasser.

Der alte Schiffsverleiher sah den beiden bewundernd nach, und einige Minuten darauf wußten alle Sommergäste, wer das schöne Fräulein und der große Bursche waren. Und als die beiden eine Stunde später wieder ans Land kamen, wurden sie von allen Seiten gegrüßt.

Arm in Arm gingen sie dann durch die wie in Feierstimmung liegende Natur. Traudi sah gegen die sinkende Sonne und flüsterte leise: „Schau, ist es nicht so, als saugten die Wolkenbänke über den Bergen Blut?"

Klaus folgte ihrem Blick und schüttelte den Kopf „Das bedeutet, daß wir morgen wieder einen schönen Tag bekommen."

Bald hatten sie den mit weißem Kies bestreuten Schloßweg erreicht. Mit einem festen Händedruck trennten sie sich.

„In einer Stunde bin ich wieder bei dir", sagte Klaus.

„Behüt dich Gott, auf Wiedersehen!"

Waltraud sah ihm noch lange nach. Klaus war ganz anders als die vornehmen, wohlgepflegten Kavaliere, die sie bisher kennengelernt hatte. An ihm war alles rein und ohne Makel.

Im Geiste ging sie alle die Herren — bei sich nannte sie sie Gecken — durch, die sich ihr immer wieder zu nähern suchten. Einer war besonders dabei — Graf Arno von Stegen. Waltraud lachte hell auf, als sie an ihn dachte. Neben Klaus mußte der Graf wie eine Jammerfigur aussehen. Dem hatte sein leichtsinniges Leben ganz hübsch zugesetzt!

Als Klaus den Hof betrat, saß das Gesinde bereits beim Abendessen. Er setzte sich zu ihnen an den Tisch und fragte sie nach dem Verlauf des Tages. Dann gab er den Knechten Bescheid, was morgen auf der Alm alles zu richten sei.

Nach einer Weile betrat er die gute Stube.

Vor einem reichlich gedeckten Tisch saß der Herr „Oberjäger" und an seiner Seite die Erlenhoferin. Die beiden schienen bereits gegessen zu haben; sie führten eine sehr angeregte Unterhaltung, so daß sie Klaus' Eintreten gar nicht bemerkten.

Bei seinem Gruß fuhren sie auseinander. Verlegen stand die Bäuerin auf und ging in die Küche, um für Klaus das Abendbrot zu holen.

Klaus nahm von dem Grenzjäger fast keine Notiz, sondern holte seinen Geigenkasten aus dem Schrank und suchte Notenmaterial zusammen.

Unauffällig sah er dazwischen zum Tisch hin und bemerkte das zynische Lächeln und den höhnischen Blick des Grenzers.

Er wandte sich um und sah den Mann drohend an. Da wurde es diesem etwas ungemütlich; es schien ihm vorerst noch zu gewagt, den jungen Mann allzu offen herauszufordern. Er bot ihm eine Zigarette an, die aber abgelehnt wurde.

Ohne sich weiter um den Grenzer zu kümmern, verließ Klaus rasch die Stube. Als ihn die Mutter zum Essen rief, sagte er: „Für mich brauchst nichts anzurichten. Ich bin schon satt, wenn ich den Grenzer seh."

*

Es dämmerte bereits, als Klaus im Schlosse ankam. Langsam stieg er die Stufen empor und betrat den matterhellten, großen Vorraum. Klaus kannte noch alles von seiner Knabenzeit her, und doch schien es ihm heute so fremd.

Die Stille ringsum legte sich lähmend auf sein Gemüt. Schließlich begann er die Bilder an der Wand zu betrachten. Altes und Neues hing da, Bilder, Stiche, Schnitte, verblaßte und neue Photographien.

Da fiel Klaus ein großes Gemälde in einem alten Rahmen auf, das einen jungen schneidigen Offizier in Reiteruniform darstellte. Das schön und edel geschnittene Gesicht blickte froh aus der Leinwand heraus.

Klaus meinte, diese Augen schon gesehen zu haben. Er sann lange nach. Und plötzlich fiel es wie Schuppen von seinen Augen: das waren die Augen des Enkelkindes der Wurzelmarie — Regerls Augen! Groß und sehnsuchtsvoll hatten diese erst heute in die seinen geschaut. Und ebenso groß und fragend sahen sie aus dem Gemälde zu ihm herab.

Rasch wandte er den Kopf, denn er glaubte den Atem eines Menschen gespürt zu haben. Er fuhr zusammen. In einer Nische stand der Fürst von Rankenstein, der schon eine ganze Weile Klaus beobachtet haben mußte. Nun kam er auf ihn zu und streckte ihm die Hand entgegen. „Willkommen, junger Freund! Waltraud wartet bereits auf Sie im Musikzimmer."

Der Fürst ging voran, und Klaus trat über die Schwelle eines gediegen ausgestatteten Raumes, der in rötliches Licht getaucht war. Auf dem Flügel lagen die Noten schon bereit.

Waltraud reichte dem Ankömmling die Hand. „Willst du erst ein wenig verschnaufen, oder wollen wir gleich beginnen?"

Aus der Erkerecke hörte man ein auffälliges Räuspern; es kam von Miß Harton, die sich darüber entsetzte, daß sich die beiden duzten.

Klaus war neben den Flügel getreten und nahm seine Geige aus dem Kasten. „Was hast du aufgeschlagen, Traudi?“ fragte er.

„Beethovens Egmont-Ouvertüre“, sagte sie, „ich denke, es wird schon noch gehen. Oder wünschst du als erstes etwas Leichteres?“

„Nein, laß nur. Ich werd schon mitkommen.“

Der Fürst hatte in einer Ecke Platz genommen und betrachtete die beiden jungen Menschenkinder. Ihn störte der kameradschaftliche Ton offenbar nicht. Als das Spiel begann, lehnte er sich zurück und lauschte.

Klaus war bei den ersten Sätzen etwas unsicher, in seinem Spiel war etwas Zaghaftes. Allmählich wurde sein Strich fester und der Ton voll und rein. Jetzt war er wieder in seinem Element. Das Gesicht begann zu blühen, seine Gestalt streckte sich und kam in ein leises rhythmisches Wiegen, als wären Leib und Seele diesem klingenden Willen hingegeben.

Nicht anders erging es Waltraud. Wie Verklärung lag es auf ihrem Gesicht, und die Augen glänzten wie die eines Kindes, dem sich das Weihnachtswunder offenbart hatte.

Als Klaus tiefatmend den Bogen sinken ließ, nickte ihm Waltraud lächelnd zu. „Sieh, wie wir es noch können, obwohl bereits zwei Jahre dazwischen liegen, da wir nicht mehr zusammen gespielt haben! Man merkt, daß du auch in der Zwischenzeit deine Geige nicht vernachlässigt hast.“

„Das war Musik!“ sagte der Fürst bewundernd. Dann klopfte er Klaus auf die Schulter. „Sie haben sich stramm herausgewachsen, Brückner. Aber jetzt spielt nur wieder. Wir gehen auf die Veranda, um die

Musik von draußen zu genießen." Mit diesen Worten verließ er mit Miß Harton das Zimmer.

Erst nach längerer Zeit unterbrach Waltraud das Schweigen, das eingetreten war. „Mir kommt heute alles so seltsam und unbegreiflich vor. Mir ist zumute, als wenn uns von irgendwoher ein Unheil drohte."

Klaus beschwichtigte sie. „Närrchen, du bist aufgeregt. Die Worte der Wurzlin scheinen dich mitgenommen zu haben. Weiter ist es nichts."

Gedankenverloren starrte Waltraud auf die Noten. Erst als Klaus sie nochmals ansprach, begann sie im Album zu blättern und entschied sich nach einigem Wählen für Gounods herrliches „Ave Maria".

Feierlich klang die ergreifende, innige Melodie durch den Raum. Ganz hingerissen von ihrem eigenen Spiel waren die beiden jungen Menschen. Dann aber legte Klaus Bogen und Geige weg.

„Wir wollen für heute Schluß machen, Waltraud. Wenn Hans mit dem Cello kommt, können wir die Musikabende etwas länger ausdehnen."

„Mir fehlt auch heute der innere Friede. Selbst die Musik hat mich nicht anders gestimmt", erwiderte sie.

„Ich begleite dich hinunter", sagte sie dann rasch, als sie sah, daß Miß Harton, die in das Zimmer zurückgekehrt war, sich erhob. „Sie können sich zurückziehen, Miß, ich begleite meinen Gast selbst hinunter", wandte sich unwillig an die Gesellschafterin.

Dieser blieb vor Schreck das Wort im Munde stecken. In tiefster Empörung blähte sie die Nasenflügel, und als sie den Diener gewahrte, der soeben eingetreten war, sagte sie zu ihm: „Ich muß gestehen, das ist stark! Hier sind die Grenzen zu weit überschritten. Hoheit scheint nicht mehr zu wissen, was sich mit ihrer Würde verträgt. Ich halte es für meine Pflicht, Seine Durchlaucht darauf aufmerksam zu machen."

Lächelnd guckte Felix die aufgeregte Dame an. „Aber Fräuleinchen, gönnen Sie doch dem armen Mädel das bissel Vergnügen! Ich glaub, sie kann's brauchen."

Indigniert drehte Miß Harton dieser gutmütigen Lebensweisheit den Rücken und verließ mit einer ihrer merkwürdigen Bewegungen das Zimmer.

„A bissel vorsichtiger dürften sie schon sein, die zwei", murmelte Felix vor sich hin. — —

Waltraud und Klaus standen unterdessen in der großen Halle vor dem Bilde des Prinzen Friedrich. Jedes hing seinen eigenen Gedanken nach, bis Waltraud leise sagte:

„Wie kann das nur möglich sein, daß sich eine Form des Lebens nach fast zwanzig Jahren so Zug um Zug wiederholt? Seltsam! Immer war mir schon, als umschwebe dieses Bild ein Geheimnis. Ich erinnere mich noch ganz gut, Klaus, daß du einmal sagtest: ‚Der sieht gerade so aus wie das Hexenregerl'."

„Ich hab mich auch schon über diese Ähnlichkeit gewundert. — Übrigens, hab ich dir schon gesagt, daß ich das Regerl heute in unsern Dienst nahm?"

„Wirklich? Klaus, es ist Zeit, daß sich jemand um das arme Wesen annimmt", sagte Waltraud erfreut. „Und daß du es bist, soll mir ein gutes Zeichen sein."

Langsam stiegen sie dann die Freitreppe hinab und wandelten durch den Park. Es war eine laue Nacht. Betäubend duftete der Flieder, und ein leiser Wind koste die blühenden Zweige. Unter einer Trauerweide blieben sie stehen. Die Frühlingsnacht umschlang sie mit ihrem Zauber.

„Wie herrlich ist doch das Leben, Klaus!"

„Mit dir, Traudi, soll es so bleiben."

„Wirst du mich aber auch immer lieben?"

„Warum fragst du, wo du doch weißt, daß ich dir gehöre, mit Leib und Seele?"

„Ach, Klaus, du weißt gar nicht, wie grenzenlos lieb ich dich habe!"

Plötzlich fuhren sie zusammen. Ein Schatten huschte auf sie zu und flüsterte hastig: „Der Fürst kommt. Seid ein bissel vorsichtig!"

Schnell verschwand Waltraud auf einem Seitenweg, nachdem sie Klaus nochmals fest die Hand gedrückt hatte.

Klaus stand unschlüssig da. Er wußte nicht, wohin er sich wenden sollte. Wie aus dem Boden gewachsen stand Felix neben ihm, faßte ihn am Arm und zog ihn durch das Strauchwerk zu einer kleinen Seitenpforte.

Klaus dankte dem Alten. Als er ihm die Hand reichte, fühlte er, wie ihm etwas Kaltes in die Faust gedrückt wurde.

„Da hast ein Schlüssel, Klaus, der gehört zu dem Türchen. Da kannst 'raus und 'rein, wie du willst."

Noch ehe Klaus etwas erwidern konnte, war Felix verschwunden. Aufatmend trat er auf die Straße.

Oben im Schloß flammte ein Licht auf. Waltraud war in ihr Zimmer getreten und ging an eines der geöffneten Fenster. In tiefen Zügen sog sie den Duft der Maiennacht ein und träumte mit wachen Augen hinaus in die milde sternenklare Nacht.

*

Am anderen Morgen, als der Fürst von seinem Morgenritt zurückgekehrt war und in seinem Arbeitszimmer saß, trat Miß Harton bei ihm ein.

Unwillig sah der Fürst auf, denn aus ihrer Miene konnte er schließen, daß sie wieder eine ihrer vielen Klagen über Waltraud vorzubringen gedachte. Deshalb sagte er schnell: „Verschonen Sie mich bitte, liebe Harton, ich benötige heute wirklich Ruhe."

„Es ist etwas sehr Ernstes, worauf ich Durchlaucht aufmerksam machen möchte.“

„Na, alsdann. Aber bitte, fassen Sie sich kurz. Ich habe zu arbeiten.“

Die Miß hüstelte verlegen. „Ich möchte mir zu bemerken erlauben, daß ich das Verhalten der Prinzessin Waltraud mit dem bäuerlichen Geigenspieler ziemlich unpassend fand.“

„Wieso? Die beiden sind Jugendgespielen. Das wissen Sie so gut wie ich. Ich denke auch nicht dran, meinem Kinde den Umgang mit ihm zu verbieten. Das Ganze ist eine harmlose Sache.“

Die Miß fand zu dem Wörtchen „harmlos“ ein überlegenes Lächeln.

„Verzeihung, wenn ich wage, hierin zu widersprechen. Es sind gestern abend zwischen den beiden Blicke gewechselt worden, die mir zu denken gaben; und es würde sich unmöglich mit meiner Pflicht vertragen, darüber zu schweigen.“

„Ihr Wahrnehmungsvermögen ist in der Tat erstaunlich. Trotzdem möchte ich Sie ersuchen, mich künftig mit solchen Lächerlichkeiten zu verschonen. Ich kenne mein Kind und weiß, daß es nichts tun wird, was sich mit seiner Würde nicht verträgt.“

Der Fürst drehte sich um und nahm ein Buch zur Hand. Für Miß Harton war dies ein Zeichen, die Unterredung als beendet zu betrachten. Dennoch wagte sie noch eine Bemerkung, die sie besser unterlassen hätte: „Damals bei Prinz Friedrich waren Durchlaucht auch so nachsichtig, bis —“

Weiter kam sie nicht, denn der Fürst war herumgefahren, kreideweiß im Gesicht. „Sie haben wohl vergessen, Miß, daß ich von niemand daran erinnert sein will!“ schrie er. „Noch einmal ein Wort davon, und Sie sind entlassen!“

Tief beleidigt verließ Miß Harton das Zimmer.

Der Fürst war aufgestanden und wanderte hin und her, die Hände an die Schläfen gepreßt. Die Gedanken stürmten auf ihn ein. Endlich blieb er stehen.

„Nein, mit keinem Wort werde ich Waltraud zur Rede stellen. Es wäre grausam, dieses Kinderbündnis zu zerstören. Sie hängt an dem Jungen, mehr fast als an mir. Aber Liebe — nein, Liebe ist das nicht. Wie lange noch, dann kommt Graf Stegen und wird um sie werben; dann hört diese Jugendfreundschaft schon von selbst auf. Klaus Brückner aber bin ich zu Dank verpflichtet, er hat meiner Waltraud viel Licht und Sonne in ihre einsame Kindheit gebracht. Und zum Lohn dafür soll ich ihm jetzt sagen: Ich verbiete dir von nun an den freundschaftlichen Verkehr mit meiner Tochter? Nein, nie und nimmermehr! Die Zeit gestaltet schon selbst alles anders."

Das Selbstgespräch stimmte ihn ruhiger. Als er ans Fenster trat, bestieg im Schloßhof soeben Waltraud ihr Pferd. Mit berechtigtem Vaterstolz umfaßte er die zarte Gestalt seines Kindes und winkte ihm freundlich zu, als es zu ihm heraufsah. — —

Und es blieb, wie es war. Jeden zweiten Abend kam Klaus auf das Schloß. Es waren selige Stunden für die Liebenden. Kein unbedachtes Wort kam vor Zeugen über ihre Lippen. Wie im Fluge zogen die Tage vorüber. Es kam ihnen nicht in den Sinn, sie zu zählen. Sie lebten nur der Gegenwart. — —

So kam das Himmelfahrtsfest heran. Klaus begleitete seinen Freund Hans Westermann, dessen Ferienzeit abgelaufen war, an die Bahn. In den letzten Tagen hatte Hans an den Musikabenden im Schloß teilgenommen. Tagsüber hatte er sich meistens in der Hoffnung auf ein Zusammentreffen mit Regerl im Walde herumgetrieben.

Einmal war ihm das Glück hold gewesen. Sie aber war unnahbar geblieben. Nur als er das Gespräch auf Klaus brachte, bekamen ihre Augen einen frohen Glanz, und Regerls Antworten hatten ihn deutlich ahnen lassen, was sie für Klaus fühlte.

Hans Westermann liebte dieses arme Mädchen. Eine große, heilige Liebe war in seinem Herzen entbrannt, die ihm die Gedanken wirr durcheinander trieb.

Schweigend und resigniert schritt er jetzt neben seinem besten Freund her.

Eine Weile betrachtete Klaus den heute so sonderbaren Kameraden, bis er ihn lachend mit dem Ellenbogen stieß. „Mir scheint, dir hat ein Weiberleut den Kopf verdreht, weil du so vor dich hin sinnierst?"

Hans wich dieser Frage aus.

„Geh, mir kannst es doch sagen! Ich bin doch dein Freund."

Ein dankbarer Blick traf ihn, und Hans Westermann verlangsamte den Schritt. Dann brach das Geständnis von seinen Lippen. „Ja, Klaus, ich liebe ein Mädchen, aber leider hoffnungslos."

„Ah, geh zu!" lachte Klaus. „Du mußt die Flinte nicht gleich ins Korn werfen. Gib nur net nach, und du wirst sehen, es klappt noch alles. Das Mädel müßte ja keine Augen im Kopf haben, wenn es an dir keinen Gefallen finden würde!"

„Oh, wenn du wüßtest, was die für Augen hat! Augen so rein und gut, tief wie ein Zauberbrunnen und doch wieder so hell wie die Sonne. Alles in mir drängt nach diesem Mädchen, jeder Gedanke und jeder Blutstropfen zieht mich zu ihr hin. Noch weiß ich nicht, wie ich mit mir fertig werde. Fest steht nur das eine, das Bitterste: ich muß verzichten, denn — sie liebt einen anderen."

Aufmerksam hatte Klaus zugehört. „Das ist freilich

eine dumme Geschichte. Und der andere? Ist das mit dem schon fest? Kennst du ihn?"

„Ja, Klaus, ich kenne ihn schon seit meiner Kindheit. Er ist — mein bester Freund, den ich wie einen Bruder liebe."

Klaus wechselte die Farbe. Waltraud? Das wäre kaum auszudenken!

Als hätte Hans seine Gedanken erraten, sagte er schnell: „Das Enkelkind der Wurzlmarie ist's."

„Ah, geh, du bist ja narrisch!"

„Möglich, denn man sagt ja, Verliebte sind Narrenleut."

Klaus griff nach der Hand des Freundes. „Du verstehst mich nicht, Hans. Zwischen mir und dem Regerl ist nichts, aber auch gar nichts, was dir im Weg sein könnte. Und sonst hast du doch keinen Freund?"

„Nein, Klaus, ich habe nur dich. Und dich liebt dieses Mädchen."

„Das muß sie sich aus dem Kopf schlagen. Laß nur gut sein, bis du wiederkommst, schaut die Sache anders aus. Verlaß dich drauf, ich werde das schon machen."

Wie er das anstellen wollte, wußte er selber freilich nicht. Aber es drängte ihn, dem Freunde etwas Tröstendes zu sagen.

Jetzt hatten sie den Bahnhof erreicht.

„Du bist wirklich ein lieber, guter Kerl, Klaus!"

„Auch net besser wie du. Aber geh zu, tummle dich, sonst fahrt dein Zug ohne dich weg!" Mit diesen Worten schob er den Freund zum Schalter hin.

Erst als der Zug nicht mehr zu sehen war, verließ Klaus den Bahnsteig und schlenderte langsam dem Dorf zu.

Am Hause des Bürgermeisters blieb er unschlüssig stehen. Dann trat er in die Stube, wo der Schweiger mit Dori auf dem breiten Ledersofa saß und rauchte. Dori lächelte spöttisch. „So, bist da. Hast dein schmalzhaarigen Freund gut im Zug untergebracht?"

Obwohl sich Klaus über diese Rede ärgerte, gab er Dori keine Antwort, sondern wandte sich an den Bürgermeister. „Ich hätt dich gern um etwas gefragt, Bürgermeister."

Dieser erhob sich ächzend vom Sofa und schritt Klaus voran in die Kanzlei. „Na, und?"

„Kannst du mir Auskunft geben über den Grenzjäger Lukas Brenner vom Posten II? War der schon einmal in der Gemeinde?"

„Lukas Brenner?" Der Bürgermeister sah zur Decke empor. „Wart mal. Da muß ich im Anmeldebuch nachschauen. Bekannt ist mir der Name."

Er nahm aus dem Regal ein dickes Buch und begann darin zu blättern. Nach einer Weile sagte er: „Jetzt hab ich's. Ja, richtig, da steht's: Lukas Brenner, geb. am 16. November 1920, abkommandiert vom Gefangenenlager Puchheim nach der Gemeinde Röckelsbach zur Gefangenenaufsicht am 25. Mai 1942."

Während der Bürgermeister das Buch wieder zurück stellte, schritt Klaus zur Tür. „Ich dank schön, Bürgermeister."

„Nix zu danken. Der Bürgermeister muß immer zu haben sein. Aber wart einmal, du!"

Klaus stand schon im Hausflur und sah zurück. „Hast mir noch was zu sagen?"

„Ja, ein Wörtl, das ich dir schon lange sagen wollt. Meinen Dori, den laß in Zukunft in Ruh, sonst müßt ich dich wegen Körperverletzung anzeigen."

„Und die Doktorrechnung kann er auch zahln", ließ sich aus der Küche die Bäuerin vernehmen.

„So, ich soll ihn in Ruhe lassen?" sagte Klaus ruhig.

„Dann soll er mir zuerst die meinige lassen. Ich leg ihm nichts in den Weg."

„Geh, tu dich jetzt nur nicht 'rausreden! Man kennt dich ja als Wildling und Raufbold."

„So?" fuhr es zornbebend von Klaus' Lippen, „Du bist aber der erste, der mir dies sagt."

„Ist es etwa nicht wahr?" fiel die Bäuerin hurtig ein, die inzwischen hinzugetreten war. „Hast du unsern Buben, der keiner Fliege was zuleide tun kann, net geschlagen, daß er drei Tage im Bett hat bleiben müssen? Einen Prozeß sollte man dir wegen gröblicher Mißhandlung anhängen."

Klaus war einem Wutausbruch nahe. Aber er beherrschte sich, weil er es der Mühe nicht wert fand, diesen falsch unterrichteten Leuten ein Wort der Aufklärung zu sagen. Es wäre ja doch vergebens gewesen, ihrem Sohn hätten sie mehr geglaubt als ihm. Rasch trat er hinaus ins Freie, spuckte aus und murmelte: „Bagage, miserable!"

Als er durch das Dorf schritt, beschäftigten sich seine Gedanken eingehend mit dem Oberjäger Brenner. Etwas Häßliches und Grausames stieg da aus der Vergangenheit auf, das er als ganz kleiner Bub miterlebt hatte.

Während des Krieges war es, als auf dem Erlenhof drei gefangene Russen beschäftigt waren. Einer davon, ein blutjunges Bürscherl, war krank geworden und lag, sich vor Schmerzen krümmend, im Garten. Da kam der Wachposten.

„Was ist denn mit dem da los?" fragte er die Erlenhoferin.

„Arbeiten will er halt net, der faule Kerl."

„Wirst sehen, Bäuerin", versetzte der Aufseher, „wie schnell der auf die Füße kommt!" Zynisch lachend riß er eine Peitsche aus dem Gürtel und begann auf den

Kranken einzuschlagen. Gellend schrie der Gemarterte um Hilfe. Aber niemand erbarmte sich seiner. Die Erlenhoferin stand dabei und konnte lachen. Klaus vermeinte seine Stiefmutter seit dieser Zeit zu hassen.

Diese blutige, grausame Tragödie stand jetzt wieder vor Klaus' Augen, als wäre sie erst gestern geschehen. Und diese Bestie von einem Menschen war plötzlich wieder aufgetaucht und verkehrte auf dem Erlenhof in einer Weise, als hätte er dort Rechte!

Klaus schritt unwillkürlich rascher aus. Fiebernde Erregung überkam ihn.

Es dauerte noch ein gutes Jahr bis zu seiner Mündigkeit. Bis dahin konnte die Stiefmutter auf dem Hof tun und lassen, was sie wollte. Klaus machte sich die düstersten Gedanken. Wo hatte er nur seine Augen gehabt? War er durch sein eigenes Glück blind geworden? Nein, das wäre nicht auszudenken — dieser Mörder als Bauer auf dem Erlenhof, auf welchem noch nie ein Makel gelegen hatte!

Er ging mit großen Schritten durch das stille Dorf. Die Leute, die ihn grüßten, sah er nicht und ließ sie ohne Dank. Erst als er den Leitnerbauern an seiner Hoftür stehen sah, hemmte er seine Schritte.

„Dös ist aber ein Wetter heut!" begrüßte Leitner den Ankommenden.

„Ja, Nachbar. Wenn's nur aushalten möchte! Nächste Woche will ich mit der Heumahd anfangen."

Dieser Nachbar war Klaus stets ein guter Berater gewesen. Immer, wenn er sich über etwas nicht im klaren war, holte er sich bei diesem Manne Rat und Beistand.

Der Leitner tat ein paar Züge aus seiner Virginia und trat an Klaus heran. „Besuch ist auch wieder auf deinem Hof", raunte er ihm zu. „Halt die Augen offen! Der Brenner ist ein ganz Süßer, dem ich net über die Straße trau."

„Wieso, was kann der mir anhaben?“

„Vielleicht mehr als du denkst, Bub. Hast noch net drüber nachgedacht, was werden könnt, wenn es der Erlenhoferin einfällt, nochmals zu heiraten?“

„In einem guten Jahr bin ich mündig, Nachbar.“

„Weiß ich. Aber glaubst du, wenn der Brenner auf den Hof kommt, da bleibt bis zu deiner Mündigkeit noch recht viel übrig? Oder denkst du, daß der einer zum Arbeiten ist? Nein, sag ich dir. Den Herrn tät er spielen und das Geld verjuxen, und nix kannst dran machen. Glaub mir's, Bub, wenn ich sag: Mach die Augen auf, noch ist es Zeit! Ich hätt nichts gesagt, wenn ich mich net um dich sorgen tät. Ich will nur dein Bestes.“

Die Hände des Jungen ballten sich zu Fäusten. „Hast recht, Nachbar, ich will mich wehren. Und gleich jetzt will ich auf dem Hof saubermachen. Ich dank dir von Herzen, Nachbar.“

Ernst sah der Bauer dem Davoneilenden nach. „Wär schad für den Klaus, wenn er um seine Heimat käm!“

Der Leitner hatte so manches auf dem Nachbarhof gesehen, was Klaus bisher entgangen war. — —

Nach einigen Schritten hatte Klaus seinen Hof erreicht. Da stutzte er. Unter dem weit vorspringenden Schuppendach stand ein neues Motorrad. Aus dem Stall hörte man die Dienstboten sprechen. Deutlich vernahm Klaus die Worte:

„Der muß einen schönen Verdienst haben, wenn er sich so einen noblen Karren anschaffen kann.“

„Meinst?“ antwortete Friedl spottend. „Es wird ihm schon jemand die nötigen Moneten beigesteuert haben. Von seinem Gehalt kann er sich so was net kaufen.“

„Du glaubst doch net gar, daß —“

„Nix glaub ich“, unterbrach Friedl den Sprecher. „Wenn ich was Bestimmtes wüßte, tät ich es net euch zuerst auf die Nase binden, sondern der Klaus wär der erste, dem ich's sagte."

In diesem Moment vernahm man Michls Stimme: „Jetzt weiß man wirklich nimmer, wer eigentlich der Herr im Haus ist! Schafft mir der aufgeschniegelte Lapp von einem Grenzer an, ich soll ihm sein Schnauferl putzen! Habt ihr schon so eine Unverschämtheit gehört?" Schimpfend trat Michl aus dem Stall, grimmig einen Lappen schwingend. Jäh verstummte er, als er Klaus stehen sah.

„Was machst mit dem Lumpen da?" fragte Klaus.

„Dem Grenzer sein Schnauferl muß ich putzen."

„Der hat am Hof gar nichts anzuschaffen, und meine Knechte haben was anderes zu tun. Habt ihr mich verstanden?" wandte er sich an die übrigen.

Die Leute sahen sich betroffen an. Einen solchen scharfen Ton waren sie nicht gewohnt.

Klaus wandte sich ab und ging ins Haus.

Vevi war an Friedl herangetreten und flüsterte ihm hastig zu: „Geh, stell dich zur Haustür, daß du gleich bei der Hand bist! Ich trau dem Grenzer gar net."

„Wird net notwendig sein. Mit dem wird der Klaus leicht fertig. Aber hast recht, Schatzl, zur Vorsorg will ich ein bissl aufpassen." — —

Als Klaus die Stube betrat, sah er, wie seine Stiefmutter blitzschnell einen Brief zu verbergen suchte. Das Blatt fiel aber zu Boden, und ehe sie sich danach bücken konnte, stand Klaus schon mit dem Fuß darauf.

„Ist denn das gar so heimlich, daß ich es net wissen dürft?"

Er trat zum Fenster und entfaltete das zerknitterte Schreiben, das vom Finanzamt kam und folgenden Inhalt hatte:

„Frau Ökonomswitwe Marg. Brückner in Bürg.

Laut den uns vorliegenden Unterlagen sind Sie mit

Ihren vorjährigen Steuern, trotz wiederholter Mahnungen, noch immer im Rückstand. Sollten Sie Ihrer Steuerpflicht binnen vierzehn Tagen nicht nachkommen, so müßten wir zwangsweise gegen Sie vorgehen. Nach den bei der Gemeinde eingezogenen Erkundigungen wären Sie in der Lage, Ihren Verpflichtungen dem Staate gegenüber nachzukommen. Eine weitere Stundung kann, da Sie sich nicht in ungünstigen Verhältnissen befinden, nicht mehr gewährt werden."

Zwei-, dreimal las Klaus den Brief. Dann drehte er langsam den Kopf. „Was soll das bedeuten? Hast du die Steuern nicht bezahlt?"

Die Erlenhoferin wand sich förmlich unter dem zwingenden Blick. Dann sprang sie auf und schrie: „Ich hab kein Geld zum Steuernzahln!"

„Was ist dann mit den achthundert Mark geworden, die uns der Händler fürs Heu und Stroh bezahlt hat? Das Geld war doch für die Steuern bestimmt."

„Gefressen hab ich's net."

„Wo das Geld hingekommen ist, möcht ich wissen!" schrie Klaus und schlug mit der Hand auf den Tisch, daß es krachte.

Die Erlenhoferin wich entsetzt zurück und blickte hilfesuchend auf den Grenzjäger. Dieser verstand den Blick und griff ein.

„Na, hör mal, Bürscherl, so redt man aber net mit seiner Mutter! Da merkt man's wieder deutlich, daß kein Herr im Haus ist. Die jungen Leute wachsen heutzutags auf wie die Viecher. Mir scheint, da muß ich öfter nachschauen. Dem armen Weiberl wird vom Herrn Sohn, wie mir scheint, net einmal die Luft zum Schnaufen vergönnt."

Klaus' Körper straffte sich, und ehe sich's Brenner versah, hatte er ihn mit einem eisernen Griff an der

Brust gefaßt. „Du“, keuchte er, „hast du überhaupt im Haus was zu sagen?“

Verblüfft von dem jähen Überfall, maulte Brenner in seiner herrischen Art: „Langsam, oder mir rutscht die Hand aus!“

„Paß auf, was ich dir jetzt sag. Glaub’n tu ich schon, daß du eine rutschige Hand hast. Aber bloß mucken tu dich, dann breche ich dir alle Knochen! Denn weißt, ich bin kein krankschwaches Bürscherl, das man zu Tode peitschen kann. Und noch eins sag ich dir: Laß dich auf dem Hof nimmer blicken, sonst nehm ich die Peitschen von der Wand und hetz dich ’naus! So, jetzt weißt du’s.“

Klaus ließ ihn los und eilte zur Tür hinaus.

Brenner besann sich einige Sekunden. Aber dann fing er an mit den Armen zu fuchteln und brüllte hinter dem Davoneilenden her: „Glaubst du, ich frag dich erst um Erlaubnis, ob ich kommen darf? Geh zu, Margretl, wein net!“ Tröstend legte er den Arm um die Schultern der Bäuerin. „Sei nur stad, dem grünen Kampl werd ich die Federn schon rupfen. Wenn du mir folgst, wird alles recht werden. Und mach dir wegen dem Finanzamt keine Sorgen. So schlimm is das net mit dem zwangsweisen Eingreifen. Im Notfall verkaufst halt eine Kälberkuh.“

Unter diesen Worten des Grenzers, die er mit einem zärtlichen Getätschel bekräftigte, wurde die Erlenhoferin ruhiger und trocknete ihre Tränen. „Freilich, eine Kälberkuh. Da hast recht“, stotterte sie. „Und wenn ich dem Reiterer noch den Acker geb, der ihm schon lange in die Augen sticht, dann kann ich sogar noch ein schönes Geld zurücklegen.“

Diese Worte ließen den Grenzer hurtig die unangenehmen Minuten vergessen. Er wollte schon dafür sorgen, daß der Erlenhof zu keinem übrigen Geld mehr kam!

Und fester drückte er die Witwe an sich und flüsterte ihr ins Ohr: „Bist halt a kluges Weiberl! Und auf mich kannst dich verlassen. Wenn ich nur wüßt, wie ich dir für alles danken könnt! Soviel Freud hast mir gemacht mit dem Motorradl, daß ich geweint hab."

„Ah, geh", wehrte die Erlenhoferin ab. „Ich hab dich halt so gern, und da tut man doch alles."

Brenner überlegte einen Augenblick, um dann zum Hauptstoß anzusetzen. Fest drückte er das irregeleitete Weib an sich und fragte: „Tätst auch den Hof verkaufen?"

Langsam hob sie den Kopf und sah ihn mit einem Blick an, der ihn triumphieren ließ.

„Du bist viel zu schad für die Bauernarbeit", flüsterte er zärtlich. „So a Prachtweiberl gehört auf einen andern Platz. Bedenke, wenn du den Hof verkaufst mit allem, was drum und dran ist, gut zweihunderttausend Mark springen dabei 'raus. Was glaubst, was wir uns da für ein gutes Leben machen können! Wir täten in die Schweiz gehen, täten uns ein kleines Gütl kaufen und ganz für uns leben. Es eilt ja net. Du kannst dir meinen Vorschlag ganz ruhig überlegen."

„Die Geschichte könnte man überlegen, Lukas. Es gäb ja nichts Schöneres, als mit dir irgendwo allein zu sein. Aber was machen wir dann mit Klaus?"

„Aber geh zu, was geht uns der an? Der nimmt doch auf uns auch keine Rücksicht. Wie gesagt, es pressiert ja nicht. Unser Glück kann uns niemand mehr nehmen, das halten wir fest in der Hand, gelt, Schatzerl, mein liebes?"

„Ja, Luk. Und über die Geschicht will ich nachdenken."

Lukas Brenner war sehr zufrieden. In Gedanken berechnete er bereits, welche Summe aus dem Hof, für den es gewiß viele Liebhaber gab, herauszuschlagen wäre.

„Warum redst nix mehr?“ fragte die Erlenhoferin.

„Weißt, manchmal macht mich die Liebe zu dir ganz stumm. Da brennen mir soviel Wörtln auf der Seel, und keines bring ich ’raus.“

Seine Worte hatten gezündet, denn die Bäuerin begann mit dem Schürzenzipfel die Augen zu tupfen und barg den Kopf dann schluchzend an seiner Brust.

„So gern hast du mich?“ sagte Brenner scheinbar gerührt.

„Ja, soviel plagen tut’s mich, die Lieb.“

Wie ein bunter Käfer, der sich in einem Spinnennetz verfangen hatte und unentrinnbar eingesponnen worden war, war die Erlenhoferin von den törichten Hoffnungen ihres verliebten Herzens und von den dunklen Plänen des Lukas Brenner, die er aber wohlweislich nicht kundgab, eingefangen.

Nach dem Mittagessen zog sie ihr bestes Kleid an, weil sie mit Lukas mit dem Motorrad nach Benediktbeuren fahren wollte, wo eine Schwester von ihr verheiratet war. Sie strahlte förmlich vor Stolz, als sie durch das Dorf fuhr und die verwunderten und neidischen Blicke der Dörfler sah.

Wer hat, der hat, wer kann, der kann! dachte sich die Erlenhoferin.

*

Der Himmel leuchtete in allen Farben, als Klaus am Abend des gleichen Tages den Schloßberg hinaufschritt. Auf diesem Gang verließen ihn die düsteren, schweren Gedanken, die ihn tagsüber gepeinigt hatten.

Waltraud erwartete ihn bereits am Portal. Frohes Leuchten lag in ihren Augen.

„Wie hab ich mich nach dir gesehnt, Klaus! Heute mußt du länger als sonst bleiben.“

„Ich bleibe solange, bis du mich fortschickst“, entgegnete er heiter. Sie gab ihm einen leichten Schlag auf die Schulter und sprang davon. „Fang mich!“ rief sie lachend.

Wie übermütig sie heute ist! dachte er und sprang ihr in mächtigen Sätzen nach. In der schon fast finsteren Vorhalle erhaschte er sie.

Unter fröhlichem Gelächter schlang sie ihre Arme um seinen Hals. „O Klaus, wie lieb ich dich habe!“

Da, ein feines Knacken — und grelles Licht überflutete die beiden Engumschlungenen, die sich erschreckt voneinander lösten.

Unter der Tür stand Miß Harton. Ihr Blick glitt verächtlich über die beiden hin, und während sie sich langsam zurückzog, sagte sie vernehmlich: „Nette Zustände!“

Waltraud und Klaus sahen sich verdutzt an, dann brachen sie in schallendes Gelächter aus und sprangen die Stufen zum Musikzimmer empor.

„Jetzt aber etwas Lustiges!“ sagte Waltraud, indem sie den Flügel öffnete.

Bald erklang temperamentvoll ein Wiener Walzerlied in den schönen Abend hinaus. Die beiden Menschenkinder wurden von der Melodie fortgerissen, und was an Glück und Sehnsucht in ihren Seelen war, schütteten sie hinein in die rauschenden Klänge, in das jubelnde Lied ungestümer Lebenslust.

Sie hatten beide nicht bemerkt, daß während des Spieles jemand das Zimmer betrat. Erst als der letzte Ton verstummte, hörten sie den Fürsten applaudieren.

„Bravo, Kinder, das nenne ich Stimmung! Das ist was anderes als der schwermütige Beethoven. Nur gleich weiter! Aber halt, Waltraud, zuerst muß ich dir eine freudige Mitteilung machen. Graf Stegen meldete soeben telephonisch seine Ankunft für morgen."

Waltraud sah rasch vom Notenblatt auf und fragte verwundert: „Graf Stegen? Morgen? Ich wußte gar nicht, daß er die Absicht, uns zu besuchen, einmal ausgesprochen hatte. Es kommt mir in der Tat sehr überraschend —"

„Das ist die Freude, nicht wahr, mein Kind?"

Das feine, schmale Gesicht, das vor Sekunden noch geglüht hatte, wurde weiß wie Wachs. Waltraud ließ die Hand mit dem Notenblatt sinken und sah hilflos auf Klaus. Sie schrak vor dessen forschenden Blicken zusammen. Dann sagte sie zum Vater:

„Freude? Ich wüßte nicht, weshalb ich Freude empfinden sollte. Ich kann mich seiner kaum noch entsinnen." Sie verstummte und sah verloren in den Abend hinaus. „Hat man das Notwendige bereits veranlaßt?"

„Ich habe die nach Norden liegenden Gastzimmer in Ordnung bringen lassen", sagte der Fürst und sah aufmerksam auf Klaus, der, die Geige unter das Kinn gepreßt, dastand und auf den Boden starrte.

Klaus war mit seinen Gedanken fortan nicht mehr beim Spiel. Immer dunkler und düsterer wurde es in ihm. Eine Ahnung sagte ihm, daß dieser Graf Stegen für ihn eine Gefahr bedeutete. Warum war Traudi so blaß geworden? Hatte sie ihm etwas verschwiegen? Vielleicht hatte dieser Graf Rechte auf sie, und deshalb das jähe Erschrecken vor seinem forschenden Blick?

„Es-Dur!" schreckte ihn plötzlich eine Stimme aus seinem Sinnen. Er hatte gar nicht bemerkt, daß er falsch spielte.

Er ließ den Bogen sinken. „Verzeih, Traudi, ich bin heute nicht in Stimmung." Er legte die Geige in den Kasten und griff nach seinem Hut.

„Ich begleite dich hinunter, Klaus."

„Das kann Felix besorgen, du bleibst hier", sagte der Fürst und ergriff Waltraud beim Arm. Dann wandte er sich mit einer kühlen Verbeugung an Klaus. „Gute Nacht, Herr Brückner."

Klaus warf den Kopf in den Nacken. Eine trotzige Bemerkung verhinderte ein flehender Blick aus Waltrauds Augen. Die Zähne zusammenbeißend, hastete er aus dem Zimmer.

Im Gang stand Felix. Lautlos huschte er hinter Klaus her. Erst im Park wagten sie zu reden.

„Felix, sag mir, was hat das zu bedeuten?"

„Ach Gott, er muß etwas gemerkt haben", wisperte der Diener.

„Ich muß Traudi sprechen — heute noch! Kannst du ihr sagen, Felix, daß sie auf mich wartet?"

„Bub, das wird schwer halten. Ich möcht euch so gern helfen. Aber wenn Durchlaucht was erfährt, komme ich um meine Stellung."

Klaus preßte die Fäuste an die Schläfen. Das also war das Ende! Oh, er hatte es geahnt, immer schon — und trotzdem von einem Glück gehofft und geträumt, das sich nun nicht erfüllen konnte. Wo war nur sein klarer Verstand geblieben, daß er der Stimme seines Herzens nicht Einhalt geboten hatte?

Als Klaus das Musikzimmer verlassen hatte, wandte sich der Fürst sofort an die blaßgewordene, zitternd vor ihm stehende Waltraud. „Kannst du dir das seltsame Verhalten Klaus Brückners erklären?"

„Nein, Papa. Ich — ich weiß wirklich nicht", stotterte sie.

Kalt und erbarmungslos ruhte der Blick des Fürsten auf seinem Kinde. „Jedenfalls gibt mir sein Benehmen zu denken. Ich habe euch beide scharf beobachtet. Ich dulde nicht mehr, daß ihr euch allein trefft."

„Darf ich um den Grund bitten?"

„Weil Klaus für dich kein Umgang mehr ist. Übrigens wirst du dich von morgen an ausschließlich unserem Gast zu widmen haben. Klaus wird das Schloß nicht mehr betreten. Ich werde das Nötige veranlassen."

„Das könntest du tun?"

„Still, wenn ich rede!" fuhr der Fürst fort. „Ich habe allen Grund anzunehmen, daß Klaus Brückner dir mehr ist, als es sein darf, und ebenso umgekehrt. Du weißt, was du unserem Stande schuldig bist, und hast keinen Zoll davon abzuweichen. Verstanden?!"

Waltraud traf jedes Wort wie ein Peitschenhieb.

„Steh nicht wie eine verstockte Sünderin da!" herrschte der Fürst sie an. „Antworte, ob meine Vermutung stimmt!"

In Waltrauds Antlitz vollzog sich eine Wandlung. Flammende Glut überzog das bleiche Gesicht. Dann sah sie ihren Vater fest an.

„Verzeih, Papa, auf diese Frage werde ich dir keine Antwort geben. Ich wußte nicht, daß du so grausam sein kannst. Gute Nacht."

*

Als Klaus am anderen Morgen vom Futtermähen zurückkam, stand Regerl schon wartend neben den Bäumen. Er traute seinen Augen kaum, als er sie so völlig verändert sah, neu eingekleidet vom Kopf bis zum Fuß. Verlegen stocherte sie mit dem Bergstock im Sand, als Klaus auf sie zuschritt. Erst als er ihr die Hand reichte, hob sie langsam die Augen.

„Jetzt hätt ich dich bald nimmer erkannt", sagte Klaus in ehrlicher Bewunderung und betrachtete ihre schlanke Gestalt, die in dem gestreiften Dirndlkleid sehr gut zur Geltung kam. „Sauber hast dich zusammeng'richt", lobte er sie.

„Die Großmutter meinte, ich dürfte nun net länger hinter den anderen Mädeln zurückstehen, wenn ich nun doch schon unter die Menschen soll. Mein Dienstherr soll sich meiner auch net schämen müssen."

„Ich hätte mich deiner auch so net geschämt. Auf die Kleider allein kommt es nicht an."

„Das weiß ich. Aber die Leut solln net länger über mich spötteln."

„Du, Regerl, da wird aber einer eine Freud haben, wenn er dich sieht!"

Regerl blickte über den Hof, wo Franzl soeben die Kuhglocken vom Tennboden heruntertrug.

Klaus wollte das einmal begonnene Thema nicht wieder fallenlassen und fuhr fort: „Es könnte schon sein, daß sich einer um dich sorgt. Er sucht dich sicherlich auf. Du mußt ein bisserl gut mit ihm sein, er verdient's." Dabei spielte ein seltsames Lächeln um seine Lippen.

Klaus ahnte nicht im geringsten, wie weh er dem Mädchen getan hatte. Gut und lieb sollte sie mit dem anderen sein! Klaus, den sie mit allen Fasern ihres Herzens liebte, dem alles in ihr entgegenschlug, dem durfte sie nichts, gar nichts sein. Oh, wie das schmerzte! Aber sie durfte es nicht zeigen. Tapfer hielt Regerl die aufsteigenden Tränen zurück.

Unterdessen begann im Hof ein reges Leben. Franzl trieb die vierzehn Schafe, die droben seiner Aufsicht unterstehen sollten, aus dem Stall und befestigte Schellen an ihren Hälsen. Auch die Kühe hatten die Glokken schon um und brüllten der Freiheit entgegen. Vevi trat an Regerl heran, um ihr die letzten Ratschläge zu geben.

Nun war es soweit, der Zug stand fertig da. Michl nahm die schwere Kraxe auf den Rücken, und Franzl fing mit der Peitsche wie ein Fuhrmann zu knallen an.

Zufrieden musterte Klaus die stattliche Herde. Dann sah er unwillig zum Haus hinüber. Man schien noch auf etwas zu warten.

„Geh zu, Vevi, tu es du. Die Mutter weiß scheint's nimmer, was auf einem christlichen Hof der Brauch ist."

Da sprang Vevi hurtig ins Haus, um gleich darauf mit dem Weihwasserkessel zu erscheinen. Mit einem Palmzweig sprengte sie über die Herde hin.

„So, jetzt los, in Gottes Namen!" sagte Klaus. „Es wird Zeit, wenn wir vor der Mittagshitze noch 'naufkommen wollen."

Langsam bewegte sich der Almzug vom Erlenhof auf die Straße. Das Läuten der Herdenglocken trieb die Nachbarn vor die Häuser, wo dann mit Kennerblick jedes Stück Vieh gemustert wurde. Heute gab es ja noch etwas anderes zu sehen: die junge Sennerin in dem schmucken Kleid.

„Ah, da schau!" staunte der Weber mit aufgerissenen Augen. „'s Hexenregerl! Die hat sich sauber 'rausgewachsen!"

„Wie grad der Klaus auf die kommt?" wunderte sich der Lahner. „Der vertrauet ich, weiß Gott, mein Vieh net an."

„Glaubt ja net, daß der Klaus net weiß, was er tut", entgegnete der Leitner. „'s Regerl weiß sich wenigstens zu helfen, wenn ein Stück krank wird."

Während so die Nachbarn ihre Meinungen austauschten, zogen die Tiere langsam auf der Straße weiter. Hundert Meter noch, und sie mußten links in einen Wiesenweg einbiegen.

Da kam in rascher Fahrt ein Auto die Straße entlang. Klaus winkte zum Zeichen, daß der Chauffeur anhalten möchte, da er das Vieh unmöglich in die Wiese seines Nachbarn treiben konnte.

Sofort stoppte der Wagen, und als Klaus daran vorbeischritt, zuckte er heftig zusammen. Für Sekunden bohrten sich seine Augen in die des Fremden, der behaglich eine Zigarette rauchend in den Polstern saß. Es war ein Herr Ende der Zwanzig im grauen Reiseanzug. Die Gestalt war nicht allzu groß. Ein interessantes Gesicht sah ihm entgegen, in das allerdings die Zeichen eines allzu leichtsinnig genossenen Lebens gegraben waren. Unter dem scharfen Blick des Erlenhof-Klaus begann der Fremde nervös an seinem schwarzen Bärtchen zu zupfen.

Klaus schritt weiter und sah verbissen in den Frühschatten des Waldes, den sie nun erreichten. Nicht ein einziges Mal wandte er sich um.

„Der, mein ich, hat mehr Geld wie ich", äußerte sich Michl und sah sehnsüchtig auf das davonfahrende Auto.

„Sei zufrieden mit dem, was du hast!" entfuhr es Klaus rauh. Dann lachte er plötzlich. „Wenn das der Graf wäre —"

Seine Augen suchten das Schloß, auf dessen Zinne heute eine zweite Flagge wehte.

Langsam kam die Herde vorwärts. Die Kühe grasten unterwegs und zerstreuten sich. Bis sie wieder zusammengetrieben waren, dauerte es eine Weile. Nach zwei Stunden endlich näherte man sich dem offenen Almfeld.

Hier begegnete ihnen der Schweiger Dori. Grußlos ging er an Klaus vorüber. Aber am Ende des Zuges angekommen, blieb er erstaunt stehen und musterte mit dunklen Augen Regerl, das mit ruhigem, sicherem Schritt hinter der Herde herging.

Dori stieß einen leichten Pfiff durch die Zähne. „Ah, Regerl, grüß dich Gott! Treibst du heuer auf die Alm? Dös is aber recht, daß du ein bisserl unter die Leut gehst."

Regerl sah ihn verächtlich an und sagte: „Geht's dich was an?"

Dori runzelte die Stirn und meinte: „Du hast aber eine schroffe Sprach. Die paßt gar net zu dir, denn du schaust heute so süß aus, als wenn du ein Jahr mit den Bienen geflogen wärst."

„Gib nur Obacht, daß du net gestochen wirst!" erwiderte das Mädchen und schritt weiter.

Dori verspürte Lust, sich dem Zug anzuschließen. Da drehte Klaus den Kopf zurück und sah ihn so scharf an, daß er verdutzt den Schritt wieder talwärts wendete.

Das Gefühl des Hasses, wie es manche Naturen überkommt, wenn sie irgendeiner Sache ohnmächtig gegenüberstehen, überfiel Dori.

„Da hab ich mir am letzten Maitanz etwas verscherzt. Wo hatte ich bloß meine Augen? Das Mädel ist doch wirklich sauber. Mir scheint, diesmal ist der Klaus der Gscheitere gewesen. Aber noch hat er sie net. Vielleicht kann ich's ihm noch ausspannen. Freilich, ein spaßiges Ding ist sie schon, das Hexenregerl", sagte Dori sich. Er wußte auch, daß er mit seinem üblichen Geplänkel, mit dem er seine zärtlichen Erfolge einzuleiten pflegte, bei Regerl kein Glück haben würde. Aber es gibt der Mittel doch so viele, um einem jungen Mädel den Kopf zu verdrehen. Und Dori verstand etwas davon.

Nach kurzem Nachdenken schien er bereits etwas ausgetüftelt zu haben, denn er lachte vor sich hin und bekam in den Augenlidern jenes Zucken, das sich bei ihm immer einzustellen pflegte, wenn er einen besonders gescheiten Einfall hatte. — — —

Der Almzug war auf dem Weideplatz angelangt. Regerl machte sofort in der Hütte Feuer an, während Klaus und Michl die Kühe an den Wassertrog ließen. Franzl trieb seine Schafe den steilen Hang hinauf und schickte von droben einen hellen Juhschrei herab.

Zu Mittag kochte Regerl eine Pfanne voll Schmarrn, an dem sich acht Holzknechte hätten sattessen können. Franzl und Michl entwickelten einen gewaltigen Appetit. In der Pfanne blieb kein Bröserl zurück. Klaus aß sehr wenig und starrte zuweilen sinnend vor sich hin.

Mit dürstenden Augen sah Regerl in sein Gesicht. Es war unverkennbar, daß er Kummer hatte. Hätte sie ihm doch helfen können!

Plötzlich legte Klaus den Löffel weg, trat aus der Stube und setzte sich auf die Bank vor der Hütte. Ringsum lagerten die müden Rinder im Grase. Allmählich erhob sich eines um das andere und fing zu fressen an. Bald erfüllte melodisches Läuten den sonnigen weiten Raum und vermischte sich mit dem Rauschen des dunklen Bergwaldes.

Ruhig und friedsam war es hier oben, ein idyllisches Almenmärchen, so recht eine Welt zum Träumen.

Als er sich umwandte, stand Regerl hinter ihm, ein stilles Leuchten in den tiefgrundigen Augen.

„Setz dich ein bisserl her zu mir und rast dich aus. Der weite Weg wird dich ermüdet haben."

Schweigend saßen sie eine Weile nebeneinander. Augen und Gedanken schweiften fast in der gleichen Richtung und gingen trotzdem weit auseinander. Klaus hatte durch die Baumwipfel die Zinnen des Schlosses blitzen sehen. Allerlei Bilder drängten sich vor sein geistiges Auge. Ein blasiertes Männergesicht mit schwarzen Augen sah er plötzlich im Geiste vor sich.

Da schreckte ihn eine leise Stimme aus seiner Versunkenheit: „Hast du Kummer, Klaus? Geh, sag's mir, vielleicht kann ich dir helfen."

Er schüttelte den Kopf. „Mir kannst net helfen. So was muß jeder mit sich selber ausfechtn."

„Wenn er aber net mit sich allein fertig wird?"

„Der Mensch kann viel, wenn er nur will. Man muß die Zähne zusammenbeißen, dann geht's schon."

Die beiden schwiegen von neuem. Endlich begann Klaus wieder: „Heuer sind wir mit dem Auftrieb ein bissl früher dran als sonst. Am Sonntag ist erst das Hochamt, das alle Jahr vor dem Almauftrieb ist. Jedes Madl und jeder Bub, die auf die Alm ziehen, beichten noch zuvor. Zu dumm, daß ich net früher dran denkt hab!"

Regerl nickte. „Da heroben bin ich mit meinem Herrgott allein, und deswegen werde ich um so inniger beten können."

„Ja, das schon. Aber — du könntest am Sonntag trotzdem ins Dorf hinunter gehen. Für die paar Stunden ginge dann die Vevi 'rauf."

„Wenn du meinst, daß es besser ist, komme ich", flüsterte das Mädchen.

„Komm nur. Die Leute wissen immer was zu reden. Man muß ihnen die Mäuler stopfen." — —

Klaus trat bald darauf den Heimweg an. Als er Regerl die Hand reichte, sah er in ihren Augen Tränen.

„Aber Madl", stammelte er, „packt dich schon jetzt das Heimweh?"

Sie schüttelte den Kopf. „Kommst manchmal 'rauf?" fragte sie leise. Auf seine bejahende Antwort sah Regerl an ihm vorbei und flüsterte: „Ich hab manchmal so Angst um dich. Ich weiß net, warum, und woran das liegt. Aber mir ist manchmal, als käme noch ein schweres Unglück über dich."

Sie schwieg eine Weile, dann fuhr sie fort: „Magst net zu mir kommen, wenn dich was drückt? Schau, ich könnt dich vielleicht trösten wie ein Schwesterl. Mir scheint aber, du magst net."

„Das kann man net wissen", meinte Klaus und sah sie warm an. „Oft ist es gut, wenn man einen Menschen hat, dem man sein Herz ausschütten darf. Du hast vorhin ein Wörtl gsagt, das mir wohlgetan hat: Schwesterl. Oft hab ich mir denkt, wie schön das wär, wenn ich eine hätt. Und wenn du meinst, dann — dann könnt ich dir ja ein Bruder sein.“ Er strich ihr dabei übers Haar und sprach weiter: „Aber wenn der Hans einmal kommt, gelt, bist ein bisserl lieb und gut zu ihm? Du machst mir damit eine große Freude.“

„Wenn's dich freut, soll es geschehen.“

„Na, also. Siehst, du bist halt ein braves Mädl“, lobte Klaus. „Aber jetzt heißt es gehen, ich hab noch einen Weg zu machen.“ Er drückte ihr die Hand. „Behüt dich Gott, Regerl. Am Samstag schick ich dir die Vevi 'rauf. Und was ich noch sagen will — wenn der Schweiger Dori einmal in der Hüttn einkehren sollt, halt dir den vom Leib! Im Notfall schickst den Franzl zu mir 'runter. Ich bin dann bald heroben.“

„Sorg dich nur net. Dem geb ich schon zu verstehen, daß er hier nichts zu suchen hat“, erwiderte Regerl.

„Weißt“, ein Lächeln huschte über Klaus' Lippen, „wenn ich doch dein Bruder sein soll, muß ich schon ein bisserl drauf schaun, daß dem Schwesterl solche Burschen wie der fernbleiben.“

Nach diesen Worten eilte er raschen Schrittes dem Walde zu.

Regerl blickte ihm glückselig nach und wunderte sich darüber, daß sie die Welt und das Leben mit einemmal in einem ganz anderen Licht sah. Der Gedanke, daß sie ihm wenn auch nur ein kleines Etwas sein durfte, machte das Mädchen unendlich glücklich. Die tiefe Neigung, die in ihrem Herzen für Klaus keimte, wollte sie gern ersticken und nichts begehren, was einer anderen gehörte, die so hoch über ihr stand. Still und bescheiden wollte sie das nehmen, was er ihr, dem Schwesterl, gab.

Es dämmerte bereits, als Klaus seinen Hof betrat.

In der Stube fiel sein Blick sogleich auf einen weißen Briefumschlag, der seinen Namen trug. Er drehte den Brief und gewahrte das fürstliche Wappen. Er fühlte, daß der Brief für ihn nichts Gutes bedeutete. Mit zitternden Händen riß er ihn auf und las:

Sehr geehrter Herr Brückner!

Aus zwingenden Gründen sehe ich mich veranlaßt, die musikalischen Abende auf dem Schloß bis auf weiteres einzustellen. Die Ursache werden Sie selbst finden. Als Mann, der bereits vernünftig denken sollte, hätten Sie einer Sache aus dem Wege gehen müssen, die von vornherein gänzlich aussichtslos ist. Ich hoffe, daß Sie sich einsichtig zeigen und zu vergessen trachten. Mein Haus ist Ihnen künftig verschlossen.

Hochachtungsvoll

Eberhard Fürst von Rankenstein.

Klaus starrte auf die wenigen Zeilen. War sein Verhalten am gestrigen Abend wirklich so gewesen, daß der Fürst einen solchen Schritt für richtig hielt? Schwer ließ er sich auf die Bank fallen, stützte die Ellenbogen auf die Tischplatte und barg seinen Kopf in die Hände. „Das also soll der Abschied sein?"

Die in der Stube herrschende Stille wurde nur durch das laute Atmen der Bäuerin, die in der Kammer schlief, unterbrochen.

Nach langem Sinnen stand Klaus endlich auf. „Herr Fürst, die Rechnung haben's ohne mich gemacht!" murmelte er, als er draußen vor dem Hof stand.

Mit hämmernden Pulsen stieg er den Weg empor. Sein ganzer Körper fieberte. An der kleinen Parkpforte blieb er stehen und lauschte. Nichts rührte sich. Nur das Rauschen der alten Ulmen war vernehmbar. Geräuschlos schloß Klaus die Pforte auf und ging dann bis zum Baum unter Waltrauds Fenster.

Behende kletterte er empor und hielt im nächsten Augenblick ein zitterndes Menschenkind in seinen Armen, das in Sehnsucht auf ihn gewartet hatte.

*

Das Hochamt war zu Ende. Die Kirche leerte sich, vor dem Portal herrschte ein buntes Gewimmel. Während die Frauen und Kinder sich rasch zerstreuten, hielten die Mannsleute ihre übliche Plauderstunde an der Kirchhofmauer. Einige Bauern unterhielten sich über das „mentisch" lange Gras, das auf allen Wiesen stand, andere tauschten ihre Meinungen über die Viehpreise und dergleichen aus.

Die jungen Burschen standen beisammen, darunter auch der Schweiger Dori. Dieser schien das große Wort zu führen. Zur Unterstützung seiner Zungenfertigkeit benützte er auch noch die Arme recht fleißig. Wiederholt rückte er seinen Hut mit dem Gamsbart von der einen auf die andere Seite.

„So kann's net weitergehn", sagte eben der Harlinger, „die G'schicht muß sich bald in a anders Gleis bewegen."

„Ich denk mir", begann der Dori, „daß —"

Er vollendete den Satz nicht, denn er hatte Regerl erspäht, die aus der Kirche gekommen war. Mit raschen Schritten folgte sie der Straße, um dann auf einen Wiesenweg einzubiegen. Sie wollte sich im Ort nicht lange aufhalten, um bald wieder auf ihre Alm zu kommen.

Dori meinte, eine solche günstige Gelegenheit dürfe man nicht verpassen. Flink sprang er um einen Obstgarten herum, um ihr den Weg abzuschneiden. Um den Anschein zu erwecken, als ob das Zusammentreffen ganz zufällig sei, mußte er versuchen, noch vor dem Mädchen das letzte Häuschen zu erreichen. Dori schritt deshalb noch schneller aus, und es gelang ihm.

„Grüß dich Gott, Regerl. Kommst du von der Kirch?"

Dem Mädchen fuhr es heiß über die Wangen. In ihren Augen blitzte es zornig. „Das mußt du doch gesehen haben."

Sie wollte an Dori vorüber. Doch er blieb an ihrer Seite. „Zur oberen Wiese hat mich der Vater 'naufgeschickt, um zu schauen, ob sich's Mähen schon verlohnt. Da haben wir ein Stückerl Weg miteinander."

Ganz harmlos und unverfänglich begann er von dem Segen zu sprechen, der heuer so reichlich auf der Natur lag. Als ihm Regerl nicht antwortete, kam Dori auf die Predigt zu sprechen, die der Herr Pfarrer heute gehalten und die einen tiefen Eindruck auf ihn gemacht hätte.

„Das hab ich selber g'hört, das brauchst mir net zu erzählen. Laß mich gehen. Ich brauch kein Begleiter, am wenigsten dich."

Dori ließ sich aber nicht abschrecken und blieb an ihrer Seite. Mitunter kam ein Seufzer von seinen Lippen.

„Was schnaufst denn so wie ein Blasbalg?" fragte endlich das Mädchen spitz.

„Ja, weißt, die Sorgen, die Bauernsorgen drücken mich halt manchmal so!"

„Du bist ja noch gar net Bauer. Was kannst du also von den Sorgen reden? Die laßt du schon deinem Vater allein."

„Recht hast schon", beeilte sich Dori zu sagen. „noch bin ich net Bauer. Aber lang kann's nimmer hergehen, bis der Vater mir den Hof übergibt. Die Bürgermeisterei nimmt ihn zu stark in Anspruch. Und was die Mutter anbelangt, so ist sie auch keine mehr von den Jüngsten. Alle zwei reden mir zu, ich soll ans Heiraten denken."

Er versprach sich eine bessere Wirkung, wenn er das Heiratsfähnchen wehen ließ, natürlich mit aller Vorsicht. Wirklich ans Heiraten denken — brrr! — bei diesem Gedanken schüttelte er sich wie ein nasser Pudel.

„Es wird bald nimmer anders gehen, als daß ich mich um eine passende Bäuerin umschau", flötete Dori und sah Regerl von unten bis oben an. Wieder ließ er einen seiner gekünstelten Seufzer los, dem er mit zärtlichem Getätschel den nötigen Nachdruck gab.

Erschrocken wich Regerl von dieser Berührung zurück. „Was fällt dir denn ein?"

Dori ließ sich aber nicht einschüchtern. „Die sich am widerborstigsten stellen, sind nachher die Süßesten. Was meinst, Regerl", fragte er, unentwegt an ihrer Seite bleibend und sie mit dem Ellenbogen leicht anstoßend, „wie wär's denn mit uns zwei?"

Sofort blieb Regerl stehen und maß ihn mit Blicken der Verachtung. Unbarmherzig kam es von ihren Lippen: „Dich möcht ich net, selbst wenn dein Hof von Silber gebaut wär und in euren Truhen lauter Gold steckte. Mit dir muß sich jedes Mädl schämen."

Dori verfärbte sich. Diese Worte hatten ihn in seiner Eitelkeit empfindlich getroffen. In seinen Mienen funkelten Haß und Zorn.

Währenddessen hatten sie den Waldrand erreicht. Dori bemerkte nicht, daß hinter einem Föhrenstamm jemand stand. Er hatte nur Augen für das Mädchen, das ihn eben so kräftig hatte abblitzen lassen. Dieses herbe, stolze Mädel an sich pressen, den trotzigen Mund küssen dürfen — weiß Gott, Dori hätte in dieser Minute jedes Versprechen gegeben.

Aber wer sollte ihn auch ohne Versprechen daran hindern? Flüchtig warf er einen Blick zurück über die Wiesen. Weit und breit keine Menschenseele als nur sie beide. Mit einem raschen Griff schlang er die Arme um den

Leib des Mädchens und riß es brutal an seine Brust. Seine Lippen näherten sich den ihren.

An allen Gliedern bebend schrie Regerl auf und wehrte sich, soviel es ihre Kräfte zuließen.

„Geh, sei gscheit!“ keuchte Dori. „Nur einen Kuß sollst mir geben, du nettes Maderl! Soviel gern hab ich dich!“

Fast berührte sein Mund schon den ihren, als er von einer harten Faust gepackt und auf die Seite geschleudert wurde.

„Lump, verfluchter!“ Hochaufgerichtet stand Klaus vor den beiden. Hilfesuchend klammerte sich Regerl an ihren Retter und flüsterte: „Dich hat unser Herrgott noch zur rechten Zeit geschickt!“

Spöttisch lachte Dori auf. Dann schrie er in blinder Wut: „Freilich, der Herrgott wird ihn g'schickt haben! Der Teufel, wenn du sagst, wird eher stimmen. So einer wie du hat scheint's mehr Glück als unsereiner. Aber viel brauchst dir grad net einbilden auf dein Schatz Nummer zwei! Mich wundert's bloß, daß du vormittags Appetit zu einer Stallmagd hast, wo du erst heut in der Nacht eine Fürstliche abgeküßt hast.“

Klaus zuckte zusammen und brachte kein Wort hervor. Rasch aber hatte er sich wieder in der Gewalt und antwortete ruhig: „Geht's dich was an, wenn's wirklich so wär? Ich sag dir, laß dich nur net auf der Alm droben erwischen! Net, daß ich's dem Madel verbieten könnt, aber für einen Lumpen wie du ist sie mir zu gut. So, jetzt weißt, was ich von dir denk. Komm, Regerl, ich bring dich 'nauf zur Alm.“

Ohne Dori noch eines Blickes zu würdigen, nahm er das Mädel bei der Hand und stieg mit ihr den Steig empor.

Krebsrot im Gesicht starrte Dori den beiden nach. „Na, wart's nur ab! So leicht laß ich mich net abschütteln. Das müßt mit dem Teufel zugehen, wenn ich das Weibsbild net kleinkriegen sollt!" — — —

Nach einer Stunde hatten Regerl und Klaus die Alm erreicht. Die Sonne brannte hernieder und hatte Klaus durstig gemacht. Die Milch, die ihm Vevi aus der kühlen Felsenkammer holte, mundete ihm vortrefflich. Er blieb über Mittag und saß nach dem Essen mit dem Franzl vor der Hütte.

Der Bub schien etwas auf dem Herzen zu haben. Er sah Klaus immer an, rückte aber nicht mit der Sprache heraus. Klaus fragte endlich, was ihn drückte oder ob er einen Wunsch hätte.

Franzl hatte sein Taschenmesser verloren und war darüber sehr betrübt, weil es ihm Klaus einmal geschenkt hatte. Stockend bat er, daß er ein anderes bekäme, er brauche unbedingt eines.

„Na, wenn's weiter nix ist, da kann man abhelfen. Der Kramer hat noch mehr. Ich kauf dir wieder eins. Da hast vorderhand meins, aber verlier's net. Es ist ein Andenken von meinem Vater."

Klaus zog das Messer aus der Tasche und gab es dem Buben. Es war dies ein griffestes Messer mit einem breiten silbernen Heft, in das die Buchstaben N. B. eingraviert waren.

Leuchtenden Auges betrachtete Franzl das kunstvoll gearbeitete Messer, dann gab er es seinem Besitzer zurück. „Ich trau mir's net nehmen", sagte er. „Wenn ich's verlöre, hätt ich keine Ruh mehr!"

„Behalt's nur und paß auf. Weiß ich doch, wie gern du schnitzt. Wenn ich wieder 'raufkomm, bring ich dir ein anderes mit."

Nun gesellten sich auch Regerl und Vevi zu den beiden, und es wurde ein lustiger, vergnügter Nachmittag, an den Klaus später noch oft zurückdachte.

*

Fast zur selben Stunde, als Regerl und Klaus zur Alm aufstiegen, saßen im Pavillon des Schlosses zwei Personen — Miß Harton und Graf von Stegen. Aufmerksam lauschte der Graf auf die erregte Flüsterstimme, die, um nicht von anderen verstanden zu werden, englisch auf ihn einsprach.

Die Miß verstummte und blickte gespannt in das verlebte Gesicht des Grafen, der nun sagte:

„Ich danke Ihnen sehr für Ihr Vertrauen, verehrte Miß Harton. Ungemein interessant war mir Ihre Schilderung, obwohl ich das alles nicht recht begreifen kann. Haben Sie eigentlich Beweise?"

„Es besteht nicht der geringste Zweifel, daß dieser Geigenspieler, übrigens ein Bauer aus dem Ort, der regelrechte Liebhaber Ihrer Hoheit ist. Wenn der Herr Graf mir mit seinem Wort bürgt, mich niemals zu verraten, so will ich es Ihnen gern ermöglichen, sich selbst zu überzeugen."

„Ich verstehe zu schweigen. Meinetwegen sollen Sie keine Unannehmlichkeiten haben."

„Das genügt mir, Herr Graf. Halten Sie sich heute abend in der Nähe jener Ulme auf, die Sie von hier aus sehen. Das Weitere wird sich dann finden." — —

Nach Tisch blieben der Fürst und Graf von Stegen noch beisammen. Der Graf, ein guter Plauderer, erzählte von seinen weiten Reisen und lenkte endlich unauffällig das Gespräch auf die Prinzessin. Deutlich ließ er durchblicken, wie unangenehm ihm ihre Reserviertheit sei.

„Nur Geduld", lachte der Rankensteiner, „das Kind muß sich erst an den Gedanken gewöhnen, daß allmählich der Ernst des Lebens beginnt."

„Prinzessin Waltraud soll durchaus nicht gedrängt werden. Sie soll mit ihren Gefühlen erst ins reine kommen, bevor ich ein bindendes Wort verlangen will. Ich verstehe vollkommen, daß man einem Menschen nicht seine Neigung aufzwingen kann. Ich will auch nicht Liebe auf den ersten Blick. Ich will warten und bin zufrieden, wenn ich mir Vertrauen und Verstehen errungen habe. Das andere kommt dann von selbst."

„Ich stimme Ihnen in diesem Punkte völlig bei. Übrigens, haben Sie mit Waltraud darüber schon einmal gesprochen?"

„Noch nicht. Vielleicht dürfte sich aber heute Gelegenheit bieten, vorsichtig das Thema zu berühren."

Während des Gespräches beobachtete Graf Stegen unbemerkt den Garten. Zwischen den Bäumen glaubte er Waltrauds Gestalt zu sehen. Er rückte auf seinem Stuhl hin und her, die Ungeduld erfaßte ihn, und es kam ihm sehr gelegen, daß der Fürst sich bald erhob, um sein gewohntes Ruhestündchen zu genießen. — —

Unter den fast den Boden berührenden Zweigen einer Trauerweide saß tatsächlich Prinzessin Waltraud auf einer Bank. Die Hände hatte sie im Schoß gefaltet. Ein sinnender Ernst lag auf ihrem Gesicht, denn sie dachte an den Zwischenfall zwischen ihrem Vater und Klaus. Sie schrak zusammen, als plötzlich neben ihr die Büsche sich teilten und Arno von Stegen im weißen Tennisdreß vor ihr stand. Sich leicht verbeugend drückte er das Monokel fester ins Auge und zeigte ein sieghaftes Lachen, das schon so manche Frau betört hatte. „Verzeihung, ich wußte nicht, daß man Sie in solchen stillen, abgeschiedenen Winkeln findet. Sie fühlen sich anscheinend wohl in der Einsamkeit."

„Solange mich niemand stört, ja."

Das ist ein deutlicher Wink! dachte der Graf. Trotzdem setzte er sich neben sie. „Wissen Sie auch, Waltraud, daß ich Sie überall finden würde?"

Waltraud zog die Brauen zusammen. „Ich wüßte

nicht, welches Interesse Sie daran haben könnten, Graf?"

„Ihre Schönheit. Und schön sind Sie, Prinzessin. Das wissen Sie ja."

„Sind Sie nur gekommen, um mir das zu sagen, Graf? Ich liebe keine Schmeicheleien", sagte Waltraud abweisend.

Der Graf biß sich auf die Lippen. Der erste Ansturm war also fehlgeschlagen. Doch fand er bald wieder seinen Gleichmut und sagte: „Wenn ich mich also kurz fassen soll, um Ihnen mein Interesse klarzumachen, so hören Sie denn: Ich liebe Sie. Dies kann Ihnen unmöglich entgangen sein, obwohl ich noch nie so deutlich sprechen konnte."

„Sie werden verzeihen, Graf", lachte Waltraud spöttisch, „ich kann mich nicht entsinnen, Ihnen irgendeine Veranlassung gegeben zu haben, mir solche Worte zu sagen."

Graf Arno Stegen trat dicht vor sie hin. „Warum sind Sie so grausam, Waltraud? Ich habe seit Wochen still um Sie geworben. Wäre es nicht besser, Sie würden mir etwas Vertrauen schenken und mir das Recht geben, Sie vor den Belästigungen, denen Sie ausgesetzt sind, zu schützen?"

„Was sagen Sie? Ich und Belästigungen ausgesetzt? Wenn das jemals einer gewagt hat, dann sind Sie es, Graf!"

„Ich belästigte Sie — wollten Sie das ausdrücken? Ich bin in Ihren Augen sozusagen gegen den Bauernburschen eine Null?"

Ein leises Lächeln zuckte um ihren Mund. „Sie sind gut unterrichtet, Graf. Jetzt wundert es mich erst recht, woher Sie den Mut nahmen, zu mir von Liebe zu sprechen. Sie scheinen ein gehöriges Quantum an Taktlosigkeit zu besitzen."

„Man sollte glauben, Sie lebten noch in Ihrer Jungmädchenromantik. Später werden Sie über diese Backfischschwärmerei lachen."

„Sie irren sich, Graf. Ich liebe Klaus Brückner, und niemand kann mich anderen Sinnes machen. Das wird Ihnen hoffentlich genügen. Und jetzt ersuche ich Sie, sich zu entfernen oder mir den Weg frei zu geben."

Statt dessen trat der Graf einen Schritt vor und erfaßte blitzschnell ihr Handgelenk. „Du süßes, kratzbürstiges Ding, du!"

Waltraud versuchte sich zu befreien. Doch sein Griff war wie von Eisen. Da schlug Waltraud ihn mit der linken Hand ins Gesicht. Das half.

Zornbebend und hochaufgerichtet stand sie vor ihm. „Für Sie bin ich Prinzessin Waltraud von Rankenstein! Ihre Kosenamen können Sie für andere Mädchen verwenden. Merken Sie sich das gefälligst!"

Von Stegen trat zur Seite und verbeugte sich. Hinter Waltraud schlugen die Zweige zusammen. Ihr flüchtiger Schritt war auf dem bekiesten Parkweg noch kurze Zeit zu hören. — — —

Bei der Abendtafel war der Graf wieder ganz Kavalier. In nichts verriet er die erlebte Enttäuschung. Nur wenn sein Blick das Mädchen traf, wurde er nervös.

Nach dem Essen bat der Fürst seine Tochter, etwas auf dem Flügel vorzutragen. Sofort erhob sie sich, um dem Wunsch ihres Vaters nachzukommen. Eine Flut von Akkorden entquoll dem Instrument. Dann begann ein Prestosatz anzuschwellen zu jagender Kraft, zu freudigem Singen. Man meinte, die Seele der Spielenden wäre mit den Tönen verschmolzen.

Noch ein Nachklingen der Saiten, dann schloß Waltraud den Flügel.

Die Nacht war inzwischen hereingebrochen, der Mond stieg langsam über die Berge herauf. Waltraud trat ans offene Fenster und sah in die klare Nacht hinaus. Vom Kirchturm schlug es zehn Uhr — die Stunde ihres Glücks, ihrer Liebe.

Rasch ging sie in ihr Zimmer hinüber. Ihr Herz pochte heftig. Da raschelte es im Laub der alten Ulme, und Klaus glitt auf die Veranda.

Graf Stegen, der dem Rat der Miß Harton gefolgt war, hatte sich, sobald Waltraud nach dem Klavierspiel das Zimmer verlassen hatte, auf die Lauer gelegt und den Einstieg beobachtet. Seine haßerfüllten Augen starrten auf die dunklen Schatten, die sichtbar wurden. Waltraud und Klaus hielten sich stumm umschlungen.

*

Dieser Nacht folgte ein schöner, im Blütenzauber lachender Morgen. Graf Stegen stand im Schloßhof und wartete.

Waltraud kam soeben im Reitdreß, die Handschuhe überziehend, die Freitreppe herunter. Als sie den Grafen sah, besann sie sich, ob sie nicht wieder umkehren sollte. Aber sie mußte vorerst einen Eklat vermeiden. Außerdem sollte sie auf ausdrücklichen Wunsch ihres Vaters den morgendlichen Spazierritt mit dem Grafen machen.

Für etwaige Zudringlichkeiten von ihm war sie gewappnet. Unwillkürlich umfaßte ihre kleine Hand fester die Reitpeitsche. Dann trat sie auf ihr Pferd zu.

Der Graf verneigte sich tief vor ihr. „Gut geruht, Hoheit?“ Sie fühlte, die Frage klang spöttisch. Sie wollte auf ihrer Hut sein!

Der Graf wollte ihr den Bügel halten. Ehe er aber hinzutreten konnte, saß Waltraud bereits im Sattel.

Einen Moment hob sie lauschend den Kopf. Von den

Wiesen her erklang das Rattern der Mähmaschine. Ob Klaus wohl dort war?

Waltraud gab dem Goldfuchs die Zügel frei, und das rassige Tier stob dahin. Der Graf blieb an ihrer Seite. Mit brennenden Augen betrachtete er die schmucke Reiterin, die Temperament und Schneid zeigte.

Diesmal mußte es glücken! Nur eine reiche Heirat konnte ihn noch vor dem Bankrott retten. Und eine Ehe mit dem entzückenden Geschöpf würde nicht langweilig werden, dessen war der Graf sicher.

Da zog Waltraud plötzlich die Zügel an. Auf der Wiese, die sie nun erreicht hatte, erblickte sie Klaus, der gerade ein frischgeschliffenes Messer in die Mähmaschine einschob.

Jetzt richtete er sich auf und bemerkte die Reiterin, die zu ihm herüberwinkte. Den Gruß zu erwidern unterließ er, da er den Grafen dicht hinter Waltraud sah.

Waltraud gab ihrem Fuchs die Sporen und sprengte zu Klaus hin. Lachend sprang sie aus dem Sattel und reichte ihm die Hand. „Guten Morgen, Klaus!"

Noch ehe Klaus etwas erwidern konnte, war auch von Stegen da.

Ihre Blicke kreuzten sich. Der Graf wurde sichtlich nervös, während über Klaus eine eherne Ruhe gekommen war. Seine Augen ließen den Grafen nicht mehr los.

Graf Arno maß den verhaßten Nebenbuhler mit giftigem Blick. Eine ohnmachtige Wut stieg in ihm auf. Wie frech ihn der Bauernbursche anschaute! Er wollte ihm Anstand beibringen. Beißend kam es über seine Lippen: „Das Grüßen haben Sie wohl nicht gelernt, junger Mann?"

Wie im Schmerz zog Klaus die Brauen zusammen.

„Auch über das Stadium der Flegeljahre sind Sie

offenbar noch nicht hinaus, Sie — Sie grüner Bengel!" höhnte der Graf weiter.

Da riß Klaus die Peitsche hoch. „Jetzt wird's aber Zeit!" schrie er. Drohend sauste die Peitsche am Kopf des Grafen vorbei. Das Pferd des Grafen erschrak über den Knall und stieg hoch. Erst auf der Straße konnte er die Herrschaft über das Tier wieder gewinnen.. Die Lust umzukehren war dem Grafen vergangen. Von weitem mußte er zusehen, wie Klaus auf Waltraud einsprach.

Waltrauds Worten gelang es dann, den Aufgeregten zu beruhigen.

„Du hast recht, Traudi, es war ungeschickt von mir, mich so hinreißen zu lassen. Aber wenn er nicht bald aus der Gegend verschwindet, gerate ich doch noch mit ihm zusammen."

„Wilder, unbändiger Klaus!" sagte Waltraud zärtlich und schlang unbekümmert um die Leute, die auf den Wiesen arbeiteten, beide Arme um seinen Hals. Dann schwang sie sich in den Sattel und sprengte davon.

Es war ihr gleichgültig, ob der Graf ihr folgte. Aber er ließ sich nicht vertreiben und war bald wieder an ihrer Seite.

„Ein ganz gemeiner frecher Bengel, dieser Bursche!" schrie er unbeherrscht.

Waltraud sah den Sprecher spöttisch an und ließ ihr Pferd in Schritt fallen. „Dies dürfte aber in erster Linie auf Ihre eigene Person zutreffen."

„Sie werden doch unbedingt zugeben müssen, daß das Benehmen des Burschen alles andere als höflich war?"

„Hierüber gibt es verschiedene Ansichten, Graf. Jedenfalls haben Sie ihn offen herausgefordert. Und Klaus Brückner hat kein Fischblut in den Adern."

„Züchtigen müßte man solche Kerle, daß ihnen das Mark aus den Knochen springt!" zischte der Graf. „Seine Durchlaucht, Ihr sehr verehrter Herr Vater, wird von dieser Angelegenheit nicht entzückt sein, besonders wenn ich ihm erzähle, wie Sie diesem ungeschlachten Flegel die Stange halten, und wie Sie sich selbst vor den Leuten betragen haben."

„Das stelle ich Ihnen anheim, Graf. Mehr als bisher können Sie in meinen Augen nicht mehr verlieren. Ich würde Sie höchstens noch mehr verachten, als ich es jetzt schon tue. Ich versichere Ihnen, daß ich meinem Vater gegenüber diesen Standpunkt vertreten werde, denn — ich liebe Klaus und lasse mich auch durch Drohungen nicht irre machen. Und wenn Sie Jahr und Tag hierbleiben, Graf, so würde das an der ganzen Sache nicht das geringste ändern. Also, belästigen Sie mich nicht weiter."

Graf Stegen war bleich geworden. Nicht, daß ihn ihre Worte beleidigt hätten — nein, dazu war er schon zu abgebrüht — sondern weil ihm die Chance, auf die er felsenfest gebaut hatte, immer mehr entglitt. Wenn es ihm nicht in Kürze gelang, den Goldfisch für sich zu gewinnen, so war er verloren. Sein Stammschloß war überschuldet. Von keiner Seite war mehr Geld aufzutreiben. Selbst bei höchsten Zinsen gab ihm niemand mehr einen Pfennig. Am 1. August sollte es unter den Hammer kommen. Und das große Gut in der Wachau war ebenfalls so mit Hypotheken belastet, daß die einzige Rettung eine reiche Heirat war. Sollte er hier wirklich das Spiel verlieren?

Der Spieler und Frauenheld kam sich zum erstenmal in seinem Leben klein und gedemütigt vor. Nur kurze Zeit dauerte diese Schwäche, dann war seine leichtsinnige Natur wieder obenauf. Er gab noch nicht alles verloren.

Er fühlte, daß er etwas sagen mußte, obwohl sie nicht belästigt sein wollte. Er suchte nach passenden Worten. Die Ankunft vor dem Schloß enthob ihn weiterer Mühe. Vor dem Reitstall sprang Graf von Stegen vom Pferd, um Waltraud zu helfen. Am liebsten hätte er sie an sich gezogen. Eine innere Stimme aber riet ihm zur Vorsicht, und er ließ Waltraud sanft zu Boden gleiten.

Dann wollte er ihre Hand an die Lippen führen. Waltraud entzog ihm diese und sprang die Freitreppe empor, ohne den Grafen noch eines Blickes zu würdigen.

„Dummes Luder!" zischte er und suchte den Pavillon auf, wo er die Miß zu treffen hoffte. Zuerst wollte er mit dieser sprechen. — —

An diesem Tag hatte das Dorf seine Sensation. Der Vorgang auf der Wiese war in die Öffentlichkeit gedrungen und wurde überall eifrig besprochen.

*

Die Mittagshitze brütete auf den Dächern. Beim Bürgermeister hatten sie eben gegessen. Der Schweiger sagte zu den Leuten, daß sie zum Heuwenden auf die Wiese sollten. „Und du, Dori, kommst einmal 'rüber in die Kanzlei. Mit dir hab ich ein Wörtl zu reden."

Der Bursche kniff die Augen zusammen. Dann erhob er sich mürrisch und ging seinem Vater nach. Kaum hatte sich die Tür hinter ihm geschlossen, fing der Alte auch schon an: „Man hört recht nette Geschichten von dir!"

„So, weißt du es schon?" erwiderte Dori fast bitter. „Das freut mich eigentlich, dann brauch ich es dir net zu sagen."

„Ich will's aber von dir selber hören, daß es net wahr

ist und die Leut nur's Gras wachsen hören!" schrie der Bauer. „Es wird erzählt, du wärst in das Hexendirndl verliebt. Man soll dich schon ein paarmal auf die Alm haben gehen sehn."

„Das ist schon wahr, Vater."

„Du bist ja verrückt!"

„Das heißt es bei jedem, der verliebt ist."

Der Schweiger sah seinem Sohn fest in die Augen und sagte ernst: „Du weißt aber auch, daß das Mädel kein Geld hat."

„Haben tut sie allerdings nix, aber dafür ist sie recht sauber", erklärte der Dori kleinlaut.

„Haha! Und mit Ihrer Schönheit, meinst, kannst die Lücken im Geldschrank ausfüllen, die ich deinetwegen gemacht hab?"

Dori senkte den Kopf. Er wußte, daß sich der Vater schon öfters an der Gemeindekasse und an Raiffeisengeldern vergriffen hatte, und zwar hauptsächlich seinetwegen. Trotzdem entfuhr es ihm: „Ich hab dir's net angeschafft."

Mit blutrotem Kopf sprang der Bürgermeister auf seinen Sohn zu, packte ihn mit beiden Händen an der Brust und schüttelte ihn derb. „So, du hast mir's net angeschafft! Mit was hätt ich dann deine Schulden zahlen sollen? Geplagt und geschunden habe ich mich mein Lebtag, und jedem Menschen hab ich grad in die Augen schauen können, bis du mit deinen verfluchten Weibergeschichten angefangen hast. Deinetwegen bin ich zum Dieb, zum Verbrecher geworden!" Mit diesen Worten warf der Bauer den Dori an die Wand, daß es dröhnte.

Tief atmend blieb der Schweiger inmitten des Zimmers stehen. Tränen flossen ihm über die Wangen. Nach einiger Zeit sah er sich nach Dori um; aber der war inzwischen aus dem Raum geschlichen.

Kraftlos wankte der starke Mann zum Kassenschrank, öffnete ihn, zählte und zählte immer wieder den Inhalt. Aber so sehr er auch rechnete — das vorhandene Defizit von 8000 Mark blieb.

Was half es, daß er jeden Pfennig, den er aus der Wirtschaft herausziehen konnte, dazu benützte, seine Verfehlung zu decken? Es ging langsam und schwer, obgleich er in knapp zwei Jahren 3000 Mark ersetzt hatte. Und alles seines eigenen Sohnes wegen, der sich vor drei Jahren an einem Sommergast sittlich vergangen hatte! Ein Glück noch, daß er als Bürgermeister von der Tat Kenntnis erhielt, bevor das Mädchen Anzeige erstattete! Der Vater flehte das Mädchen auf Knien an, die Sache zu verschweigen, und erbot sich, ihr dafür eine Summe Geld zu geben.

Als sie sah, daß sie aus der Angelegenheit für sich Nutzen ziehen konnte, forderte sie nicht weniger als 11000 Mark Schweigegeld. Der Bürgermeister versuchte alles mögliche, um eine Verminderung der Summe zu erreichen. Es half nichts, er mußte zahlen. Und er zahlte mit Geldern, die ihm nicht gehörten.

Wohl bewahrte er vorerst seinen Sohn vor dem Gefängnis; aber was geschah mit ihm, wenn heute eine Revision kam und er das Geld nicht hatte? Er durfte gar nicht daran denken!

Dori hatte ihm damals hoch und heilig versprochen, den Schaden durch eine reiche Heirat auszugleichen und sich in jeder Weise einzuschränken, um keinen Pfennig unnötig auszugeben. Er hätte auch sicher bei jedem wohlhabenden Bauern anklopfen können, ohne befürchten zu müssen, sich einen Korb zu holen. Er war ein stattlicher Bursche und das Anwesen des Vaters ein ganz ansehnlicher Hof. 90 Tagwerk Wiesen und

Felder und 30 Tagwerk Wald waren nicht zu verachten.

*

Über die Natur legten sich langsam die Schatten der Dämmerung.

Regerl trat mit einer Näharbeit aus der Hütte und nahm auf der Bank Platz. Nachdenklich betrachtete sie Franzls Janker, an dem der halbe Ärmel heraushing und da und dort bedeutende Risse zu sehen waren.

„Das ist bald nimmer menschlich, was der Bub alles zusammenreißt!" seufzte sie und begann flink zu nähen. Aber nicht lange dauerte es, dann ließ sie die Arbeit wieder sinken. Sie sah sinnend zu, wie der letzte Schimmer des Tages verschwand.

Schmeichelnd umspielten die lauen Nachtlüfte die Stirn der Träumerin, in der das Gefühl von Verlassenheit aufstieg. Ihrem Mund entrang sich ein Stöhnen. „Glück und Liebe, warum geht ihr an mir vorbei?"

Auf einmal war es ihr, als vernähme sie Schritte. Lauschend hob sie den Kopf. Wer kam zu so später Stunde noch herauf?

Der späte Gast war Dori.

Alles Blut wich aus Regerls Wangen. „Du bist es", stammelte sie erschrocken. „Was willst denn du in der Nachtzeit bei mir?"

Das Mädchen konnte trotz der Dunkelheit seine verstörten Züge erkennen. Entsetzt wich es vor ihm zurück. Dori folgte ihr.

„Warum laufst du davon? Kannst net auf der Bank sitzenbleiben und dich mit mir ein bissl unterhalten?"

„Jetzt, um diese Zeit?"

„Warum denn net? Beim Tag ist man ja net sicher, daß man von einem andern gestört wird." Regerl merkte, worauf Dori anspielte. „Es kann schon sein, daß der Klaus um den Weg ist."

„O nein!" lachte Dori höhnisch. „Der hat jetzt für so gewöhnliche Menschenleute, wie wir sind, keine Zeit. Er ist jetzt grad mit seiner Herrischen beschäftigt. Du siehst also, daß ich dir jetzt Bußln geben könnt, soviel ich wollt, weil ja die Luft rein ist. Aber ich bin deswegen net 'rauf." Er wurde plötzlich ernst und starrte unverwandt auf das Mädchen. „Heut hat's mir keine Ruh mehr lassen. Ich kann mir net helfen, so gern hab ich dich. Sag, warum bist du so abweisend zu mir? Wenn du wüßtest, wie mich mein früheres Benehmen dir gegenüber reut, du hättst Erbarmen mit mir!" Als hätte er alle Vernunft verloren, stürzte er taumelnd vor Regerl nieder und umklammerte sie.

„Dori, was hast denn?" Erschrocken faßte Regerl nach ihm. „Geh zu, setz dich auf die Bank her und laß mit dir reden."

Fast überkam Regerl Mitleid mit dem Burschen, der es allezeit geschmäht und verlacht hatte. „Schau, Dori, heut sagst, du hättst mich gern. Wie lange würde das bei dir anhalten? Und wenn's auch wirklich von Dauer sein sollt — was nützt das alles, wenn ich dich nicht mag?"

„Das kommt noch!" warf Dori hastig ein. „Ganz gewiß, verlaß dich drauf!"

Regerl schüttelte den Kopf. „Glaubst, ich kenn mich net besser? Und wenn ich jetzt behauptete, ich hätt dich ein bisserl gern, so müßt ich es bloß sagen, weil ich Mitleid mit dir und deiner Leidenschaft hab."

„Ich brauch kein Mitleid! Verstell dich nur net und sag die Wahrheit: Der Klaus steckt dir im Kopf!"

Regerl war einen Schritt zurückgetreten. „Nun, wenn du es wissen willst: ja, ich hab den Klaus gern."

Schwer ließ sich der Bursche auf die Bank fallen und

stützte den Kopf in die geballten Hände. Ein fahler Schein fiel jetzt über die Hütte hin — der Mond war aufgegangen. Regerl blickte erschrocken in das entstellte Gesicht ihres Gegenüber.

„Nimm dir die Sach doch net so zu Herzen, Dori! Es gibt doch Mädel genug, die dich —"

„Ich will aber keine andere!" brüllte er auf. Plötzlich schob er den Oberkörper über die Tischplatte und beugte sich ganz nahe zu dem Mädchen. „Und — und wenn es keinen Klaus gäb, könntest mich dann gern haben?"

Regerl, das den dunklen Sinn dieser Worte nicht begriff, sagte ahnungslos: „Ich weiß net. Möglich wär's, daß ich dir dann vielleicht gut sein könnt. Aber der Klaus ist halt einmal da. Wenn er auch nichts von mir wissen will, gern habe ich ihn doch und bin schon glücklich, wenn er mir dann und wann ein gutes Wörtl gibt."

„Meine guten Wörtl sind also nichts!" lachte Dori häßlich auf.

Regerl fürchtete sich und sprang zitternd zur Tür hin. Dori tat das gleiche, kam aber zu spät. Die Tür flog zu, und der schwere hölzerne Riegel wurde vorgeschoben.

Das hatte Dori nicht erwartet. Er blieb noch eine Weile stehen, sich besinnend, was er machen sollte. Sein Klopfen hatte keinen Erfolg, Regerl gab keine Antwort mehr.

Fluchend wandte er sich ab und trottete über das Almfeld hin. Dabei bemerkte er nicht, daß er bergauf statt talabwärts schritt. Sein Fuß stieß auf ein Hindernis. Ein Schaf lag im Wege, das nun erschrocken hochsprang. „Dummes Vieh! Mußt dich grad daherhocken!"

Zugleich wurde er auch gewahr, wo er sich befand, und wollte umkehren.

Da fiel sein Blick auf Franzl, der unter freiem Himmel den gesunden Schlaf der Jugend schlief. Dori wollte sich leise abwenden, denn um diese Zeit hier gesehen zu werden, wäre ihm unangenehm gewesen. Ein Blinken am Boden ließ ihn jedoch näher hinsehen.

Neben dem schlafenden Knaben funkelte im Mondlicht ein Gegenstand. Dori beugte sich nieder und sah neben einer Weidenrute, in deren Rinde schöne Verzierungen eingeschnitzt waren, ein griffestes Messer liegen, dessen Heft mit Silber belegt war.

Schnell hatte Dori das Messer eingesteckt und schlich sich davon. Seine Phantasie arbeitete. Er bildete sich ein, eine geheime Macht habe ausgerechnet ihm dieses Messer in die Hände gespielt, das die Initialen „N. B." Nikolaus Brückner, trug. Wie er diesen Kerl haßte! Einer von ihnen war zuviel auf der Welt und mußte weg. Klaus Brückner mußte weg! Aber es wäre Unsinn gewesen, wenn er jetzt gleich seinen Plan verwirklicht hätte. Die Tat mußte in aller Ruhe überdacht und mit Vorsicht ausgeführt werden. Ein Verdacht dürfte keinesfalls auf ihn fallen. Er mußte imstande sein, ein lückenloses Alibi nachzuweisen. Wie er mit Klaus stand, war in der ganzen Ortschaft bekannt. Schon deswegen hieß es vorsichtig sein.

Vor dem elterlichen Hof zog er die Schuhe aus und schlich auf Strümpfen in seine Kammer. Sorgfältig verbarg er das Messer im Kleiderschrank und legte sich schlafen.

*

In dieser Nacht trug sich noch ein anderer mit dem gleichen Gedanken, Klaus aus der Welt zu schaffen.

Der Grenzjäger Lukas Brenner sah sein Ziel, den Erlenhof in Geld zu verwandeln und dann zu fliehen, in immer weitere Fernen gerückt. Klaus prüfte seit jenem Zwischenfall jede Angelegenheit auf dem Hof genauestens nach.

Trotzdem war es seiner Mutter gelungen, eine ziemlich hohe Hypothek aufzunehmen, ohne daß Klaus etwas erfuhr. Das Geld war fast restlos in die Hände Brenners gekommen, der es bei einer Schweizer Bank anzulegen versprach. In Wirklichkeit hatte er die Summe in München mit Gleichgesinnten vertan. Nach dem dreitägigen Urlaub kam er mit leeren Taschen wieder nach Bürg.

Da nun die Erlenhoferin, offenbar aus Furcht vor dem Stiefsohn, sich weigerte, vorerst weitere Gelder aufzunehmen, kam Brenner auf den Gedanken, Klaus aus dem Weg zu räumen. Er lauerte ihm auf; es fand sich aber keine günstige Gelegenheit. Außerdem wurde Brenner vom Dienst stärker in Anspruch genommen. Aufgeschoben ist nicht aufgehoben, dachte er.

*

Die letzte Fuhre duftenden Heues war auf dem Erlenhof unter das weitvorstehende Hüttendach geschoben worden. Feierabend!

Klaus stand unter der Haustür und beobachtete die beiden Jungverheirateten, die im Gemüsegarten schäkerten. Auch einmal so glücklich wie Vevi und Friedl zu werden, wie schön wäre das!

In der letzten Zeit waren Sorgen und quälende Zweifel über ihn gekommen. Er bangte um sein Glück. Er mußte all seine Energie aufbieten, um dem Schloß fernzubleiben. Die nächtlichen Stelldichein waren beobachtet worden und bildeten nun das Dorfgespräch. Um keinen Preis wollte er weiterhin seine Liebe den Lästerzungen preisgeben.

Nur von fern hatte er Traudi in Begleitung des Grafen einige Male gesehen. Stets war ihm ein Stich durch das Herz gefahren. Aber hatte er ein Recht, eifersüchtig zu sein? Gab es denn niemand, der ihm auf diese Frage Antwort gab? Ungewißheit war ein schleichendes Gift, das an Leib und Seele fraß.

Sinnend stand Klaus noch immer unter der Tür, als sich die Nacht über Berg und Tal legte. Endlich ging er in sein Zimmer hinauf, wo er mit der Geige an das offene Fenster trat.

Zaghaft erklangen die ersten Töne. Plötzlich waren wie abgeschüttelt alle Zweifel und Schmerzen der letzten Tage. Das leidenschaftliche Spiel beherrschte ihn völlig. Er fühlte sich wieder frei von aller Last. Die Geige klang und sang wie noch nie. Späte Wanderer blieben lauschend stehen und horchten auf das singende Wunder, das durch die Lüfte schwebte. — —

In dieser Stunde stand Prinzessin Waltraud von Rankenstein am Fenster ihres Zimmers. Der Wind trug die Töne bis zu ihr. Ergriffen horchte sie. Ein heißes Glücksempfinden durchrieselte sie, denn sie wußte, daß es ihr galt, nur ihr gelten konnte.

Plötzlich zuckte sie zusammen. Ein scharfer Luftzug hatte sie erreicht. Als sie sich umwendete, stand der Graf in der Tür. — — —

*

Klaus hatte die Hand mit dem Bogen sinken lassen und war einige Minuten regungslos stehengeblieben. Dann warf er den Kopf zurück.

„Ich will zu ihr, ich muß sie sehen!“ sagte er vor sich hin.

Hastig verließ er den Hof. Da im Hause bereits alles schlief, wurde er nicht gesehen.

Ringsum tiefste Stille und Finsternis. Julinacht!

Auf einsamem Feldweg schritt Klaus dem Schlosse zu. Das Säuseln der Baumkronen begleitete ihn. Schon umfingen ihn die Ulmen, die ihre Äste über die Schloßmauer breiteten, als er horchend stehenblieb. Hatte nicht ein Geräusch sein Ohr erreicht? Sein lautschlagendes Herz konnte es nicht gewesen sein.

Aber ringsum war feierliche Stille. Ruhig funkelten die Gestirne im dunklen Äther.

Langsam ging er an der Mauer entlang, bis er die kleine Pforte erreicht hatte. Mit dem Schlüssel, den ihm Felix seinerzeit übergeben hatte, sperrte er auf. Schon wollte er eintreten, als ihn eine Hand festhielt. Klaus fuhr herum und und starrte in das runzlige Gesicht der Wurzelmarie.

„So, Büble, bist da?“ ertönte es unter heiserem Lachen. „Schon eine ganze Stund wart ich auf dich.“

„Was willst? Weshalb spionierst du mir nach?“

„Ich will nix“, klang es spottend. „Aber bleib du fort aus dem Schloß, Büble! Das ist eine Zauberhöhle. Du wirst mit der Zeit krank an Leib und Seele. Und eh du dich versiehst —“

Jäh verstummte die Alte. Auch Klaus war zusammengefahren. War da nicht dicht neben ihnen eine Gestalt aus dem Mauerschatten gesprungen und flüchtete? Trotz der Dunkelheit glaubte Klaus den Bürgermeister-Dori erkannt zu haben.

Es blieb ihm aber keine Zeit zum Nachdenken, denn im gleichen Augenblick drang ein gellender Hilfeschrei durch die Stille der Nacht.

Klaus erschauerte. Diese Stimme kannte er nur zu gut — Traudi mußte in Not sein! In wilden Sätzen sprang er durch den Park und kletterte an der Ulme empor.

Was seine Augen sahen, trieb ihm das Blut in die

Schläfen. Graf von Stegen war in Traudis Zimmer. Brutal preßte er Traudi an sich, die ihren Kopf weit zurückgebogen hatte, um seinen Küssen zu entgehen.

Sofort hatte Klaus die Situation erfaßt. In weitem Sprung setzte er auf die Veranda, stieß das halboffene Fenster auf und schwang sich ins Zimmer.

„Lump, verfluchter!" schrie Klaus und schlug dem Grafen ins Gesicht.

Die Tür wurde aufgerissen — Fürst Rankenstein stürzte herein und zog den Grafen zur Seite.

„Was geht hier vor? Graf, wollen Sie mir Aufklärung geben?"

Stegen, dem das Blut über die Wangen rieselte, raffte sich auf. „Natürlich werde ich das tun. Ich war im Begriff, mein Zimmer aufzusuchen. Da hörte ich einen Hilferuf. Ich sprang sofort herein — und konnte Ihre Tochter noch rechtzeitig aus den Armen dieses Wüstlings reißen."

Klaus trat zwei Schritte vor. Unwillkürlich wichen die beiden Männer zurück.

Waltraud, die bisher schluchzend auf der Ottomane gelegen hatte, sprang auf und trat vor den Grafen hin. „Erbärmlicher Lügner!" schrie sie ihm ins Gesicht.

„Du hast ruhig zu sein — Ehrlose!" Brutal stieß der Fürst sein Kind zurück. „Und Sie", wandte er sich an Klaus, „Sie verlassen sofort das Zimmer, Sie gemeiner Kerl!"

„Herr Fürst —" Klaus hob die Faust. Als er aber die Mündung eines Revolvers auf sich gerichtet sah, ließ er die Arme wieder sinken und — lächelte. Dieses Lächeln hatte etwas Schreckliches. In seinem Gesicht hatten sich alle Züge verzerrt.

Waltraud stand wie gebannt an der Wand. Klaus sah sie wehmutsvoll an.

„Armes Mädel", flüsterte er. „Mußt mich halt vergessen. Alles Glück der Welt wünsch ich dir. Leb wohl!"

„Klaus! Nein — ich lasse dich nicht!"

Die Stelle, an der er gestanden, war leer. Klaus hatte den Weg wieder durchs Fenster genommen. Sie stürzte dorthin und vernahm seine hastig sich entfernenden Schritte.

„Klaus! Klaus!"

Keine Antwort. Nur das Echo gab den Namen zurück.

Weinend stürzte sie in die Knie und hielt sich krampfhaft am Fensterkreuz fest. So grausam konnten die Menschen, so hart und kalt der eigene Vater sein, der zwei Herzen, die sich in tiefer heiliger Liebe gefunden hatten, auseinanderriß!

Unaufhörlich strömten die Tränen über ihre Wangen. Als sie sich endlich aufrichtete, stand ihr Vater dicht hinter ihr.

„Du wirst noch in dieser Woche abreisen", sagte der Fürst unbarmherzig. „Bis zu deiner Abreise wirst du das Zimmer nicht mehr verlassen. Miß Harton wird ständig um dich sein. Hörst du, was ich dir sage? Sieh mir in die Augen! Oder bist du bereits so tief gesunken, daß du dies nicht mehr vermagst?"

Einen Schritt zurückweichend, sagte Waltraud: „Ich habe mir nichts vorzuwerfen und kann mich vor unserem Herrgott jederzeit verantworten. Wenn ich dich nicht ansehe, ist der Grund ein anderer: ich habe dich in dieser Stunde hassen gelernt. Du verbietest mir zu sagen, wie sich's wirklich zugetragen hat, und glaubst einem Lügner, den ich verabscheue. Verreisen werde ich. Du brauchst dich aber nicht mit der Hoffnung zu tragen, daß ich anderen Willens werde. Klaus Brückner werde ich niemals vergessen, so sicher, wie ich den Grafen niemals heiraten werde. Bin ich mündig, so wird kein Mensch imstande sein, mich vor dem zurückzuhalten, was mir mein Herz gebietet."

„Bis dahin wirst du hoffentlich von deinem Irrsinn gesunden. Du darfst nicht vergessen, daß, wenn du auf diesem unsinnigen Willen bestehen bleiben solltest, endgültig alle Bande zwischen mir und dir zerschnitten sind. Du würdest völlig mittellos dastehen", setzte der Fürst ironisch hinzu.

„Du scheinst zu vergessen, daß mir mein mütterliches Erbteil, welches seit 18 Jahren bei einer englischen Bank deponiert ist, am Tage meiner Volljährigkeit frei zur Verfügung steht. In materieller Beziehung wäre ich also vollkommen gesichert. Doch wird dies für mein Glück nicht maßgebend sein. Nun die Würfel einmal gefallen sind, sage ich dir noch einmal, daß ich nie die Frau eines so erbärmlichen Schurken werde, wie es Graf Stegen ist."

Des Fürsten Augenbrauen zogen sich zusammen. „Der Graf ist ein Ehrenmann. Merke dir das gefälligst!"

„Sein Verhalten mir gegenüber zeigt das Gegenteil. Und selbst wenn es so wäre, sehe ich noch lange keinen Grund, ihn zu heiraten."

Der Fürst trat ganz nahe zu Waltraud hin. „Wenn du schon nicht mehr weißt, was du dir und deinem Stande schuldig bist, so gehe unter in Sünde und Schuld!"

Brennende Glut zog über Waltrauds Gesicht. In den großen dunklen Augen lag eine wehe Trauer. Wie das Klagen eines leidenden Kindes kam es jetzt von ihren Lippen: „Vater, glaube mir doch, noch nie ist es in meinem Herzen so klar gewesen wie in dieser Stunde. Sind wir nicht alle Menschen? Ich weiß, Vater, dies willst du nicht gelten lassen. Für meine Bitten hast du nur eine Antwort: Pflicht und Standesbewußtsein. Was in mir zertreten wird, ist dir gleichgültig. Ist es aber nicht an Herz und Seele Sünde, dieser sogenannten Pflicht zu genügen? Was würde mir eine Ehe mit dem Grafen sein? Nichts weiter als ein zweckloses Dahinvegetieren. Gott gab uns doch nicht deshalb das Leben, sondern um den hohen, heiligen Zweck unserer Bestimmung zu erfüllen.“ Tief holte Waltraud Atem. Wie im Selbstgespräch fuhr sie dann leiser fort: „Mir ist, als fließe in meinen Adern kein Aristokratenblut, denn ich fühle mich zu Klaus hingezogen wie eine aus dem Volk Geborene.“

„Wie meinst du das?“ stieß der Fürst rauh hervor. Seine Hände klammerten sich an die Stuhllehne, als müßte der starke Mann Halt suchen.

„Ich meinte nichts Besonderes damit. Aber was ist dir? Warum erschreckten dich meine Worte so?“

Der Fürst preßte zitternd beide Hände an die Schläfen. „Dasselbe Blut, wie es ihre Mutter hatte!“

Dann stürmte er aus dem Zimmer. Waltraud hörte ihn noch lange ruhelos umherwandern.

*

Einem Irren gleich war Klaus durch den Park gestürmt. Auf der Straße blieb er stehen. Nun war es aus, vorbei — entschwunden und zerbrochen das Glück und die Hoffnung. Seine brennende Sehnsucht blieb, und doch mußte er vergessen — —

Er war nicht der erste. Das gleiche wiederholte sich schon sein Generationen. Von Geschlecht zu Geschlecht erbte sich das Schicksal weiter.

Lange hatte er so dagestanden. Die Zeit schritt vorwärts. Er mußte heim, hier hatte er nichts mehr zu suchen.

Einen Blick über den Weg werfend, zuckte er zusammen. Auf einem Baumstumpf kauerte die Wurzlmarie.

„Was willst denn du bloß von mir?“ schrie er sie an. „Warum bist denn immer noch da?“

„Heimbringen will ich dich, Büble.“

„Ich find allein heim, ich brauch dich net.“

Er litt es aber doch, daß das alte Weiblein an seiner Seite hertrippelte. Der Mond, der inzwischen höher gestiegen war, warf seinen bleichen Schein über die beiden ungleichen Gestalten.

Auf einmal blieb Klaus stehen und sagte: „Als froher Mensch bin ich ’rauf, und als todunglücklicher geh ich heim.“

„Ich hab’s so kommen sehen“, murmelte die Alte. „Kennst es nimmer, das Liedl, das ich an jenem Abend gesungen hab?“

„Warum läßt der Herrgott aus so was Süßem auf einmal so Bitteres werden?“

„Ja, Büble, du fragst zuviel. Meinst, daß sich’s Traudele in dieser Stund net das Gleiche fragt?“ Die Greisin reckte sich empor und flüsterte geheimnisvoll: „Ich will dir jetzt was erzählen, was außer mir kein Mensch weiß. Dir sag ich es, weil mich dein Schmerz erbarmt. Aber versprechen mußt mir, daß du schweigst.“

Die Wurzelmarie setzte sich am Straßenrand nieder. Mit einer Armbewegung forderte sie Klaus auf, das gleiche zu tun. Willenlos folgte er ihr.

Und dann erfuhr er die Geschichte eines verlorenen Lebens.

*

Zwanzig Jahre war es her.

Im Tal von Röckelsbach krachten die Böller, es läuteten die Glocken. Die Häuser waren mit Girlanden und Fahnen geschmückt. Die Schützen-, Krieger- und Trachtenvereine des Ortes und der Umgebung bildeten vor dem Tor des Fürstenschlosses Spalier. Alles war voller Neugierde und Erwartung — heute sollte die junge Fürstin, die noch keiner gesehen hatte, ihren Einzug halten.

Es dämmerte schon, als die fürstliche Kutsche sich näherte. Donnernde Hochrufe hallten durch den schönen Abend.

Der Fürst stand aufrecht in der Kutsche. Wie Apollo war er anzusehen in der schneidigen Reiteruniform. Das lachende Glück leuchtete in seinen Augen.

Ganz das Gegenteil war seine blutjunge, ihm erst heute morgen angetraute Gemahlin. Wohl grüßte sie freundlich die jubelnde Menge. Ihre Blicke aber schweiften über diese hinweg und hingen an den leuchtenden Farben der Berge. Es schien, als wäre sie durch Zwang an die Seite des viel älteren Fürsten gefesselt. Sicher war es eine in solchen Kreisen übliche Vernunftehe, eine Ehe, von der Herz und Seele nichts wissen durften. Arme Fürstin!

Nach dem ersten halben Jahr munkelte man bereits von einer unglücklichen Ehe. Selten sah man das Paar zusammen ausgehen. Bei Besuchen im Schloß sah man, daß sie ganz formell miteinander verkehrten. Nie hörte man ein Lachen von der Fürstin, wenn ihr Gemahl sich im Zimmer befand.

Ein Jahr später. Ein schmucker, bildschöner Jäger begleitete auf Geheiß des Fürsten die junge Frau, die an der Jagd Gefallen gefunden hatte, auf ihren Pirschgängen. Früh beim Tagesgrauen brachen sie auf, und spät abends kamen sie zurück. Von dieser Zeit an lebte die Fürstin sichtlich auf.

Amor hatte seine Pfeile auf beide abgeschossen. Sie wehrten sich mit aller Macht dagegen. Aber was half es? Eines Tages vergaß die Fürstin die ihr gezogenen

Schranken. Nach dem ersten Fehltritt reihte sich Schuld an Schuld. Es gab kein Entrinnen mehr.

An einem trüben Märzmorgen erblickte Prinzessin Waltraud das Licht der Welt. Drei Tage später schloß die junge Mutter für immer die Augen und nahm ihr Geheimnis mit in die kalte Fürstengruft. Niemand außer dem Jäger wußte etwas um ihre Schuld. Oder doch? Am Tag nach der Beisetzung der Fürstin fand man den Jäger in einer Steinmulde liegend, tot. Eine Kugel hatte auch ihm ein frühes Ende bereitet. Es hieß, er sei einem Wilderer zum Opfer gefallen. Bis zum heutigen Tage hatte sich die Sache nicht aufgeklärt.

*

Die Wurzelmarie schwieg. Vom Kirchturm schlug es halb drei Uhr. Eine Amsel fing im Gebüsch zu schlagen an. Das Tageslicht schob sich langsam über die Berge herauf.

Klaus war von der Erzählung tief erschüttert. „Wie hast du die Geschichte erfahren?"

„Ich bin überall und nirgends", kicherte die Alte. „Ich hab in den Stauden gesessen dazumal, als die beiden ihr Blut nimmer meistern konnten. Auch der Fürst hat es gewußt. Oft sah ich ihn im Wald auf den Spuren der zwei. Auch selbigsmal, wo man den Jäger erschossen fand, hab ich ihn im Morgengrauen durch die Latschen huschen sehen, mit dem Gewehr in der Hand."

„Wie seltsam! Jetzt begriff ich, warum Traudele so ganz anders ist. Aber sag mir, Wurzelmarie, was soll ich nun mit meiner auf Abwege geratenen Liebe beginnen? Ich weiß, sie wird in mir nie erlöschen." Plötzlich klammerte Klaus seine Finger in die Schultern der Greisin. „Sag, ist die Lieb net stärker als alles andere? Ist sie nicht die Herrin über die Welt und uns armselige Menschenkinder?"

„Wie gescheit du reden kannst, Bub! Aber auf die Frag geb ich dir keine Antwort. Die richtige Antwort müßt ihr zwei schon selber finden. Aber komm, es wird Tag."

Wortlos legten die beiden den Weg zum Erlenhof zurück.

Plötzlich merkte Klaus, daß er allein war. Die Greisin war im Gebüsch verschwunden.

*

Feierlich läuteten die Kirchenglocken zum Gottesdienst. Aus allen Richtungen kamen die Leute herbei, einzeln oder in Gruppen, um Gottes Wort zu hören.

Glücklich, wer noch glauben konnte! Glaube, Hoffnung — zwei schöne Worte. Seit einigen Tagen waren sie Klaus Brückner fremd geworden.

Seine Hand zitterte, als sie über das volle Haar strich. Wie gut wäre es für ihn gewesen, in seiner gegenwärtigen Verfassung einen Menschen zu haben, dem er hätte sich anvertrauen können! Sein Blick fiel auf die Geige — das Geschenk des Fürsten. Von dem wollte er nichts mehr haben! Seine Fäuste umfaßten das kostbare Instrument und schleuderten es an die Wand, wo es berstend zersprang.

Aber wohin auch sein Blick fiel, alles in diesem Zimmer erinnerte ihn an Waltraud. An der Wand hingen die vielen Ansichtskarten, Grüße aus weiter Ferne, wohin sein Knabenherz in Gedanken flatterte. Auf dem Tisch stand ihre Fotografie. In seligen Schauern schloß er die Augen, um nicht mehr in die ihren zu sehen.

Da knarrte die Tür. Klaus hob den Kopf, um erschrocken in die Höhe zu fahren. Wie gebannt hingen seine Augen an der Mädchengestalt, die eingetreten war. „Traudi!"

Ganz langsam trat Waltraud näher. Ernst und traurig sah sie ihn an. Dann schlang sie die Arme um seinen Hals und barg ihr Gesicht an seiner Brust. Klaus fühlte, wie ihr ganzer Körper zitterte.

Seine Hand griff unter ihr Kinn, so daß sie ihn ansehen mußte. „Es war nicht recht von dir, Traudi, daß du mich aufsuchst. Das ist nicht gut für dich und mich."

Groß und fragend sah sie ihn an. „Gab's denn eine andere Möglichkeit? Ich konnte es daheim nicht mehr aushalten. Ich mußte dich sprechen, ein einzigesmal noch, bevor wir uns auf Jahre trennen. Klaus, ich hätte es nicht übers Herz gebracht fortzugehen, ohne von dir Abschied genommen zu haben. Ein Brief von mir, selbst wenn ich meine ganze Seele hineingelegt hätte, wäre nur ein formeller Abschied gewesen."

Obwohl Klaus selbst schon gewünscht hatte, Traudi möchte eine Zeitlang von hier weggehen, so erschrak er jetzt doch bei ihren Worten. „Du willst fort?" fragte er tonlos. „Ja, es ist wohl das beste; denn so können wir uns nie und nimmer vergessen."

„Vergessen? Wie meinst du das, Klaus? Du glaubst doch nicht, daß ich je meine Liebe zu dir aus meinem Herzen reißen kann? Was sind die paar Jahre der Trennung bis zu meiner Mündigkeit gegen das große Glück, das uns dann erwartet? Habe ich die Gewißheit, daß du auf mich wartest, dann gehe ich ruhig fort, denn — länger mit meinem Vater und dem Grafen unter einem Dach zu leben vermag ich nicht. Besonders den Grafen kann ich seit dem Vorfall gar nicht mehr ansehen."

„Ich hab nicht gewußt, daß du so stark bist. Aber hat dich jemand gesehen?"

„Was kümmern mich die Leute? Laß mich noch ein bißchen bei dir bleiben. Vor meiner Abreise will ich dich nochmals erwarten. Den Ort werde ich dir noch mitteilen. Dann wollen wir Abschied feiern, wir beide ganz allein. Ich denke an das verborgene Erkerstübchen im Schloßturm, wohin das ganze Jahr niemand kommt. Dieses Plätzchen scheint mir so recht geeignet."

Eine Munterkeit überkam Traudi auf einmal, so daß Klaus fragte, ob ihr denn der Abschied so leichtfiele?

„Was nützt die Traurigkeit? Fort muß ich, mein Vater will es. Aber ich werde wiederkommen; und dann, Klaus, wollen wir glücklich werden. Du darfst nur den Glauben an mich nicht verlieren. Glauben und Hoffnung halten mich aufrecht und lassen mir die Trennung leichter erscheinen. Denken und halten wir beide fest daran! Ich werde täglich um unser Glück beten. Tue auch du es, Klaus."

Klaus versprach es feierlich und drängte Traudi zum Aufbruch, da es im Dorf bereits zum Wettersegen läutete.

Er begleitete sie hinunter. Als sie am Garten vorübergingen, brach er drei weiße Rosen ab. Wortlos reichte er ihr die halbgeöffneten Blüten und umschloß ihre Hände.

„Nimm sie mit als Andenken", sagte er leise.

Lange blickte er dem geliebten Mädchen nach. Dann wandte er sich wieder dem Hause zu.

*

Zwei Tage später war das ganze Dorf in Aufregung. Graf Arno von Stegen hatte sich oben an der hohen Wand verstiegen und konnte nun weder vor- noch rückwärts.

Der Graf war fortgegangen, ohne zu sagen, welche

Richtung er einschlagen wollte. Endlich gegen Abend hatte man Schreie vernommen. Beim Absuchen der Berge mit einem Fernglas entdeckte man endlich einen Mann in der Felswand.

Stundenlang hing sein Körper schon dort oben, in einem Spalt, in den er gestürzt war. Matter und matter wurden seine Hilferufe.

Unten hatte sich eine große Menschenmenge angesammelt. In banger Erwartung standen die Leute am Ufer des kleinen Sees und starrten empor zu der steilen Wand, die senkrecht in den See abfiel. Soeben kam wieder eine Rettungsexpedition zurück und meldete, daß ein Herankommen unmöglich sei.

Der Fürst stellte eine hohe Belohnung in Aussicht — vergebens. Selbst die geübtesten Bergsteiger der ganzen Gegend erklärten, daß eine Rettung so gut wie aussichtslos sei; sie könne nur mit weiteren menschlichen Opfern verbunden sein.

Die Nacht war da. Kühl und schwer lag sie über den Bergen. Ein kalter Wind fuhr zu Tal, wechselte hin und her und verkündete nahen Regen. — —

Jetzt ließ auch der einsame Späher an einem der Fenster des Erlenhofes das Fernglas sinken. Klaus Brückners Augen hatten nicht das Opfer der Berge gesucht, sondern kühn und berechnend jede Schrunde und Spalte an der hohen Wand betrachtet. Er wußte: Rettung war möglich, wenn sie auch mit der größten Gefahr verbunden war. Es würde zu schaffen sein. Aber der Fürst mußte kommen und ihn darum bitten.

Träge schlichen die Nachtstunden dahin. Es hatte zu regnen angefangen. Die Hilferufe, die ab und zu durch die Finsternis drangen, verhallten ungehört. Klaus aber hörte sie. Es kam wie ein Gefühl der Befriedigung über ihn. Wie ein Gottesurteil erschien es ihm, daß die Berge den anderen gefangen hielten, ihn als Opfer forderten, vielleicht diese Nacht noch, vielleicht morgen oder erst übermorgen.

Doch in seiner Seele ließ es ihm keine Ruhe. Soll und muß man seinem Nebenmenschen nicht in seiner Not beispringen, selbst seinem ärgsten Feind? „Liebe deinen Nächsten wie dich selbst."

Klaus legte sich auf sein Bett. Die Unruhe ließ ihn nur kurz schlafen. Der Tag dämmerte bereits. Der Regen hatte etwas nachgelassen. Das Gewölk stand hoch, für den Tag war besseres Wetter zu erwarten. Graue Nebelschwaden hatten die Berge eingehüllt. Wie ein Leichentuch lag es über den Höhen.

Viele Menschen eilten bereits wieder dem See zu. Beklemmend lag es über der Menge. Ein angstvolles Fragen ging von Mund zu Mund.

Auch der Fürst und Waltraud befanden sich schon am Ufer. Jetzt erwartete man noch einen vorzüglichen Bergsteiger, den der Graf telegraphisch herbeigerufen hatte.

Die ausgesandten Boten kehrten soeben zurück und berichteten, daß der Graf gestern früh auf der Erlenhofer-Alm beim Hexenregerl gesehen worden sei, mit dem er einige Worte im Vorbeigehen gewechselt habe. Das war für die abergläubischen Bauern wieder Wasser auf ihre Mühle. Sie behaupteten, jeder, der in die Nähe dieses Weibes käme, wäre verhext und verloren.

Waltraud hörte dies und sagte vernehmlich: „Dummes, abergläubisches Volk! Das Regerl ist ebenso ein Christenmensch, wie wir es sind. Es hat noch niemand etwas zuleide getan und tut es auch nicht."

Auch der greise Ortspfarrer versuchte den Leuten ihre einfältige Meinung auszureden. Aber es half nichts, er konnte sagen, was er wollte. — —

Gegen neun Uhr wichen die Nebel allmählich. Der

Wind trieb über den See. Es wurde heller, schließlich lag die hohe Wand frei im Sonnenschein.

An die achthundert Augen suchten die Wand ab. Ein befreiendes Atmen ging durch die Menge — der Gefangene lebte noch und winkte verzweifelt mit der Hand.

Da ritt ein Pferdeknecht vom Schloß heran, auf schweißnassem Pferd, und überreichte dem Fürsten ein Telegramm mit der Meldung, daß der erwartete Bergsteiger wegen Erkrankung nicht kommen könne. Wieder eine Hoffnung dahin.

Der Fürst versuchte durch Erhöhung der Prämie doch noch Leute zu finden, dem Hilflosen Rettung zu bringen.

„Zehntausend Mark dem, der den Grafen rettet!" rief der Fürst.

Niemand rührte sich. Trotz der hohen Summe wollte keiner sein Leben aufs Spiel setzen.

Da trat der Fischergirgl zum Bürgermeister. „Wenn's einer kann und wagt, dann ist es der Klaus vom Erlenhof!"

Wie ein Lauffeuer ging es von Mund zu Mund. Klaus galt als der kühnste und verwegenste Bergsteiger weit und breit. An ihn hatte seltsamerweise bis jetzt noch niemand gedacht. Der Fürst schickte sofort nach ihm. Einige Burschen rannten davon, ihn zu holen. — —

Es war schon zehn Uhr vorüber, als Klaus bei der harrenden Menge erschien. Trotzig und finster blickten seine Augen auf die Menschen. Ein stilles Leuchten kam erst in seine Züge, als er Waltraud erspäht hatte.

Der Fürst legte seine Hand auf Klaus' Schulter. „Zehntausend Mark, Herr Brückner, zahle ich Ihnen, wenn Sie den Grafen lebend herunterbringen!"

„Fürst, nur unter einer Bedingung besteige ich die Wand."

„Nennen sie diese. Sie sollen alles haben.“

„Alles — auch Waltraud?“

Der Fürst zuckte unter der unerwarteten Frage zusammen. „Nein, nie im Leben werde ich hierzu meine Zustimmung geben!“

„Na, dann tut es mir leid. Es soll ein anderer ’naufsteigen, wenn er’s kann.“ Mit diesen Worten wandte Klaus sich ab.

Mit Gewalt wollte ihn der Fürst zurückhalten und flehte: „Retten Sie doch den armen Menschen dort oben! Sie können es. Wir reden später über Ihre Bedingung.“

„Nein. Das muß ich vorher wissen.“

Da trat Waltraud an ihn heran und sah ihn bittend an. „Klaus, tue es mir zuliebe! Du weißt, daß ich nie von dir lasse.“

Klaus war wie umgewandelt. Ohne weitere Entgegnung trat er festen Schrittes an die Schiffsbrücke. Man reichte ihm einen Rucksack mit Proviant und starken Essenzen und gab ihm die weiteren nötigen Ausrüstungsstücke, die bereit lagen. Man versäumte auch nicht, ihn mit Ratschlägen zu überschütten. Aber was er tun mußte und wollte, wußte nur er allein. Sorgfältig untersuchte er das ihm übergebene lange Seil und schlang es um seine Brust.

Bevor er den Kahn bestieg, um seinen gefährlichen Weg anzutreten, trat er an den Pfarrer heran und bat um seinen Segen.

„Nimm den Segen des Allmächtigen mit dir. Gebe Gott, daß die kühne Tat gelinge!“

Unter kräftigen Ruderschlägen glitt das Boot über die bewegten Wasser. Je weiter Klaus sich entfernte, desto verständnisloser sahen ihm die am Ufer Harrenden nach. „Was tut er denn nur? Der wird doch net von der Seiten ’naufwollen?“ raunten die Bauern.

„Laßt nur den Klaus. Er weiß schon, was er will", meinte der Leitner.

Waltraud verfolgte leuchtenden Auges jede Bewegung des Geliebten, der sein Boot mit unglaublicher Schnelligkeit über das Wasser trieb. Betend faltete sie die Hände und flehte inbrünstig zu Gott, daß das Rettungswerk gelingen und Klaus glücklich zurückkehren möge.

Indessen hatte Klaus das andere Ufer erreicht und das Boot so weit aus dem Wasser gezogen, wie es die fast senkrecht aus dem See emporragende Felswand gestattete. Er wußte genau, weshalb er hier angelegt hatte und nicht, wie die Leute vermutet hatten, an jener Stelle, über der sich der Graf in zweihundert Meter Höhe hilflos befand. Hier führte nämlich eine schmale kaminartige Einbuchtung senkrecht empor. An ihrem oberen Ende gab es die schönsten Edelweiß weit und breit. Das tollkühne Vorhaben war ihm damals geglückt, aber er hatte es sich im stillen versprochen, nie wieder einen zweiten Aufstieg zu unternehmen. Nun mußte er dieses Eigenversprechen freilich brechen. Aber es geschah nicht aus Mutwillen, sondern um einen Menschen vom Tode zu erretten. Waltraud als Preis war zu verlockend.

Klaus nahm ein Paar Steigeisen aus dem Rucksack, befestigte sie an seinen Stiefeln und hängte den Rucksack wieder über. Dann sah er zu der Stelle hin, wo sich der Graf befand. Der Unglückliche bewegte sich nicht. Hunger und Durst, Frost und Todesangst schienen ihm das Bewußtsein geraubt zu haben.

Dann machte er sich an den Aufstieg. Er zwängte sich in den Kamin, krallte sich mit den Fingern in kaum wahrnehmbare Steinschrunden und schob sich mit den eisenbewehrten Stiefeln nach. Jeder einzelne Meter mußte erkämpft werden, und Klaus trat bald der Schweiß auf die Stirn. Im unteren Teil des Kamins gab es nirgends einen vorspringenden Stützpunkt, auf dem er hätte rasten können. Nur die Kraft, mit der er Arme und Beine gegen die Kaminwände preßte, verhinderte seinen Absturz. Eine warme Flüssigkeit rieselte über seine Hände. Es war Blut, das aus seinen zerschundenen Fingern rann. Aber Klaus sah nicht darauf. Seine Blicke waren nach oben gerichtet.

Endlich fanden seine zitternden Füße auf einem vorspringenden Stein festen Halt. Er unterbrach die Kletterei und wartete, bis sich seine keuchende Brust wieder beruhigt hatte. Mit schmerzenden Fingern wischte er den Schweiß fort, der ihm in die Augenhöhlen geronnen war. Dann biß er die Zähne zusammen und setzte seinen Aufstieg fort. Der Gedanke, daß er seinem Ziel immer näher rückte, verdoppelte seine Kräfte, und schließlich hatte er sich zum Ende des Kamins emporgearbeitet. Hier wich die steile Wand etwas zurück und ließ, etwa achtzig Meter über dem See, einen schmalen Grat frei, der in allmählicher Steigung zu der Stelle führte, wo sich der Graf befand. Auch ein geübter Bergsteiger hätte sich gescheut, diesen Grat, der in schwindelnder Höhe an der steilen Wand entlang aufwärts führte, zu begehen. Aber Klaus kannte keine Bedenken. Er nahm das Seil von der Schulter und hängte es an einen spitzen Kegel, der aus dem Gestein herausstand. Wenn er den Grafen einmal an dieser Stelle hatte, so war alles gewonnen. Zwischendurch hatte er Eisenklammern in die Wand geschlagen, die ihn auf dem Rückweg sicheren Halt gewähren sollten. Mit dem Seil konnte er dann den Geretteten in die Tiefe befördern.

Seit Beginn des Aufstiegs waren bereits über zwei Stunden vergangen. Mit einem tiefen Atemzug wandte sich Klaus um und schritt, den Körper dicht an die Felswand pressend, den Grat entlang. Dabei stieß er alles im Wege liegende Geröll mit dem Fuß in die Tiefe, damit die Rückkehr leichter vonstatten ginge. Sorgfältig Fuß vor Fuß setzend, gelangte er höher und höher. Er vermied es, in die Tiefe zu sehen, und hielt die Blicke unentwegt nach vorn gerichtet.

Der Graf lag ganz still auf einem schmalen Felsvorsprung. Klaus konnte ihn jetzt deutlich sehen. Er rief ihn an, bekam aber keine Antwort. Sollte er tot, an den Strapazen zugrunde gegangen sein? Wie ein Blitz durchzuckte ihn dieser Gedanke. Aber das war doch nicht möglich! Keuchend und klopfenden Herzens bezwang Klaus das letzte Stück Weges, dann hatte er den Liegenden erreicht. Der Felsvorsprung bot knapp soviel Raum, daß Klaus sich neben dem Bewußtlosen hinkauern konnte. Er musterte ihn mit finsteren Blicken, dann legte er das Ohr lauschend an die Brust des Grafen. Es schlug noch, dieses eitle, selbstsüchtige Herz.

Klaus riß den Rucksack von der Schulter, holte daraus eine Flasche mit belebender Essenz hervor und rieb die Schläfe des Ohnmächtigen mit der scharfen Flüssigkeit ein. Es währte nicht lange, und der Graf schlug die Augen auf. Er machte einige Bewegungen, hielt aber sofort erschrocken inne, denn das Gefährliche seiner Lage kam ihm zum Bewußtsein. Er wandte das Gesicht und gewahrte Klaus, der hoch aufgerichtet vor ihm stand. Die Blicke der beiden Männer bohrten sich ineinander.

„Sie?“ stotterte der Graf nach einer Weile fassungslos und mit merklicher Angst in der Stimme.

„Ja, ich“, kam es kalt zurück. „Mich hätten Sie wohl am allerwenigsten erwartet, wie?“

Der Graf zuckte zusammen. Die Angst in seinem Gesicht wuchs. „Ich bin vollständig in Ihrer Gewalt“, kam es über seine Lippen. „Warum sind Sie gekommen? Um mir zu helfen, mich zu retten?“

„Das muß ich mir erst noch überlegen“, erwiderte Klaus, indem er dem anderen mit dem Fuß den Rucksack zuschob. „Stärken Sie sich, dann reden wir weiter."

Der quälende Hunger überwog die Todesangst des Grafen. Gierig griff er nach den Speisen und begann das derbe Bauernbrot und das Rauchfleisch zu verschlingen. Klaus hatte währenddessen seine kurze Pfeife angezündet.

Als der Graf sein Mahl beendet hatte, begann Klaus mit ruhiger Stimme: „So, Herr Graf, jetzt wollen wir zwei miteinander reden. Wenn ich Sie glücklich 'nunterbring, verzichten Sie dann auf Waltraud?"

In den Mienen des Gefragten wechselten Angst und Wut. „Meinetwegen", stieß er hervor. „Was kümmert mich das Mädel noch? Bringen Sie mich hinunter, dann — soll sie zwischen mir und Ihnen wählen."

Die Blicke des jungen Bauern richteten sich in unendlicher Verachtung auf den Sprecher. „Für diese Worte sollte ich Sie eigentlich hier liegenlassen. Das ist also Ihre Liebe zu dem Mädel! Pfui Teufel! Auf jetzt, ich will Sie hinunterschaffen."

Er hatte den Rucksack wieder umgeschnallt, half dem Grafen aufstehen und hieß ihn sich mit dem Gesicht gegen die Wand stellen. Mit dem rechten Arm drückte er ihn an das Gestein, so schob er ihn langsam und mit unendlicher Vorsicht den Grat vorwärts. Ein einziger Fehltritt konnte sie beide das Leben kosten.

„Die Füße immer an die Wand drücken!" mahnte Klaus unermüdlich. „Und niemals umschauen!"

Der Graf sprach keine Silbe. Sein Gesicht war leichenblaß, und seine Hände zitterten.

Langsam kamen sie abwärts und gelangten Schritt für Schritt tiefer. Immer wieder ertönte die mahnende Stimme des Führers: „Daher treten! Jetzt daher! Und immer die Wand anschauen!" — —

Eine halbe Stunde später hatten sie den Kamin erreicht.

Klaus schlang das Seil um den Leib des Grafen und rollte es um den Steinkegel, dann ließ er den Angebundenen langsam und vorsichtig in die Tiefe gleiten. Er hatte ihn darauf aufmerksam gemacht, daß er mit den Füßen immer an den Felsen bleiben sollte, damit nicht der Körper daran anschlug.

Als der Graf endlich festen Boden unter sich fühlte, wurde er von einigen Männern, die inzwischen herübergefahren waren, vom Seil losgeknüpft.

Klaus seilte sich nun selbst ab. Nach zehn Minuten hatte er auch den Boden erreicht. Das Seil zog er ein und warf es in das Boot.

Vom anderen Ufer herüber aber klang jetzt wie Donnergrollen der begeisterte Jubel von vielhundert Lippen. Da war wohl keiner, der nicht in ehrlicher Bewunderung von der heldenmütigen Tat Klaus Brückners hingerissen gewesen wäre. Nur einer stand drüben und starrte, abseits von der Menge, haßerfüllt über den See herüber: der Bürgermeister-Dori. Die ganze Zeit über war er mit finsteren Blicken jeder Bewegung des kühnen Bergsteigers gefolgt. Welche maßlose Genugtuung wäre es für ihn gewesen, wenn Klaus abgestürzt wäre! Aber jetzt würde der verhaßte Gegner wieder heil und gesund herüberkommen, würde von der Menge gefeiert und bejubelt werden, während er unbeachtet im Hintergrund stehen mußte. Mit haßfunkelnden Augen und geballten Fäusten schlich Dori davon. — —

Jetzt näherte sich der Kahn dem Ufer. Einige Ruderschläge noch, und knirschend bohrte sich der Kiel in den Sand. Mit gleichgültigem Lächeln sah Klaus auf die Menge, die ein Taumel erfaßt zu haben schien. Es ließ ihn kühl und ungerührt. Nur auf eines wartete er mit sehnsüchtigem Herzen. Und dieses eine kam. Mit Tränen der Freude in den Augen trat Waltraud auf ihn zu und reichte ihm vor allen Leuten die Hände. Und er verstand sie. Er verstand das Beben ihrer schlanken Finger, den Klang ihrer Stimme und den Blick ihrer Augen. Langsam wandte er sich dem Grafen zu. „Nun, Graf, mir scheint, die Wahl ist schon entschieden."

„Lächerliche Komödie!" zischte dieser. „Übrigens eine ganz gemeine Bedingung, die Sie mir in meiner Hilflosigkeit abzwangen. Ich denke, hier wird Seine Durchlaucht zu entscheiden haben!"

Die Augen des jungen Burschen flammten. „Jetzt, weil Sie wieder auf den Füßen stehen können, Feigling!"

Da trat der Fürst zwischen die beiden. „Sie werden die von mir ausgesetzte Belohnung erhalten, Klaus Brückner. Damit dürfte Ihre allerdings respektable Leistung ausgeglichen sein."

Klaus hatte sich abgewendet, denn ein großer schlanker Herr hatte ihn an der Schulter ergriffen. „Hans, du?"

„Ja, ich", sagte Hans Westermann leise. „Komm, Klaus. Hier ist kein Platz mehr für dich."

„Du hast recht. Ich bin mir zu schade, um mit dem dort die gleiche Luft zu atmen."

Wortlos schritten die beiden Freunde Arm in Arm zum Wald hin. Klaus ahnte nicht im geringsten, was Hans Westermanns plötzlicher Besuch zu bedeuten hatte. Es genügte ihm, daß er dawar und daß er einen Menschen hatte, dem er sich anvertrauen konnte.

Hans hörte ihm aufmerksam zu und unterbrach ihn mit keiner Silbe. Erst als Klaus sein Herz ausgeschüttet hatte, versuchte er den Freund zu überreden, der ganzen Sache ruhig ins Auge zu sehen und abzuwarten, bis Waltraud ihre Volljährigkeit erreichte.

Eine Weile blieb es still. Jeder hing seinen eigenen Gedanken nach. Plötzlich sagte Hans ganz unvermittelt: „Ich hörte, der Fürst hätte dir eine Belohnung von zehntausend Mark zugesprochen."

„Ich pfeif auf sein Geld!" fuhr Klaus auf.

„Wenn ich dir aber als dein bester Freund rate, es anzunehmen?"

„Nein, auch da net. Er soll sein Geld behalten!" beharrte Klaus eigensinnig.

„Doch, Klaus, du mußt."

„Müssen — was soll das heißen?"

Hans Westermann, der seit einiger Zeit mit einem bekannten Münchner Rechtsanwalt zusammen arbeitete, wich den forschenden Blicken aus. „Es wird mir sehr schwerfallen, Klaus, die richtigen Worte zu finden, um dir zu erklären, was sein muß. Bevor ich weiteres sage, bitte ich dich: Nimm das Geld des Fürsten, denn — dein Hof steht vor der Versteigerung."

Klaus wechselte die Farbe.

„Mein Hof bankrott? Nein, das kann net sein! Mach keinen Spaß! Ich bitt dich, Hans, sag mir die volle Wahrheit!"

„Komm, setz dich zu mir und laß vernünftig mit dir reden. Ich werde dir alles erzählen."

Er führte Klaus zu einer umgestürzten Tanne, die der Frühjahrssturm entwurzelt hatte.

„Schau, Klaus, du glaubst nicht, was ich geben würde, wenn ich dir den Schmerz ersparen könnte. Zufällig habe ich von der Sache erfahren. Ich hatte in einem großen Prozeß die Verteidigung zu übernehmen. Es war dies meine erste größere Aufgabe. Weil der Weg vom Schwurgericht in meine Wohnung zu weit war und mir nicht viel Zeit blieb, nahm ich in einem Restaurant in der Nähe mein Mittagessen ein. Ich unterhielt mich mit einigen Pressevertretern über den Fall, als ich plötzlich vom Nachbartisch her den Namen Erlenhof hörte. Ich glaubte mich getäuscht zu haben, da vernahm ich auch den Namen Brückner. Jetzt stand es bei mir fest, daß es sich nur um dich und um deinen Hof handeln konnte. Interessiert trat ich an den Tisch, stellte mich vor und erkundigte mich bei den Herren, ob es sich etwa um den Erlenhof bei Röckelsbach handle. Bereitwillig gab mir ein Güterhändler Auskunft: der Hof sei in kurzer Zeit hoch belastet worden, die Zinsen nicht bezahlt, und eine Versteigerung sei unvermeidlich, falls sich bis zum Herbst nicht ein geeigneter Käufer fände."

„Mein Hof! Überschuldet!" schrie Klaus fassungslos. „Das ist ganz undenkbar!"

„Es ist die Wahrheit. Auf mein Befragen gaben mir die Herren Auskunft, soweit es ihnen möglich war. Ich zog dann weitere Erkundigungen ein und mußte zu meiner größten Bestürzung erfahren, daß der von den Behörden schon lange gesuchte Schwindler Lukas Brenner, der bei euch hier Grenzjäger ist, deine Stiefmutter und dich um Hab und Gut gebracht hat. Der Name Brenner ist auch falsch. Seine Papiere, die er damals führte, lauteten auf einen anderen Namen, weshalb es ihm einige Jahre lang gelungen war, unentdeckt zu bleiben."

Klaus schnellte in die Höhe. „Erwürgen könnt ich den Lumpen!"

Nur mit Mühe vermochte ihn Hans wieder zu beruhigen. „Laß mich nur ausreden. Ich habe die Sache natürlich gleich der Polizei übergeben. Aber leider war es zu spät, der saubere Vogel ist über alle Berge. Lange wird er sich freilich der Freiheit nicht erfreuen können, denn er wird steckbrieflich verfolgt. Wie mir zumute war, als ich heute auf dem Erlenhof von deiner Stiefmutter erfuhr, daß du von der Sache überhaupt nichts weißt, das kann ich dir nicht schildern. So etwas hatte sie nicht erwartet. Sie hatte wohl in den letzten Wochen verschiedene Schreiben erhalten, die ihr den Ernst der

Lage vor Augen führten. Ich bemerkte auch, daß sie litt. Auf den Knien flehte sie mich an, dir und ihr zu helfen. Da konnte ich mich des Erbarmens mit dieser betrogenen Frau nicht erwehren. Und dich, Klaus, bitte ich, sei auch du nicht zu hart mit ihr, denn sie hat bitter schwer zu tragen, wenn sie den Schlag überhaupt überwindet."

Klaus nickte vor sich hin. Plötzlich warf er sich dem Freund an die Brust und schluchzte wie ein Kind. „Hans, von alledem, was in letzter Zeit über mich gekommen ist, ist das das Schlimmste."

Hans Westermann versuchte zu trösten. „Sei nur still und verlier den Mut nicht! Ich werde alles versuchen, dir die Heimat zu erhalten. Und darum rate ich dir nochmals: nimm das Geld des Fürsten! Ein Loch kann man damit doch zumachen." — —

Die Sonne stand schon tief am Himmel, als die beiden den Erlenhof erreichten. Klaus fühlte sich so elend, daß er sogleich sein Zimmer aufsuchte. Angekleidet warf er sich auf das Bett und kehrte das Gesicht gegen die Wand.

Hans stand in Gedanken versunken am Fenster. Hier mußte geholfen werden. Aber wie, das wußte er im Augenblick selbst noch nicht. Da fiel sein Blick auf Waltrauds Bild.

„Du könntest vielleicht helfen", fuhr es ihm durch den Kopf. Hatte das jemand laut gesagt? Erschrocken sah er zu Klaus hinüber, der aber inzwischen eingeschlafen war. „Armer Kerl!" flüsterte Hans, nahm seinen Hut und verließ das Zimmer und das Haus.

Er schlug sofort den Weg zum Schloß ein. Er wußte wohl, es war ein schwerer Gang. Aber dieser mußte gemacht werden, wenn überhaupt noch Hilfe zu erhoffen war. Entschlossen schritt er die Freitreppe empor. In der dunklen Vorhalle traf er mit Felix zusammen.

Herzlich drückte er dem guten Alten die Hand, in dessen Zügen Kummer und Gram zu lesen waren.

„Ist Ihre Durchlaucht die Prinzessin noch zu sprechen?"

Während er wartete, betrachtete Hans die an der Wand hängenden Bilder. Vor einem Augenpaar, das ihm dort aus dem dunklen Rahmen entgegensah, erschrak er. „Regerl!" flüsterte er und trat näher an das Bild heran.

Verständnislos schüttelte er den Kopf, als er das Porträt eines jungen, bildschönen Offiziers erblickte. —

Wenige Minuten später stand er Waltraud gegenüber.

„Durchlaucht verzeihen, daß ich Sie noch zu später Stunde störe."

„Sie stören mich nicht, Herr Westermann. Aber lassen Sie die ‚Durchlaucht' beiseite, nennen Sie mich wie früher Waltraud. Nehmen Sie bitte Platz. Ich bin sehr begierig zu hören, was Sie zu mir führt."

Hans suchte mühsam nach Worten. Endlich kam es zögernd heraus: „Es ist etwas Trauriges, Waltraud, was ich Ihnen zu sagen habe."

„Darauf war ich schon gefaßt, als Sie mir gemeldet wurden. Ich nehme an, daß es sich um Klaus handelt."

Ihre Ruhe und Sicherheit gaben ihm den Mut, fortzufahren. Wahrheitsgetreu schilderte er das schwere Leid, das den Freund durch den Verlust seiner Heimat treffen würde, und wie Klaus unter dieser Nachricht zusammengebrochen sei.

Überraschung malte sich auf dem feinen Gesicht Waltrauds. „Klaus ist krank?"

„Nicht körperlich, sondern seelisch krank. Ich möchte ihm so gern helfen. Er ist mein Freund, den ich wie einen Bruder liebe."

„Und was trieb Sie zu mir?"

„Ja, Sie stehen ihm doch am nächsten, Waltraud. An Ihnen hängt Klaus ebenso wie an seinem Hof."

„Armer Klaus!" flüsterte sie. Sinnend sah sie zu den Bergen hinauf, wandte sich dann wieder dem Besucher zu.

„Ich werde ihm helfen. Den Erlenhof lasse ich vielleicht durch Sie oder einen Dritten kaufen. Die Heimat soll ihm wenigstens erhalten bleiben."

„Und Sie?" fragte Hans.

„Ich? Was kommt es auf mich an? Ich werde in einigen Tagen Schloß Bürg verlassen — und nie wiederkehren."

Hans sprang von seinem Sitz auf. „Waltraud! Sie — könnten Klaus vergessen?" Wie ein Vorwurf klangen seine Worte.

„Vergessen werde ich ihn nie, aber — ich muß es."

„Klaus trägt sich aber mit der Hoffnung, daß Sie auf ihn warten. Haben Sie ihn denn nicht mehr lieb?"

„Mehr als mein Leben. Aber dennoch muß ich ihn vergessen."

„Ich — ich verstehe das nicht", stammelte Westermann verwirrt. „Wenn man doch einen Menschen liebt, dann — —"

„Dann fragt man nicht nach Pflicht und Herkunft", unterbrach ihn Waltraud. „Das wollten Sie doch sagen? Nun, ich gebe Ihnen hierin vollkommen recht. Aber — aber —" Sie verstummte plötzlich und fuhr sich mit einer müden Handbewegung über die Stirn. „Ich darf Ihnen doch mein ganzes Vertrauen schenken?"

„Ich gebe Ihnen mein Ehrenwort, daß ich schweigen werde wie das Grab."

„Nun gut. So hören Sie. Seit meiner frühen Kindheit gab es nur einen Menschen, der mein ganzes Sein ausfüllte — Klaus Brückner. Es läßt sich nicht in Worte kleiden, was er mir war und heute noch ist. Nie kam mir der Gedanke, daß uns menschliche Macht trennen könnte, bis ich heute durch Zufall erfahren mußte, daß ich die Pflicht habe, die Schuld einer Toten zu sühnen. Es ist hart, verzichten zu müssen. Diese Liebe war das Schönste, was mir das Leben süß und herrlich erscheinen ließ — die Liebe zu Klaus. Sie war lauter und rein, wenn auch mein Vater sie Sünde und Schuld nannte. Und jetzt muß ich ihn vergessen. Aber ich bin dem Schicksal dafür dankbar, daß ich wenigstens nippen durfte am Becher der Liebe. Daß mein Vater dieser gegenseitigen Neigung vom ersten Augenblick ablehnend gegenüberstand, werden Sie selbst wissen. Er drohte, bat und flehte. Er ließ kein Mittel unversucht, mich anderen Sinnes zu machen und meine Einwilligung zu einer Verbindung mit dem Grafen Arno von Stegen zu geben. Es half alles nichts, die Liebe zu Klaus saß zu fest in meinem Herzen. Da griff heute nachmittag mein Vater zu dem letzten Mittel und gab mir den Brief, den meine Mutter kurz vor ihrem Tode geschrieben hatte."

Waltraud nahm aus ihrem Schreibtisch einen Brief und reichte ihn Hans Westermann hin. „Bitte, lesen Sie", sagte sie leise.

Hans faltete das Schreiben auseinander. In zierlichen Buchstaben stand geschrieben:

„An Seine Durchlaucht, meinen Gatten, den Fürsten Eberhard von Rankenstein.

Durch die Welt geht ein Frühlingsahnen, ein Ahnen von Liebe und Glück. Aber es gilt nicht mir, dieses stille Werden und Blühen. Ich weiß und fühle es, dieser Lenz wird mein Lebenswinter sein. Meine Lebensuhr ist abgelaufen.

Der Tod hat für mich keine Schrecken. Ich fürchte ihn nicht, vielleicht habe ich ihn verdient. Aber ich kann und will aus dieser Welt nicht hinweggehen, ohne Dir, Eberhard, meine Schuld eingestanden zu haben. Ich habe Schuld auf mich geladen, schwere Schuld, und ich will nicht rechten darüber, wessen Schuld größer ist, die meine oder die derjenigen, die mich zur Heirat mit Dir trieben. Ich habe geliebt, Eberhard, habe einen anderen geliebt als Dich. Einen, der mich verstand und der für mich alles bedeutete. Und das war die Tragik meines Lebens. Ach, Eberhard, warum fragte man mich nicht, ob ich Dich liebe? Warum fesselte man mich an Deine Seite? Ich gab Dir alles zu eigen, nur mein Herz gehörte einem anderen.

Jung und schön trat dieser andere, der mein Schicksal bedeutete, in mein Leben. Und das Strahlende und Sieghafte, das von ihm ausging, riß mich hin. Dürstend legte ich die Lippen an die Schale und trank das Glück mit gierigen Zügen, dieses Glück, das meinem Leben neuen Inhalt gab.

Nun geht es mit mir zu Ende, und ein jähes Bangen ergreift mich. Niemand wird für mich beten und bitten. Oder doch? Ja, das blasse, zarte Kind, das ich geboren habe — es soll für mich bitten bei Gott und an meinem Grabe beten. Und es wird auch die Schuld der Mutter sühnen.

Erhöre die Bitte einer reuig Sterbenden, Eberhard, und schicke Waltraud, ehe der Welt rauher Atem sie berührt und bevor noch das Blut ihrer Mutter in ihr erwacht, in ein Kloster. Sie soll Nonne werden. Du könntest an dem Kinde doch keine Freude haben, denn — es ist nicht Deines.

Damit nehme ich Abschied von Dir. Wenn Du mich wirklich liebhattest, so vergib mir um meiner Seelenruhe willen, wie mir Gott im Himmel verzeihen wolle.

Rosalinde Fürstin von Rankenstein geb. von Wildenholzen."

Erschüttert ließ Hans Westermann die Hand mit dem Brief sinken und sah auf Waltraud. „Wie seltsam das Leben doch spielt!“ sagte er ergriffen. „Ihre Mutter hat ihre Schuld mit dem Tode gebüßt. Doch Sie selbst brauchen deswegen nicht auf Glück und Liebe zu verzichten und hinter Klostermauern zu flüchten.“

„Es ist aber doch ihr letzter Wunsch. Muß man die Bitte einer Sterbenden nicht erfüllen? Offen gestanden habe ich mich nach schwerem innerlichem Kampf mit dem Gedanken schon vertraut gemacht.“

„Was wird dann aus Klaus werden?“

„Wenn ihm die Heimat bleibt, wird er den Schmerz um mich mit der Zeit überwinden. Ich selbst kann es ihm allerdings nicht sagen, ich bin zu schwach. Nach einer gewissen Zeit wird ihm mein Handeln verständlich erscheinen. Ich möchte Sie herzlich bitten, mich hierin zu unterstützen. Sie besitzen nach mir den größten Einfluß auf Klaus und werden ihn überzeugen, daß ich den rechten Weg wählte.“

„Ich werde tun, was in meinen Kräften steht. Das bin ich Ihnen und Ihrer edlen Mission schuldig“, antwortete Hans.

„Auf keinen Fall“, fuhr Waltraud fort, „darf Klaus erfahren, daß ich den Hof zurückkaufte. Das ist mein Dank für all seine beglückende Liebe. Wie ich ihn kenne, wäre er aber zu stolz, um ihn aus meiner Hand anzunehmen. Wir müssen hier zu einer List greifen. Ich bin zu unerfahren, um zu wissen, wie das durchzuführen ist. Ich überlasse es Ihnen, handeln Sie nach Ihrem Gutdünken. Morgen werde ich sofort meine Bank verständigen, daß Sie spätestens übermorgen im Besitz von hunderttausend Mark sind. Lassen Sie mir bitte Ihre Adresse hier, denn ich muß Sie jedenfalls noch in einer anderen Sache bemühen. Es betrifft die Tochter der alten Wurzelmarie — eine dunkle Geschichte, die Ihnen vielleicht Klaus einmal erzählen wird. In einem Brief werde ich Ihnen noch alles genau erläutern, was Sie in dieser Sache zu tun haben. Das Geld, das beim Ankauf des Erlenhofes übrig bleiben sollte, legen Sie auf einer Bank für das arme Mädchen an, das heute sein Brot als Magd verdienen muß. Und nun darf ich Sie wohl bitten, mir die Summe zu nennen, welche Ihnen für Ihre Bemühungen zusteht. Sie werden viel Arbeit und Mühe haben."

Entrüstet sprang Westermann auf. „Waltraud, was denken Sie von mir! Ich lasse mich doch nicht für Freundschaftsdienste bezahlen."

„So meinte ich es auch nicht. Aber Sie werden sicher in der nächsten Zeit in der Angelegenheit beruflich viel beschäftigt sein. Folglich bezahle ich Sie nicht als Freund, sondern als meinen Rechtsbeistand."

„Das kann ich auch während meiner Freizeit machen."

„Sie sind ein edler Freund, Hans Westermann. Nehmen Sie einstweilen meinen herzlichen Dank. Das Weitere wird sich noch finden. Wann reisen Sie ab?"

„Wenn möglich, noch heute. Vielleicht erreiche ich den Abendzug. Kann ich Sie vor Ihrer Abreise nochmals sehen? Es dürfte das eine oder andere noch zu besprechen sein. Morgen früh werde ich sofort die nötigen Schritte wegen des Hofes unternehmen."

Waltraud überlegte. „In München habe ich einige Stunden Aufenthalt. Kommen Sie also zur Bahn. Den Tag teile ich Ihnen noch mit."

Tränen glänzten in ihren Augen, als sie das sagte. Jäh ihre Hand befreiend, eilte sie aus dem Zimmer.

Hans stand allein in dem stillen Raum. Plötzlich nahm er hinter sich ein Geräusch wahr, Miß Harton war eingetreten. Näselnd sagte sie:

„Ihre Durchlaucht haben sich zurückgezogen. Da ist

wohl anzunehmen, daß der Herr Rechtsanwalt sich entfernen will.“

*

Drei Tage später, an einem schönen Augustmorgen, stand Klaus unter dem weit vorspringenden Dach seines Hofes und starrte unverwandt zu den Bergen hinauf. Ein tiefer Leidenszug hatte sich in seinem Gesicht eingegraben. Seine Stiefmutter blieb unsichtbar. Sie liege krank zu Bett, hatte man ihm mitgeteilt. Er erkundigte sich nicht nach ihrem Befinden. Zwischen dieser Frau und ihm war jetzt eine zweite Kluft, die nicht so leicht zu überbrücken war.

Friedl hatte sich energisch der Wirtschaft angenommen, denn mit Klaus war jetzt nichts anzufangen. Heute waren die Leute draußen beim Weizenmähen. Was kümmerte es ihn — sie mochten tun, was sie wollten, sie arbeiteten ja doch nicht mehr für ihn. Wie lange noch, und er mußte sein Bündel schnüren, in die Fremde gehen und als Knecht unter fremden Menschen zu vergessen suchen, was ihm lieb gewesen — Hof, Heimat, Berg und Wald und — auch Traudi.

Mit Geld hatte man ihn abspeisen wollen! Schrill lachte Klaus auf. Obwohl er das Geld des Fürsten notwendig hätte brauchen können, hatte er den Scheck über 15 000 Mark zurückgewiesen. Heiß brannte der Zorn in ihm, als er daran dachte.

„Jawohl, grad zum Trotz versuch ich es, mich aufzurappeln!“ stieß er plötzlich grimmig hervor. „Was bin ich nur für ein Narr! Stell mich daher und laß unsern Herrgott einen guten Mann sein, anstatt daß ich meine Hände rühr!“

Er griff nach der Sense, und raschen Schrittes eilte er hinaus auf das Feld. — —

Als er mittags nach Hause kam, gab ihm Vevi, die den Haushalt jetzt besorgte, einen Brief. Der Felix vom Schloß hätte ihn abgegeben. Klaus erkannte die Schriftzüge Waltrauds und riß den Umschlag auf.

„Mein lieber Klaus!

Komme heute abend zwischen neun und halb zehn Uhr. Ich erwarte Dich an der kleinen Pforte. Traudi."

Die Trennungsstunde war also nun da. Aber Waltraud wollte ja wiederkommen. War das nicht ein Trost, der ihm verdoppelte Kraft verleihen mußte? In der Zwischenzeit konnte er mit eiserner Energie an die Abtragung der Schulden denken. — —

Beim Mittagessen sprach er nach drei Tagen wieder die ersten Worte mit den Dienstboten. Hierbei betonte er, daß er von jetzt an eine ganz andere Methode in der Wirtschaft werde einführen müssen. Als alle bis auf Friedl die Stube verlassen hatten, trat dieser an Klaus heran und sagte treuherzig: „Ein paar tausend Mark haben wir uns gespart, die Vevi und ich. Wenn dir fürs erste damit geholfen ist, kannst das Geld haben."

„Nein, Friedl", unterbrach ihn Klaus gerührt. „Mich freut es, daß du es so gut meinst. Aber euer sauer Erspartes kann ich net nehmen, denn du weißt ja gar net, wie weit es bei uns fehlt. Vielleicht steh ich bis zum Herbst schon als Bettler da."

„Mein Gott, kann es so was geben?"

„Gelt, das hättest dir nicht denkt?" Plötzlich faßte Klaus den Knecht bei den Schultern. „Aber ich laß mich net 'nunterdrücken! Kannst dich noch erinnern, was mein Vater selig immer gesagt hat? Wo ein Wille — da ein Weg! Und ich geh ihn, wenn er auch rauh und steinig ist, er führt zur Höhe. Freilich, allein kann ich's net verkraften, ihr müßt mir helfen. Versprichst mir's, Friedl?"

„Ich helf dir, Klaus“, sagte er schlicht, die ihm dargebotene Hand ergreifend.

Klaus trat dann mit dem Knecht in den Hof hinaus.

„Wenn’s Wetter aushält, bringen wir morgen den Weizen herein, meinst net?“ fragte Klaus und sah prüfend nach dem Himmel. „Nach der Weizenernte fangen wir gleich einen Holzschlag an, bis Zeit ist zur Grummeternte. Von den vier Roß werden zwei verkauft. Ja, Friedl, es wird so manches zu Geld gemacht werden, was mir lieb und wert war“, seufzte der junge Bauer.

Vevi erschien unter der Tür. „Klaus, du sollst gleich zur Bäuerin kommen.“

Klaus war von dem Wunsch seiner Stiefmutter nicht besonders erbaut, doch willfahrte er der Bitte und trat ins Krankenzimmer. Er erschrak bis tief ins Herz hinein. Was da so mauerbleich in den Kissen lag, das war nur noch ein Schatten des bis vor kurzem so blühenden Lebens.

Die hat’s aber arg mitgenommen! fuhr es ihm durch den Sinn. Und als die Kranke jetzt mühsam den Kopf wendete und fiebernden Blickes angstvoll auf ihn sah, senkte Klaus wie schuldbewußt den Kopf. Hastig riß er die Tür auf und rief hinaus: „Vevi, hol einmal den Doktor, aber gleich!“

Schweigend trat er zurück an das Krankenlager und ließ sich am Bettrand nieder. Wie ein Schauer durchrieselte es ihn, als er die zitternde Hand fühlte, die zaghaft über seinen Scheitel glitt.

„Klaus-Bub!“ So leise dieses Wort auch ausgesprochen worden war, riß es ihn doch herum. Das war das erstemal, daß ihn die Stiefmutter bei diesem Namen nannte, den sein Vater oft gebraucht hatte. Wie Mitleid mit dieser betrogenen Frau überkam es ihn, und ohne daß er es wußte, hielt er ihre Hand in der seinen.

„Kannst mir verzeihen, Klaus?“ flüsterte die Bäuerin.

Blitzschnell überdachte Klaus die Lage, in die ihn diese Frau gebracht hatte, und heißer Groll wollte ihn anfallen.

Sein Mitgefühl gewann aber bald wieder die Oberhand. Was hatte sie getan? Was Hunderte vor ihr und Tausende nach ihr wieder tun würden: blindlings vertraut und geliebt mit der Kraft und Verzweiflung jener Frauen, die das Verwelken ihrer Jugend merken und daher nicht nur das Herz, sondern auch den Kopf verlieren. Klaus sah es, die Enttäuschung zehrte am Lebensmark dieser Frau.

„Du — du kannst mir nimmer verzeihen?" entrang es sich den Lippen der Kranken, als er immer noch keine Antwort gegeben hatte. Ein krampfhaftes Schluchzen schüttelte ihren Körper.

„Doch, Mutter, ich vergeb dir. Sei nur ruhig", sagte Klaus endlich und umschlang ihren Hals. „Mach dir jetzt weiter keine Gedanken, es wird noch alles gutwerden. Wir zwei standen uns immer so fremd gegenüber. Unser beiderseitiges Verhältnis soll besser werden."

„Vergelt's Gott, Bub", hauchte die Frau, und ein befreiender Atemzug hob ihre Brust. „Jetzt ist mir viel leichter. Wenn ich wieder gesund werde, dann hol ich nach, was ich die ganzen Jahre versäumt hab. Dann will ich dir eine Mutter sein."

Auf dem Flur hörte man einen festen Schritt.

„Jetzt kommt der Doktor. Da werden wir bald wissen, wo es fehlt", sagte Klaus.

Der Arzt, ein Mann Mitte Dreißig mit freundlich blickenden Augen, trat ins Zimmer. Er legte Hut und Mantel auf den Tisch und reichte Klaus die Hand. In diesem Gruß lag etwas wie Respekt und Hochachtung. „Eine fabelhafte Leistung haben Sie neulich vollbracht, als Sie den Grafen herunter holten. Das macht Ihnen keiner nach", sagte der Arzt. Dann trat er ans Bett der

Bäuerin und fragte mit gewinnendem Lächeln: „Na, Frauerl, wo fehlt's denn?"

Die Erlenhoferin, eine jener Naturen, die schon eine heillose Angst bekommen, wenn sie nur das Wort „Doktor" hören, wisperte:

„Tun's net gleich schneiden, Herr Doktor! Nur das net!"

„Natürlich wird geschnitten. Nur schad, daß ich kein Messer bei mir habe", lachte der Arzt. Er fühlte den Puls der Kranken und schickte dann Klaus mit einem Wink aus dem Zimmer, bevor er sich einen Stuhl an das Bett heranzog. — —

Es dauerte länger als eine Stunde, bis er das Zimmer wieder verließ.

Klaus fragte ihn sofort, was er von seiner Mutter halte. Der Arzt nahm ihn vor das Haus hinaus. Als er niemand in der Nähe sah, sagte er:

„Es ist nicht so schlimm. Eine schwere seelische Zerrüttung, für die es weiter keine Medizin gibt als Ruhe, nichts als Ruhe. Nur keine Aufregung für die Kranke, sonst könnte es sein, daß es zu einem völligen Nervenzusammenbruch kommt. Ich habe mein möglichstes getan, um Ihre Mutter auf andere Gedanken zu bringen. Eine Luftveränderung wäre auch noch ein wirksames Mittel, um die Wiederherstellung zu beschleunigen. Vielleicht wissen Sie ein ruhiges, stilles Plätzchen, wo sie sich erholen könnte?"

„Ich werde einmal schauen, wie sich's machen läßt", antwortete Klaus.

„Um das Übel sozusagen bei der Wurzel zu fassen", fuhr der Arzt mit gedämpfter Stimme fort, „mußte ich in das Innere Ihrer Mutter tasten. Nach einigem Zögern vertraute sie sich mir an. Selbstverständlich werde ich von dem Erfahrenen keinen Gebrauch machen. Ihnen aber möchte ich empfehlen, ihr mit Liebe und Güte entgegenzukommen. Auch wollen Sie mit keiner Silbe an Vergangenes rühren. Freundliches, verständnisvolles Entgegenkommen wird für Ihre Mutter eine weitere heilsame Medizin sein."

Der Arzt drückte beim Abschied Klaus warm und herzlich die Hand und stieg in sein Auto.

Klaus sann über die Worte nach. Als er die vordere Stube wieder betrat, hörte er aus der Kammer seinen Namen rufen: „Klaus-Bub!"

Eine Weile blieb Klaus inmitten der Stube stehen, gleichsam als wollte er die Wirkung des zärtlichen Anrufes in sich aufnehmen. Dann folgte er aber rasch dem Ruf und fragte: „Mutter, ist dir jetzt besser?"

„Ja, Bub, viel, viel leichter. Verstehen tut der Doktor schon was. Der hat mir zugeredet, wie es der Herr Pfarrer net besser könnt. Ich schnauf jetzt ganz anders."

„No also, bis in ein paar Tag kannst vielleicht schon wieder aufstehen. Aber Luftveränderung brauchst, hat der Doktor gesagt. Wie wär's, wenn du einmal auf zwei Wochen auf unsere Alm zum Regerl gehen tätst?"

Die Erlenhoferin nickte zustimmend und faßte nach seiner Hand. „So viel gut bist mit mir. Das hab ich gar net verdient."

„Geh zu, red net allweil von dem!" wehrte Klaus ab. „Ich muß heut sowieso noch 'nauf, dann kann ich's dem Regerl gleich sagen, daß du kommst. Morgen soll dann ein Knecht ein Bett 'naufschaffen. Und jetzt mach ich mich gleich auf den Weg, damit ich bis zur Nacht zurück bin."

Mit einem Blick der erwachenden Liebe sah die Erlenhoferin dem Davonschreitenden nach. Sie hatte den festen Willen gefaßt, nach Kräften gutzumachen, was sie bisher an ihrem Stiefsohn gesündigt hatte.

*

Von neuem Lebensmut erfaßt ging Klaus den stillen Waldweg empor.

Dann lichtete sich der Wald, und Klaus betrat das Almfeld. Die Hütte lag hinter einem kleinen Hügel, und wenn er dem schmalen Pfad folgte, kam er an die Rückseite der Hütte.

Schon wollte er um die Ecke biegen, als er plötzlich eine bekannte Stimme an sein Ohr schlagen hörte. Sie gehörte Graf Stegen. Was hatte der auf der Alm zu suchen? Klaus blieb stehen, drückte sich an die Hüttenwand und wurde Zeuge des Gesprächs.

Soeben fragte Regerl verwundert: „Was täten's denn mit einem so armen Dingerl, wie ich's bin, anfangen?"

„Dieses Hascherl", erwiderte der Graf, „würde ich liebhaben, es auf Händen tragen und ihm alles Schöne zeigen, das die Erde aufweist."

„Schöner wie da heroben kann es nirgends sein, denke ich."

„Oh, Sie süßeste Unschuld!" flötete der Graf, „Sie müßten erst einmal sehen, was die Welt zu bieten hat! Folgen Sie mir, liebes kleines Mädel. Legen Sie diesen derben Kittel ab. Ich schenke Ihnen herrliche Kleider und —"

„Nein, nein!" unterbrach ihn das Mädchen. „Ich bleib, was ich bin. Hier heroben fühl ich mich glücklich. Hier hat mich der Klaus hergestellt, und ich geh nicht fort."

„Dieser Klaus scheint Ihnen sehr nahezustehen."

„Freilich, er ist ja so ein guter Mensch. Aber Sie können ihn net leiden, gelt?"

„Ich — ihn nicht leiden? Da hat man Ihnen aber eine ganz schöne Mär aufgebunden, liebes Mädel! Gewiß gab es einmal so — äh, so kleine Differenzen zwischen uns, die nicht von Bedeutung waren. Heute sind wir aber die besten Freunde."

„Ist das wahr? Das freut mich. Wer müßte ihm denn net gut sein, net wahr, Herr Graf?“

„Natürlich, wer könnte ihm gram sein?“ leierte Graf Stegen spöttelnd nach.

Was er weiter sagen wollte, erstarb ihm auf den Lippen, denn wie aus dem Boden gewachsen stand Klaus plötzlich finster blickend vor ihnen.

„Haben Sie die Fährte da herauf auch schon gefunden? Das sag ich Ihnen schon jetzt: das Wild ist für einen solchen Herrn net gewachsen, wie Sie einer sind!“

„Äh, ich verstehe Sie nicht, Herr — — Ich kam nur zufällig vorbei und war bezaubert —“ der Graf warf einen verliebten Blick auf Regerl, „von dieser lieblichen Blume, die hier so im Verborgenen blüht.“

„So, so. Sie haben gar keinen schlechten Geschmack. Bloß der derbe Bauernkittel müßte weg. Sie brauchen sich aber nicht in Unkosten zu stürzen der schönen Kleider wegen, denn mir gefällt das Mädel auch so. Komm, Regerl!“

Er faßte Regerl an der Hand, und sie ging mit ihm in die Hütte.

Wütend blickte der Graf ihnen nach. Da hörte er aus der Sennstube die Worte: „Halt dir nur den vom Leib, Regerl! Das ist kein Umgang für dich. Ich kenn den Herrn besser.“

„Aber geh, Klaus! Warum bist denn so grob mit ihm? Er hat dir doch nichts getan.“

„Erbarmt er dich? Kannst dich ja zu ihm ’naussetzen. Ich bleib so net lang heroben.“

Als der Graf dies hörte, beschloß er, sich einstweilen im nahen Wald zu verstecken und zu warten, bis Klaus fort war. Lautlos entfernte er sich von der Hütte und setzte sich am Waldrand auf einen Hochstand, wo er nicht gesehen werden konnte. — —

Regerl, die deutlich den Unwillen aus Klaus’ Worten

gemerkt hatte, wandte sich schweigend um und trat an den Herd, wo sie sich zu schaffen machte.

Klaus trat wieder vor die Tür hinaus.

„Jetzt ist er ja schon fort", brummte er. „Sein Glück, sonst hätt ich ihm Beine gemacht!"

Er nahm auf der Bank Platz und musterte eingehend die Herde. Gut sahen die Tiere aus, fast besser als in früheren Jahren. Klaus überschlug ihren Wert. Breit und wuchtig stand der weißgefleckte Stier, ein prächtiges Exemplar, wiederholt mit ersten Preisen auf den Tierschauen ausgezeichnet, an der Spitze der Herde, ein Bild wilder Kraft und ungebändigter Stärke. Für ihn konnte er schon eine schöne Summe Geldes lösen. „Ja, Maxl", sagte er wehmütig, „du bist der erste, der dran glauben muß." Dann kalkulierte er weiter. „Der Scheck und die Gretl zum Einspannen, die Bleß und die zwei Holländer zum Verkaufen."

Regerl trat jetzt aus der Hütte und stellte ihm Butter, Brot und Milch auf den Tisch. Aufschauend bemerkte er ihre verweinten Augen.

„Was hast denn?" fragte er rauher, als er eigentlich wollte.

„Was bist denn so grob mit mir?"

Klaus schnitt sich ein Stück Brot herunter und bestrich es mit Butter.

„Ich bin doch net grob", sagte er nach einer Pause. „Ein bißchen aufgeregt bin ich halt, weiter ist nichts." Einer plötzlichen Eingebung folgend, legte er das Messer weg und faßte nach ihrer Hand. „Verzeih mir, wenn ich dir weh getan hab." Wie weich nun seine Stimme klang!

Regerl fühlte, wie bei seiner Berührung ihr Herz wild zu hämmern begann. Dieses törichte Herz, das sich nicht einreden ließ, daß es für diesen Mann nicht schlagen dürfe! Er war ihr Dienstherr, weiter nichts.

Klaus entging es nicht, wie ihre Hand in der seinen zitterte. In diesem Moment glaubte er tief in ihr Inneres gesehen zu haben. Er ließ ihre Hand los und begann zu berichten, was der Grund seines Kommens war.

Immer stiller und trauriger wurde Regerl. Also nur rein geschäftliche Angelegenheiten hatten ihn heraufgeführt. Und ihr dummes Herz hatte geglaubt, ein klein wenig Sehnsucht wäre der Wegweiser gewesen!

Klaus sah auf die Uhr und erhob sich. „Jetzt hätt ich mich aber bald verspätet. Schon gleich zehn Uhr." Er griff nach seinem Bergstock. „Behüt dich Gott, Regerl, und gib mir auf die Mutter ein bißl acht, wenn sie 'raufkommt."

Er wollte gehen und kam nicht los. Regerls Hände hielten seine Arme umklammert. Ein schluchzender Laut, und haltlos sank das Köpfchen an seine Brust.

„Aber Regerl!" stotterte Klaus erschrocken und schob die Weinende von sich.

Sie machte einige taumelnde Schritte, sank auf die Bank und schloß die Augen. Unaufhörlich rannen die Tränen aus den Lidern.

Klaus überkam ein eigenes Gefühl. „Aber Mädl, was hast denn?" Er setzte sich neben sie und erschrak vor dem Blick, der ihn jetzt traf.

„Lieb hab ich dich. So — so lieb!" Mehr brachte sie nicht hervor.

Klaus biß die Zähne aufeinander.

„Bloß ein einziges Bussl gib mir!" flüsterte sie.

Da nahm er ihren Kopf in die Hände und küßte sie auf den Mund. Für ihn war es der Kuß eines Bruders. Doch durch den Körper des Mädchens jagten Schauer heißer Flammen.

Aus dem nahen Wald klang ein heiseres, unterdrücktes Stöhnen. Dort stand Dori mit aschfahlem Gesicht. Er hatte die Szene bei der Almhütte mit seinen scharfen

Augen verfolgt. Zitternd, seiner Sinne kaum mehr mächtig, rannte er im dunklen Wald bis zu einem kleinen Hohlweg zurück.

„So, Erlenhoferbub, heut tust den letzten Atemzug!"

Dori kauerte hinter einem Stamm, zum Sprung geduckt, wie ein Raubtier, das blitzende Messer in der Faust — und wartete.

*

Klaus hatte sich rasch aus den ihn umklammernden Armen Regerls losgerissen und stürmte wortlos dem Walde zu, den Pfad benützend, auf dem er gekommen war.

Der Graf hatte beobachtet, wie Klaus verschwand. Er wußte, warum Klaus sich so beeilte. Waltraud verließ morgen Schloß Rankenstein — für immer. Nun, mochte ihnen der Abschied noch gut bekommen!

Von Stegen stieg von seinem Versteck herab. Er hoffte bestimmt, daß er heute auf seine Rechnung kam. Was war dabei, wenn er auf ein paar Stunden seinen Stand vergaß? Es war ja auch nicht das erstemal. Er schnalzte mit der Zunge. Diese schlichten, einfachen Wesen vom Schlage dieser Sennerin waren meistens hingebungsvoller, dankbarer und voll heißerer Glut als die steifen Aristokratinnen. Graf Stegen kannte das — auf diesem Gebiete war er Fachmann. Tänzelnden Schrittes bewegte er sich auf die Almhütte zu. — —

Regerl saß immer noch wie geistesabwesend auf der Bank. In der weiten Bergeinsamkeit vermeinte sie das Klopfen ihres Herzens zu hören. Die Kräfte der Liebe waren erwacht. Jäh und gigantisch waren sie gekommen und brausten über sie hin wie der Föhn. Wie ein Frühlingstag hell und leuchtend waren die Sekunden gewesen, da sein Arm sie umschlungen hielt. Nacht war jetzt wieder um sie geworden, im Herzen wie in der Natur. Die Schatten hatten sich über Berg und Tal gelegt.

Regerl streckte die Hände verlangend aus, als wollte sie die verschwundene Herrlichkeit festhalten.

Da — was kam da schwarz und stumm vom Wald herüber? Regerl stieß einen Schrei aus und fuhr empor. Die Gestalt kam näher, und das erschrockene Mädchen erkannte Graf Stegen.

„Fürchten Sie sich denn vor mir?" flüsterte er. „Ich tue Ihnen doch nichts, meine Liebe. Ich möchte nur die Einsamkeit mit Ihnen teilen."

„Ich hab gedacht, Sie wären schon lang im Dorf unten."

„Wäre es Ihnen lieber?" fragte er.

„Meinetwegen treiben Sie sich die ganze Nacht umeinander. Mich stört's nicht. Gute Nacht."

Regerl wollte schnell die Hütte betreten. Der Graf war aber flinker als sie. Breitbeinig verstellte er ihr den Weg und erfaßte mit geschicktem Griff ihre Hand.

„Liebes, kleines Mädchen, gönne mir doch wenigstens eine Stunde in deiner Nähe! Komm, sei gut und setz dich zu mir. Du hast nichts von mir zu befürchten."

„Na gut, so will ich mich noch ein bisserl hersetzen. Aber dann gehn Sie, bitte." Regerl nahm auf der Bank Platz und duldete, daß der Graf sich neben ihr niederließ. Er strich ihr über die Hände, die auf der Tischkante lagen. „Wie schön du bist!" schmeichelte er.

„Das interessiert mich net. Reden Sie von was anderm", entgegnete sie.

Nun erzählte er allerlei aus seinem Leben, was sie, wie er meinte, interessieren könnte.

Regerl aber ärgerte sich schließlich, daß sie neben ihm saß. Was müßte Klaus denken, wenn er es sähe? Dieser Gedanke trieb ihr das Blut ins Gesicht. Rasch erhob sie sich. „Herr Graf, es hat schon elf geschlagen. Ich möcht jetzt schlafen gehen. Mein Tagwerk fängt früh an. Gute Nacht!" Schnell sprang sie die Stufen hinauf. „Kommen Sie gut heim, und verfehlen's den Weg net!" Einem Kichern folgte das Zuschlagen der Tür.

Verflixt noch mal! Dieses Bauernmädel war doch aus ganz anderem Holz geschnitzt als die vielen, die schon in seinen Armen gelegen hatten. Es ärgerte ihn maßlos, daß er so abgeblitzt war. Aber er konnte nichts machen. Wütend warf er noch einen Blick auf die Hütte, dann wandte er sich um und schritt rasch aus. Im Walde aber war es dunkel, und er tastete sich bedächtig vorwärts, um nicht wieder vom Weg abzukommen. Der Gedanke an die steile Wand vertrieb ihm augenblicklich seine zärtlichen Gelüste. Er ging vorsichtig, dennoch stieß er häufig genug mit den vorgestreckten Händen unsanft gegen einen Baum. Je weiter er abwärts kam, desto steiniger wurde der Weg, aber zugleich wurde er auch etwas breiter, so daß der nächtliche Wanderer wieder rascher vorwärts kam. Durch die Baumlücken war der dunkle Nachthimmel sichtbar.

Als der Graf in den Hohlweg einbog, umfing ihn rabenschwarze Finsternis. Plötzlich war es ihm, als ob er in nächster Nähe ein Geräusch vernommen hätte. Er blieb stehen und lauschte mit angehaltenem Atem. Als er weiter nichts hörte, dachte er an eine Täuschung und setzte seinen Weg fort. Den Hauptteil seines Weges hatte er hinter sich. Aber er war nicht mehr so ruhig wie zuvor. Eine jähe Angst stieg in ihm auf, als er wieder ein Geräusch vernahm, diesesmal hinter sich. Er blieb abermals stehen. Waren das nicht schleichende Schritte? Ein kalter Schauer rann ihm über den Rücken. Lauerte ihm jemand auf? Wartete irgendwo in dieser Finsternis ein Unhold auf ihn?

Graf Stegen wischte sich den Angstschweiß von der Stirn und wollte mit wankenden Schritten seinen Weg fortsetzen. Nur heraus aus dem Wald! Da polterte dicht hinter ihm ein Stein. Bevor er eine Bewegung machen konnte, stürzte sich aus der Dunkelheit ein Mensch auf ihn und riß ihn zu Boden. Ein gellender Schrei entrang sich den Lippen des Angegriffenen. Mit den Kräften der Verzweiflung suchte er den schweren Körper, der auf ihm lag, abzuschütteln, aber der andere hielt ihn wie ein Schraubstock fest.

Ein Messer blitzte auf und bohrte sich tief in den Rücken des Hilflosen. Ein zweiter gräßlicher Schrei der Todesangst und des Schmerzes entfuhr dem Munde des Grafen. Das schien die Wut des Mörders nur zu entfachen. Immer wieder stieß er in sinnlosem Ingrimm zu, bis sein Opfer regungslos dalag.

Geisterstill wurde es wieder im Hohlweg. Vom Steig herauf aber klangen die Schritte des Mörders, der in jagender Hast dem Dorf zu rannte. Als er den Weiher erreicht hatte, blieb er stehen, um die blutbespritzten Hände zu reinigen. Höhnisch und scheu zugleich glitten dabei seine Blicke in die Richtung nach dem Hohlweg. Dort lag der andere jetzt in seinem Blut!

Eine heiße Schadenfreude stieg in Dori auf, während er seine Hände am Taschentuch trocknete.

„Wenn mich bloß kein Mensch sieht!“ murmelte er, während er die Schuhe von den Füßen zog. Dann schlich er, sich immer im Schatten haltend, zum Schweigerhof. Durch den Stadel gelangte er unbemerkt in seine Kammer.

Jetzt erst atmete er wie von einer Zentnerlast befreit auf. Die ruchlose Tat verursachte ihm keinerlei Gewissensbisse. Er fühlte sogar eine Art grausamer Befriedigung bei dem Gedanken, daß Klaus ihm jetzt nicht länger im Wege stehen konnte.

Eine Zeitlang würde dieser Mord freilich die ganze Gegend in Atem halten. Aber wie jede Sensation, so würde auch diese im Laufe der Zeit vergessen werden, und ihm war der Weg zu dem heißbegehrten Mädchen frei.

*

Als Klaus den Erlenhof erreicht hatte, schlug es elf Uhr. Er öffnete die Tür zum Zimmer seiner Mutter und streckte den Kopf hinein. „Mutter!"

Keine Antwort erfolgte. Sie schlief. Auf dem Fenstersims flackerte eine Kerze und verbreitete einen talgigen Geruch. Klaus löschte sie und öffnete das Fenster. Dann trat er in die Stube hinaus, wo eben Vevi ihr Lager auf dem Sofa zurecht machte. Sie wollte in der Stube schlafen, um gleich bei der Hand zu sein, wenn die Bäuerin etwas benötigte.

„Warum habt ihr das elektrische Licht nicht brennen?"

„Die Bäuerin hat es so haben wollen. Der Strom sei zu teuer, hat sie gesagt."

Hatte die Mutter wirklich die Absicht, zu sparen? Es freute ihn, daß er nun im Kampf um die Heimat nicht allein dastand.

„Recht hat sie, die Mutter", sagte er nach einer Weile. „Wir müssen sparen an allen Ecken und Enden. Der Friedl wird dir ja schon gesagt haben, warum." Klaus wartete die Antwort nicht ab und schritt zur Türe. „Gute Nacht, Vevi."

Still war es wieder, nur aus der angelehnten Kammertür drang der gleichmäßige Atem der Schlafenden.

Vevi war noch lange wach und wunderte sich, daß sie Klaus nicht hatte die Treppe hinaufgehen hören. Aber dann überfiel auch sie der Schlaf.

Um Mitternacht rief die Erlenhoferin nach ihr. Sofort eilte Vevi in die Kammer.

„Ist der Bub noch net heimkommen?“ fragte die Bäuerin.

„Um elf Uhr war er bei dir drinnen und hat die Kerze ausgelöscht.“

„Und gar net gehört hab ich ihn, so gut hab ich geschlafen. Ich merk's, daß es wieder aufwärts geht mit mir.“ Die Erlenhoferin streckte sich wohlig in den Kissen. Dann wandte sie sich der Magd zu und sagte: „Net wahr, Vevi, der Klaus ist doch ein guter Bursch?“

„Ja, Bäuerin, du hast es nur nie merken wollen.“

„Das kann ich net leugnen. Aber jetzt weiß ich's. Geh zu, Vevi, hol ihn mir 'runter. Mir ist ganz plötzlich was eingefallen. Er wird sich freuen, wenn er's hört.“

Kaum hatte Vevi die Kammer verlassen, da beugte sich die Erlenhoferin zur Kommode hinüber und nahm aus ihrem Schub eine schwere Kassette, in der sie ihren Schmuck aufbewahrte. Dieser war ein schönes Stück Geld wert. Liebkosend glitten ihre Finger über die kostbaren Ketten, Gehänge und Broschen. Alles wollte sie Klaus geben, damit er es zu Geld machte.

Als die Bäuerin die Tür aufmachen hörte, verbarg sie ihn schnell unter ihrem Bett.

„Der Klaus ist net daheim“, meldete die Magd.

„Net daheim? Vielleicht hat er so fest geschlafen, daß er dich net gehört hat.“

„Ich war ja im Zimmer. Das Bett ist leer und unbenützt.“

„Schau mir so einen Duckmäuser an!“ Ein zufriedenes Lächeln huschte über das Gesicht der Bäuerin. Sich wieder in ihre Kissen fallen lassend, sagte sie: „No, ja, ich vergönn ihm sein bißl Glück. Sonst hat er auch nichts vom Leben, der arme Kerl. Kannst dich wieder schlafen legen, Vevi. Dreh nur gleich das Licht aus, der Strom kostet viel Geld.“

Vevi zog sich wieder in die Stube zurück. Schon

wollte sie sich niederlegen, als sie plötzlich in der Ferne einen Schrei vernahm. Sie trat an das offene Fenster und horchte hinaus. Nach wenigen Augenblicken gellte ein zweiter Schrei durch die Finsternis. Es schien vom Bergwald herzukommen. Dann trat wieder völlige Stille ein. Ein beklemmendes Gefühl beschlich Vevi. Was mochte da vorgefallen sein? Sie legte sich wieder auf das Sofa, aber sie konnte nicht schlafen.

Als es zu dämmern begann, sah sie eine Gestalt vorüberhuschen. Die Haustür wurde behutsam geöffnet und geschlossen. Man merkte, der Heimkehrende gab sich Mühe, nicht gehört zu werden. Trotz aller Vorsicht knarrte die Stiege unter den Schritten des Hinaufgehenden. Vevi hörte jetzt den ruhelosen Tritt des jungen Bauern. — —

Heller wurde es draußen. Aber immer noch wanderte Klaus hin und her. Die Abschiedsstunde riß und zerrte an ihm und schüttelte seine Seele. Die blühenden Lippen Waltrauds brannten noch auf seinem Mund, und in seinen Ohren klangen ihre letzten Worte: „Tröste dich, Klaus! Wir beide werden einst glücklich sein, jedes auf seine Art —“ Dabei hatte sie die drei Rosen, die er ihr geschenkt, mit zitternden Händen in ihr Gebetbuch gelegt.

Den Doppelsinn ihrer Worte hatte er nicht verstanden. Eines war ihm aufgefallen: in dieser Nacht war Waltraud anders, ganz anders als sonst. Leidenschaftlich hatte sie an seinem Hals gehangen, und dabei klangen ihre Worte so, als wollte sie Abschied nehmen fürs ganze Leben.

Waltraud brachte Klaus dann von dem kleinen Erkerstübchen durch den Park zur kleinen Pforte. Die Ulmenkronen rauschten im ersten Morgenwind sacht und geheimnisvoll. Über die Berge zog der junge Tag herauf, als zum letztenmal ihre Lippen in langem Kuß aufeinanderlagen. Dann riß sie sich gewaltsam aus seinen Armen, denn der Stallknecht holte bereits die Kutsche aus der Remise, die Waltraud und Miß Harton zum Frühzug bringen sollte.

*

Immer heller wurde es. Klaus stand am Fenster und lauschte hinaus in den erwachenden Augustmorgen. Gegen halb fünf Uhr unterbrach Rädergerassel die Stille. Einige Minuten später hörte er den langgezogenen Pfiff der Lokomotive. Der Zug entführte ihm nun Waltraud.

Ein Zittern ging durch den Körper des jungen Mannes. Gedankenvoll sah er der Rauchfahne nach, die sich zwischen den Bergen verlor. Was mochte die Zeit bringen, bis er Waltraud wiedersehen durfte? Nur jetzt den Kopf nicht hängen lassen, frisch ans Werk zur Erhaltung des Hofes! Er raffte sich auf, ging auf den Flur, um die Knechte zu wecken.

Bald war der ganze Hof lebendig. Klaus nahm selbst eine Sense und ging hinaus auf die Wiese. Gegen sieben Uhr brachte Vevi eine Milchsuppe. Sonst war man auf dem Erlenhof Kaffee gewohnt, und Klaus schaute deshalb etwas verwundert drein. Ein Blick in Friedls Gesicht klärte ihn auf, wer diese Anordnung getroffen hatte. — —

Als Klaus gegen Mittag mit den Knechten dem Erlenhof zuschritt, begegneten ihnen die Jäger vom Schloß. Der Graf werde wieder vermißt, sagten sie. Auf die Frage, ob ihn niemand gesehen habe, antwortete Klaus, daß er den Grafen gestern abend auf seiner Alm getroffen habe, und daß er sich gegen acht Uhr auf den Heimweg gemacht habe. Er selbst, Klaus, sei noch etwas länger droben gewesen. Die Jäger dankten und gingen weiter. — —

Gegen die dritte Nachmittagsstunde läutete man im Dorf die kleine Glocke. Was bedeutete das? Im Ort war niemand ernstlich krank gewesen. Ein Flüstern ging von Mund zu Mund, ein banges, ängstliches Fragen nach dem, der das Zeitliche gesegnet haben könnte.

Aber soviel man heute auch fragte, niemand wußte, wem das Sterbeglöckchen galt. Den Einwohnern von Röckelsbach wurde es um so verwunderlicher, als gegen Abend eine Gerichtskommission mit dem Auto erschien.

Als der Abendsegen durch die Lüfte klang, war die Schloßstraße von einer dichten Menschenmenge umsäumt. Auf einer aus Ästen zusammengefügten Bahre trugen die Jäger den ermordeten Grafen Arno von Stegen zum Schloß hinauf.

Sechs Messerstiche, von denen jeder einzelne tödlich gewirkt haben mußte, hatte die Kommission festgestellt. Zwischen den Schulterblättern ragte der Griff eines silberbeschlagenen Messers heraus. Im Heft waren die Buchstaben „N B." eingraviert.

Wie Gewitterschwüle lag es über dem Tal und dem Dorf Röckelsbach. Überall wurde der Mord eingehend besprochen. Wer war der Täter?

Zuerst hatte einer beim oberen Wirt den Namen geäußert, da ging es wie ein Flugfeuer von Mund zu Mund: „Der Erlenhofer-Klaus hat den Grafen erstochen! Sein Messer steckte noch zwischen den Schulterblättern seines Opfers."

Klaus wußte nichts von dem Gerede. Wohl hatte es ihn wie ein Blitz durchzuckt, als er die Kunde vom jähen Ende des Grafen hörte. Vergebens grübelte er nach, wer das Verbrechen begangen haben könnte. Todmüde wie er war, legte er sich an diesem Abend beizeiten zur Ruhe, während sich unten im Wirtshaus die Bauern für und wider die Kehlen heiß schrien.

Hätte Klaus, wie üblich vor dem Schlafengehen, den gewohnten Rundgang durch den Hof und die Ställe gemacht, es wäre ihm sicherlich nicht entgangen, daß an jeder Ecke sich eine dunkle Gestalt in den Mauerschatten drückte. Es waren Kriminalbeamte und Gendarmen, die jede Tür und jedes Fenster am Erlenhof scharf im Auge behielten.

Einer von ihnen schlich sich jetzt an die Haustür heran. Im selben Augenblick näherte sich im Flur ein schwerer Tritt der Tür. Blitzschnell warf sich der Beamte unter die Hausbank. Gleich darauf trat Friedl aus dem Haus, blieb ein Weilchen stehen und nahm dann auf der Bank Platz. Er setzte seine Pfeife in Brand und sagte zum Fenster hinein: „Komm, Vevi, setz dich ein bisserl 'raus zu mir!"

„Ist der Klaus schon im Bett?" fragte Vevi, als sie neben ihrem Mann saß.

„Wo soll er denn sonst sein? Wirtshausgeher war er von jeher net, und aufs Schloß braucht er jetzt nimmer. Also schlaft er halt."

„Mein Gott, was wird er bloß sagen, wenn er von dem Gerede hört, das im Dorf über ihn geht! Morgen ist Mariä Himmelfahrt, auf dem Kirchweg erfährt er es ganz sicher."

„Die Sache steht schlecht für ihn. Wenn ich auch meine Hand für ihn ins Feuer lege, so spricht doch sein Messer gegen ihn, und es kann sein, daß ihn die Kriminaler morgen schon abführen. Sein Alibi wird er ja nachweisen können. Aber der Makel bleibt solange auf ihm, bis der andere, der Mörder gefunden ist. Sie werden wahrscheinlich alle Leute vom Erlenhof verhören. Für uns gibt's nur eins: Wir wissen nichts. Verstehst?"

Vevi nickte und dachte an die vergangene Nacht. Es lastete wie ein Alp auf ihr, was sie bisher verschwiegen hatte. So erzählte sie ihrem Mann alles.

Vevi schloß: „Schau, Friedl, ich weiß ja, daß der Klaus so etwas niemals tun kann. Aber verdächtig ist da alles."

„Heiliger Wendelin!" stöhnte Friedl. „Das sind ja nette Geschichten! Aber um Gottes willen, zu den Leuten kein Wörtl! Da könntest ihn schön 'reinreißen. Wir wissen nichts, basta! Komm, Vevi, wir wollen uns schlafen legen. Wer weiß, wie lang wir es am Erlenhof noch tun."

Die Tür schloß sich hinter den beiden, ein Riegel wurde vorgeschoben. Hastig erhob sich der Kriminalbeamte unter der Bank. Es war ein unbequemes Versteck gewesen, alle Glieder schmerzten ihn. Aber für solch eine wichtige Nachricht konnte man schließlich noch mehr ertragen. Durch einen leisen Pfiff rief er die anderen Beamten herbei.

„Meine Herren — Klaus Brückner ist schon so gut wie überführt. Ich werde sofort nach München telegraphieren. Behalten Sie einstweilen das Gehöft im Auge. Mit Anbruch des Tages zieht ihr euch etwas zurück. Der Vogel soll sich noch ruhig in Sicherheit wähnen. Ich mache die Herren darauf aufmerksam, daß äußerste Vorsicht walten muß. Wir haben es hier mit einem sehr gewiegten Burschen zu tun."

Der Sprecher verschwand lautlos im Dunklen, während die übrigen sich wieder auf ihre Posten begaben.

Über die östliche Bergwand huschten die ersten Sonnenstrahlen. Goldig waren alle Spitzen und Zacken angehaucht, während in den Schluchten noch tiefe Schatten lagen.

Festtagsfriede lag über dem weiten Raum. Die Kirchenglocken läuteten zur Frühmesse.

Klaus Brückner trat unter die Haustür und lauschte auf die hehren Klänge. Eine tiefe Wehmut übermannte ihn. Unwillkürlich blickte er zum Fürstenschloß hinauf. Welch eine Welt voll Freuden war ihm dort oben einst erstanden!

Vorbei — vorüber. Heute schien er zu begreifen, daß diese Trennung für immer sein müsse. Seine innere Stimme sagte ihm, daß er Waltraud nicht mehr sehen werde. Dieser Gedanke nagte an seinem Herzen.

Hastig wandte er sich um und betrat die Stube, wo er aus einem ledernen Säckel den Wochenlohn für die Dienstboten auf den Tisch zählte. Eines nach dem anderen kam zur Morgensuppe und nahm das Geld mit einem „Vergelts Gott, Bauer" in Empfang.

Klaus ging in die anstoßende Kammer, zog sich einen Stuhl an das Bett der Stiefmutter und unterhielt sich mit ihr, und zwar so angeregt, daß er das Vorfahren eines Autos überhörte.

Als er in der Stube eine fremde Stimme hörte, die nach ihm fragte, stand er auf und öffnete die Tür. Auf der Schwelle stehenbleibend, sagte er heiter: „Hier ist er in der ganzen Lebensgröße."

Zwei graue, scharfe Augen schauten ihn an. Ruhig begegnete sein Blick dem des Fremden in dem eleganten Anzug.

„Was wünscht der Herr?" fragte Klaus. „Kommen's wegen dem Hof? Sie, da müssen's noch ein bisserl warten, der ist mir noch net feil."

Kriminalkommissar Heinberger dachte bei sich, daß Klaus nicht wie ein Mörder aussah. Aber das war nicht seine Sache, er mußte seinen Auftrag ausführen. Schnell an Klaus herantretend sagte er: „Sie stehen in dringendem Verdacht, den Grafen Arno von Stegen ermordet zu haben. Klaus Brückner, im Namen des Gesetzes, Sie sind verhaftet!"

Klaus fuhr zurück und stützte sich am Stubenschrank. In seinem Gesicht aber zuckte kein Muskel, nur auf die bleichgewordene Stirn trat eine Furche. „Wer wagt es, mich eines so gräßlichen Verbrechens anzuklagen?"

„Der Verdacht ist gegen Sie. Wenn Sie sich durch ein lückenloses Alibi ausweisen können, ist es gut für Sie. Ich bin hier, um Sie festzunehmen. Ich muß meine Pflicht tun, machen Sie also keine Umstände. Das Auto wartet draußen. Es ist in Ihrem eigenen Interesse, möglichst wenig Aufsehen zu erregen."

„Glauben Sie, ich würde mich der Verhaftung widersetzen? Der Schein mag gegen mich sprechen — es wird und muß sich bald aufklären. Gehen wir in Gottesnamen."

Ein Schrei ertönte aus der Kammer. Die Tür wurde aufgerissen, und die Erlenhoferin stürzte auf Klaus zu und klammerte sich schluchzend an seinen Arm. Klaus gab sich alle Mühe, die Aufgeregte zu beruhigen. Aber es gelang ihm nicht, bis der Kommissar sich an die Bäuerin wandte:

„Seien Sie doch vernünftig, Frau! Ihr Sohn muß sich dem Gericht stellen. Ob er schuldlos ist, wird sich in den nächsten Tagen schon zeigen. Aber jetzt muß er erst einmal mitkommen."

„Er ist unschuldig!" schrie die Bäuerin. „Er hat ja die ganze Nacht an meinem Bett gesessen!"

Klaus sah sie mit großen Augen an. „Mutter!" Wie Vorwurf klang dieses Wort, und sein Gesicht wurde dabei noch um einen Schatten bleicher. Dann wandte er sich rasch ab und ging hinaus.

Vor der Tür stand Friedl. Diesen bat Klaus, auf den Hof zu achten. „Sehr bald bin ich wieder da.“

Dann bestieg er mit dem Kommissar das Auto.

*

Die Untersuchung wurde mit fieberhaftem Eifer aufgenommen. Aber nicht nur den Dorfleuten, sondern auch dem Gericht machte diese Angelegenheit viel Kopfzerbrechen. Klaus Brückner, der sofort dem Untersuchungsrichter vorgeführt worden war, leugnete entschieden jede Schuld. Kriminalkommissar Heinberger war nach Röckelsbach zurückgefahren, um gemeinsam mit den Gendarmen weitere Nachforschungen anzustellen. Am Tatort selbst war nichts zu finden, das auf den Mörder hätte schließen lassen. Der Boden des Hohlweges war steinig, so daß man keine Spuren entdecken konnte. Niemand hatte sich zur Zeit des Mordes in der Nähe des Tatortes aufgehalten. Dennoch setzte Kommissar Heinberger seine Nachforschungen eifrig fort. Der Verhaftete behauptete, den Mord nicht begangen zu haben. War es so, dann brauchte er ja nur sein Alibi nachzuweisen. Wo war er zu dieser Zeit gewesen? Und warum verweigerte er über diesen Punkt jede Auskunft?

Heinberger dachte angelegentlich hierüber nach. Röckelsbach war schließlich ein kleines Nest, da mußte man doch irgendwie herausbringen, wo sich der Angeschuldigte zur fraglichen Zeit aufgehalten hatte. Tagelang stöberten die Gendarmen im Dorf herum und forschten. Kein Einwohner blieb mit Fragen verschont, für jedes geflüsterte Wort hatten sie ein offenes Ohr, aber trotzdem kamen sie keinen Schritt vorwärts. So sah sich der Kommissar schließlich genötigt, seine Nachforschungen aufzugeben. Die Tage und Wochen vergingen, und je länger der Mord zurücklag, desto aussichtsloser war es, sich einen weiteren Erfolg zu versprechen. Im Dorf war Heinberger auch gesagt worden, daß Klaus öfters im Schloß gewesen war. Der Fürst wurde vernommen. Aber außer der Bestätigung, daß er Klaus seit der Ankunft des Grafen nicht mehr im Schloß gesehen habe, konnte er nichts von Belang sagen. Klaus selbst mußte den Verdacht, in dem er sich befand, entkräften.

So kam der September heran. Für Mitte des Monats war die Verhandlung im Schwurgericht anberaumt. Der Zudrang war ungeheuer. Der Saal war überfüllt, vorwiegend vom ländlichen Publikum aus der Heimat des Angeklagten.

Schon nach den ersten Verhören hatte Klaus eingesehen, daß alle Beweise gegen ihn sprachen. Er konnte und wollte sein Alibi nicht nachweisen, und darum galt er schon als überführt. Die Richter hatten für sein „Ich bin unschuldig" nur ein mitleidiges Lächeln.

Anders sein Rechtsanwalt, Hans Westermann. Ihm vertraute sich der Angeklagte voll und ganz an — bis auf einen Punkt. Rauh und schroff wies er ihn zurück, wenn die Sprache auf Waltraud kam. Und doch stand es für Hans fest, daß nur sie über die verhängnisvolle Nacht Aufschluß geben konnte.

Rastlos forschte Westermann nach Waltraud. Aber sie und ihr Vater waren wie vom Erdboden verschwunden. Der Fürst hatte seine Aussage gemacht und war dann verreist. Wo er sich gegenwärtig aufhielt, wußte selbst die Dienerschaft nicht. Und Waltraud war augenscheinlich ihrem Vorsatz, für die Welt gestorben zu sein, treu geblieben. Nur bei ihrem kurzen Aufenthalt in München hatte Hans Westermann sie noch einmal getroffen.

Vormittags Punkt neun Uhr eröffnete der Vorsitzende die Verhandlung. Nach Verlesung der Anklageschrift wandte er sich an den Angeklagten: „Legen Sie nun endlich ein umfassendes Geständnis ab?"

Alle Augen im Saal hingen an dem jungen Menschen, der ruhig und stolz auf der Anklagebank saß. Wie aus Erz gegossen war das bleiche Gesicht, keine Miene spiegelte wider, was in seinem Innern vorging. Nur diejenigen, die aus der Nähe seine trotzigen Augen sehen konnten, bemerkten, wie es in ihm brodelte.

Die Seele Klaus Brückners war voll Haß gegen die Welt und die Menschen, die ihn zum Mörder stempelten. Auf die Worte des Vorsitzenden erhob er sich. Seine breite Brust holte tief Atem· „Wie oft soll ich Ihnen noch sagen, daß ich unschuldig bin!"

Als hätte der Vorsitzende diese Worte nicht gehört, sagte er: „Wollen Sie uns jetzt mal ruhig und ehrlich erzählen, wo Sie sich in der Nacht vom 7. auf den 8. August von zehn Uhr abends bis frühmorgens drei Uhr aufgehalten haben?"

Klaus begann den fraglichen Tag zu schildern.

„Ich will nicht wissen, was Sie bis zehn Uhr getan haben", unterbrach ihn der Vorsitzende ärgerlich. „Was haben Sie nach zehn Uhr begonnen?"

„Ich bin schlafen gegangen."

„So. Wir werden aber Zeugen hören, die anders bekunden."

Hans Westermann beugte sich zu seinem Mandanten nieder und sprach erregt auf ihn ein.

„Herr Rechtsanwalt, wie kommt es, daß Sie sich mit dem Angeklagten duzen?" unterbrach ihn der Richter.

„Wir sind Freunde, Herr Richter, Jugendfreunde."

„Hm, jetzt kann ich mir allerdings den Eifer erklären, den Sie im Falle Brückner an den Tag legen", lächelte der Vorsitzende.

„Herr Vorsitzender, hier handelt es sich nicht um den

Freund, sondern um einen Menschen, der an dem Verbrechen so wenig beteiligt war wie Sie und ich."

„Wenn Sie Beweise für seine Unschuld haben, dann bitte!"

„Ich habe den Beweis seiner Unschuld so wenig wie das Gericht den seiner Schuld. In der Anklage findet sich nirgends ein tatsächlicher Beweis, alles stützt sich auf Indizien."

Der Vorsitzende wandte sich an Klaus. „Angeklagter, bekennen Sie sich als Eigentümer dieses Messers?"

Klaus warf einen Blick auf das Erbstück seines Vaters, das der Fragende in der Hand hielt. „Ja, das ist mein Eigentum."

„Und mit Ihrem Eigentum wurde Graf Stegen ermordet. Wie erklären Sie sich das?"

Klaus zuckte die Schultern. „Ich hab das Messer schon lange vorher meinem Hüterbub gegeben."

Franzl wurde aufgerufen. Er trat beklommen vor den Richtertisch.

„Stimmt die letzte Aussage des Angeklagten?" fragte der Vorsitzende nach Erledigung der Formalitäten.

„Ja, Klaus hat mir das Messer gegeben, als ich das meine verloren hatte. Er versprach, mir ein anderes zu kaufen. Bis dahin sollte ich sein Messer haben. An einem Abend war es plötzlich verschwunden. Ich erinnere mich ganz gut noch daran, daß ich bis zum Eintritt der Dunkelheit schnitzte und es dann neben mich hinlegte. Am anderen Morgen fand ich das Messer nicht mehr."

„Du könntest es also nicht verloren haben?"

Franzl überlegte. „Ich weiß es nicht mehr."

„Oder meinst du vielleicht, daß es gestohlen worden sein könnte?"

„Das wäre möglich. Ich nächtigte, wie schon gesagt, sehr viel im Freien bei den Schafen. Da kann es mir gestohlen worden sein."

Der Bub durfte wieder abtreten. Der Vorsitzende wandte sich wieder an den Angeklagten. „Ich möchte nicht behaupten, daß Sie dem Hüterjungen das Messer gestohlen haben, Angeklagter, obwohl ich mir nicht recht erklären kann, wer sonst ein Interesse an dem Messer — und auch an dem Mord — gehabt haben könnte. Soviel wir wissen, waren Sie der einzige, der dem Ermordeten feindlich gesinnt war. Man sagt, Sie seien einmal auf freiem Felde mit der Peitsche auf ihn losgegangen. Aus welchem Anlaß denn?"

Atemlose Spannung lag im Saal, als Klaus antwortete: „Er hatte mich beleidigt."

„Und von der Zeit an verfolgten Sie ihn mit Ihrem Haß?"

Klaus schüttelte den Kopf. „Ich hab ihn nur verabscheut. Im übrigen war er mir ganz gleichgültig."

„Und dennoch holten Sie ihn unter Einsatz Ihres eigenen Lebens aus der Felswand herunter? Wie läßt sich das denn miteinander vereinbaren?"

„Wenn in den Bergen ein Mensch in Not ist, dann hilft man ihm, ganz gleich, wer er ist", sagte Klaus bestimmt.

Die fieberhafte Erwartung im Saal stieg, als das Protokoll des Fürsten verlesen wurde. Der Fürst hatte angegeben, daß er nicht in der Lage wäre, die Frage über das Verhältnis der beiden, des Grafen und Klaus Brückner, entsprechend aufzuklären. Die Charaktere der beiden seien grundverschieden. Es sei eine heikle Frage, ob sie Rivalen seien. Der Ermordete müsse in gewisser Hinsicht vielleicht als anmaßend und arrogant betrachtet werden, während man dem Angeklagten eine leichte Erregbarkeit nicht absprechen könne. Feststellen wolle er noch, daß er im übrigen Klaus als einen fleißigen Burschen kenne, der es nur nicht vertragen habe, gereizt zu werden. Mit weiteren Einzelheiten könne er nicht dienen.

Der Vorsitzende wandte sich wieder an Klaus. „Es steht also fest, daß Sie sich mit dem Ermordeten nicht vertrugen? Sie haßten ihn, und darum haben Sie ihn umgebracht."

„Halt!" schrie Klaus. „Wenn die Verhandlung so weitergeführt wird, gebe ich überhaupt keine Antwort mehr."

Nach diesem Ruf herrschte lautlose Stille. Hunderte von Augen starrten Klaus an.

„Durch Ihre Verstocktheit schaden Sie sich nur, Angeklagter. Es wäre viel besser, wenn Sie ein offenes Geständnis ablegen würden, um die Milde des Gerichtshofes zu erreichen."

„Gerechtigkeit will ich, net Milde! Oder soll ich mich zu einer Schuld bekennen, von der ich nichts weiß? An meiner Hand klebt kein Blut, so wahr ein Gott im Himmel ist!"

Der Vorsitzende wandte sich an den Gerichtsdiener. „Die Zeugin Genoveva Reberer!"

In einfacher, sauberer Tracht, den grünen Filzhut mit dem Adlerflaum auf dem Kopf, trat Vevi an den Richtertisch.

„Ich mache Sie darauf aufmerksam", begann der Vorsitzende nach der Eidesformel, „nur die reine Wahrheit zu sagen. Sie wissen doch, welche Strafe auf Meineid steht?"

„Ja, Herr Richter."

„Gut. Sie haben in der fraglichen Nacht einen Schrei gehört und gleich darauf einen zweiten?"

„Ja, Herr Richter."

„Ihr Dienstherr kam an dem Abend gegen elf Uhr nach Hause?"

„Ja."

„Er hat dann das Haus bald wieder verlassen?"

Veverl begann zu stocken und warf einen hilflosen Blick zu Klaus hin.

Dieser merkte, was in ihr vorging. Sie hatte ihn damals fortgehen und wohl auch wieder heimkommen hören. Die gute Seele wollte ihn schonen. Er sprang auf und sagte:

„Vevi, wenn du was weißt, sag es! Meinetwegen soll niemand meineidig werden."

„Die Zeugin ist allerdings auf dem besten Weg dazu", sagte der Vorsitzende. „Zeugin, warum wollen Sie hier vor Gericht nicht bekennen, was Sie am Abend nach dem Mord Ihrem Manne auf der Hausbank anvertrauten? Wollen Sie wirklich das sagen, was Ihnen Ihr Mann eingelernt hat: ‚Wir wissen nichts, basta!' und sich dadurch meineidig machen?"

„Ich kann ihn doch nicht einidrucken. Er ist unschuldig", stotterte Vevi.

„Ihre Anhänglichkeit an den Angeklagten ist anerkennenswert. Ob er aber unschuldig ist, darüber können Sie nicht entscheiden. Wann verließ der Angeklagte an dem besagten Abend das Haus?"

„Kurz nach elf Uhr."

„Und bei Tagesanbruch kam er erst zurück. In welcher Verfassung war er? Ich meine, ob Sie irgendeine Verstörtheit oder dergleichen an ihm bemerkt haben."

„Das kann ich net sagen. Ich hab ihn nur flüchtig am Fenster vorbeigehen sehen."

„So. Was wissen Sie sonst noch über den Angeklagten?"

Bevor Vevi antwortete, warf sie einen raschen Blick auf Klaus. Der lächelte. Sie sah, daß er ihr nicht zürnte. Mit fester Stimme sagte sie dann: „Er ist der beste Bursch im ganzen Tal. Wir Dienstboten können ihm nur Gutes nachsagen."

Es folgte die Vernehmung weiterer Zeugen. Mit nur wenigen Ausnahmen sagten alle zugunsten von Klaus aus. Sie schilderten ihn als braven fleißigen Burschen, der keinem etwas zuleide tat.

Der Bürgermeister und sein Dori nannten ihn einen jähzornigen und streitsüchtigen Menschen. Beide trauten dem Angeklagten die Tat zu. Das Publikum wurde unruhig, und Pfuirufe prasselten auf den Ortsvorsteher und seinen Sohn nieder. Nur mühsam konnte die Glocke des Vorsitzenden die Ruhe wiederherstellen.

Als nächster Zeuge trat der rothaarige Kramertoni hervor.

„Nun, was können Sie uns über den Angeklagten berichten?" begann der Vorsitzende.

Der Kramertoni, ein echt ländliches Unikum, fuhr sich ein paarmal durch sein volles Haar, strich seine klobige Nase und begann:

„Also, ich bin an dem Abend, so um elf Uhr 'rum mit meinem Gspusi über die Wiesn gangen. Wissen Sie, Herr Präsident, wir gehen immer allein fort. Wir wolln uns von den Leuten net gern sehen lassen. Sie sind zu bös, sie denken nur Schlechtes über einen. Und —"

„Zeuge, behalten Sie gefälligst Ihre Meinung über andere Leute für sich. Das interessiert uns nicht. Wir wollen etwas über den Angeklagten wissen. Machen Sie es kurz und sachlich! Sie gingen also an dem Abend spazieren. Was geschah dann weiter?"

„Wir haben uns in der Nähe vom Schloß auf ein Bankerl g'hockt, und da ist er kommen."

„Wer ist gekommen?"

„Na, der Klaus halt, wer denn sonst?"

Die Spannung im Zuhörerraum wuchs zusehends.

„Weiter!" drängte der Vorsitzende.

„Er ist an der Schloßmauer entlang gegangen, dann war er auf einmal fort."

„Sie glauben bestimmt den Angeklagten erkannt zu haben?"

„Natürlich, ich werd doch den Klaus kennen!"

„Angeklagter, was haben Sie dazu zu sagen?"

„Nichts, Herr Richter. Der Zeuge hat sich getäuscht."

„Das ist zum Verrücktwerden!" Ärgerlich schlug der Vorsitzende auf den Tisch. „Angeklagter, Sie schaufeln sich ja selbst das Grab. Warum schweigen Sie beharrlich, wo Sie in der besagten Nacht waren?"

In dem Gesichte des jungen Erlenhofers zuckte es. Dann sagte er trotzig: „Ich weiß es nimmer."

Der Vorsitzende wandte sich nochmals an den Kramertoni. „Wie lange haben Sie auf der Bank gesessen? Und haben Sie den Angeklagten nicht mehr heimgehen sehen? Besinnen Sie sich! Wissen Sie außerdem noch etwas?"

„Na, ich weiß nichts mehr. Wir haben uns net mehr lang aufgehalten. Was kümmern uns denn andere Leut? Wir sind net als Wächter bestellt."

Als nächster Zeuge wurde der Diener Felix vernommen, der auf Befragen angab, daß Klaus früher oft im Schloß als gerngesehener Gast war. Seit der Ankunft des Grafen habe Klaus, soviel er wisse, das Schloß nicht mehr betreten. Der Vorsitzende fragte dann, ob Felix den Angeklagten am Mordabend nicht doch im Schlosse oder in dessen Nähe gesehen habe, nachdem ein Zeuge ihn dort bemerkt haben wollte.

„Ich habe am fraglichen Abend Klaus nicht bemerkt. Außerdem habe ich das Schloß nicht verlassen, da ich mit dem Einpacken sehr beschäftigt war. Miß Harton war bis gegen zwölf Uhr um mich herum. Im übrigen kann ich Klaus nur Gutes nachsagen. Der Mordtat am Grafen halte ich ihn nicht für fähig."

Als letzter Zeuge wurde die Enkelin der Wurzelmarie aufgerufen.

Alle Augen hingen an dem schönen Mädchen. Ein Raunen und Flüstern ging durch den Saal.

„Sie sind, wenn ich so sagen darf, die gute Freundin des Angeklagten gewesen?" begann der Vorsitzende in freundlichem Ton.

„Die bin ich noch, Herr Richter", sagte das Regerl herzlich und blickte dabei auf Klaus. Ihre Augen hingen unverwandt an dem bleichen Gesicht des geliebten Mannes.

„Der ermordete Graf Stegen war also an jenem verhängnisvollen Tag bei Ihnen auf der Alm? Um welche Zeit ging er von dort fort?"

„Gleich nachdem Klaus gekommen ist, so um acht 'rum."

„Der Angeklagte traf also mit dem Grafen bei Ihnen zusammen?"

„Ja."

„Hatte der Graf vor der Ankunft Ihres Dienstherrn vielleicht schon gehen wollen?"

„Nein."

„Warum verließ er dann so plötzlich Ihre Hütte?"

„Klaus hat ihn gehen heißen."

„So ist es also Tatsache, daß Sie dem Angeklagten besonders nahestehen?"

Da stand Hans Westermann auf: „Herr Vorsitzender, gehören solche Fragen zur Verhandlung?"

Der Vorsitzende biß sich ärgerlich auf die Lippen. „Herr Rechtsanwalt, ich mache Sie darauf aufmerksam, daß das Gericht klar sehen muß, und aus diesem Grunde halte ich diese Frage im Interesse des Angeklagten für sehr wesentlich. Ich frage die Zeugin, ob sie die Antwort drauf verweigert."

Langsam hob Regerl den Kopf und sah dem Frager

fest ins Gesicht. „Nein, Herr Richter. Ich steh ihm net nah, aber er mir. Ich hab ihn lieb."

Totenstille herrschte im Saal. Gespannt hingen die Augen der Zuhörer an dem Angeklagten, dessen unheimliche Ruhe einen Zustand der Spannung schuf, der fast unerträglich wurde.

Der Vorsitzende wandte sich wieder an Regerl: „Um welche Zeit entfernte sich der Angeklagte von Ihnen?"

„Er ist kurz vor zehn Uhr von mir weggegangen."

„Hm — der Zeitrechnung nach stimmt's, daß der Angeklagte von der Alm direkt nach Hause ging. Ungeklärt bleibt also nur, wo der Ermordete in der Zeit von sechs bis zwölf Uhr sich aufgehalten hat. Bekanntlich fand man ihn auf halbem Wege von der Alm ins Dorf."

Regerl warf einen flüchtigen Blick auf Klaus. Dann sagte sie: „Herr Richter, gar so unerklärlich ist das net. Denn kaum war damals der Klaus fort, da kam der Graf wieder und hat sich net vertreiben lassen. Er ist bis ungefähr halb zwölf Uhr geblieben." Regerl setzte hinzu: „Der Klaus hat das unmöglich wissen können."

Der Vorsitzende wandte sich wieder an Klaus: „Angeklagter, ich will einmal annehmen, Sie hätten es tatsächlich nicht gewußt. Wollen Sie uns nicht sagen, aus welchem Grund es Ihnen unangenehm war, den Grafen auf Ihrer Alm zu sehen? Wie stehen Sie sonst zur Zeugin? Ich meine, ob Sie sich vielleicht unwissentlich zu ihr hingezogen fühlten, so daß Ihnen die Anwesenheit eines anderen Ärger bereitete?"

„Herr Richter", antwortete Klaus ruhig und klar, „ich hab das Mädel hier in gewissem Sinn als meine Schwester betrachtet und mir vorgenommen, auf sie zu schauen und für sie zu sorgen. Das Leben bei ihrer Großmutter war gar zu ärmlich. Aber daß sie einem Burschen vom Schlage des Grafen, der jedem Rock im Dorfe nachlief, zum Zeitvertreib dienen sollte, das wollte ich unbedingt verhindern. Daß er damals bis um halb zwölf auf der Alm war, wußte ich gar net. Ich erkläre es mir nur so, daß er sich irgendwo versteckt gehabt hat, um zu sehen, wann ich heimging. Hätte ich das geahnt, weiß Gott, ich wär umgekehrt und hätt ihm den Weg zeigt, daß ihm's Wiederkommen nimmer in den Sinn kommen wär!"

„So. Dann war also das Zusammentreffen im Hohlweg um Mitternacht zwischen dem Grafen und Ihnen ein zufälliges?"

Klaus fuhr in die Höhe· „Ihr wollt mich um jeden Preis schuldig haben! Ihr klagt mich an des gemeinen Meuchelmordes, weil alles gegen mich spricht. Alles, was für meine Unschuld spricht, wird umgedreht. Es paßt ja alles in eurem Kram. Daß ich in derselben Nacht außer Haus war, ist das einzige, was man mir beweisen kann. Man wird den Stab über mich brechen und mich verurteilen, obgleich meine Hände von Blut und Schuld rein sind."

Wie Hammerschläge fielen diese Worte. Die Geschworenen sahen sich einen Augenblick betroffen an. Unter dem Publikum setzte heftiger Lärm ein. Der Vorsitzende mußte zur Glocke greifen.

Da die Zeit schon weit vorgeschritten war, brach der Vorsitzende die Verhandlung ab.

Hochaufgerichtet schritt Klaus, von Beamten begleitet, aus dem Saal und den Gang entlang, der zu seiner Zelle führte.

Schon wollte er in den kahlen Raum treten, als man von der entgegengesetzten Seite her einen neuen Gefangenen brachte. Da sprang Klaus, noch ehe er daran gehindert werden konnte, mit einem mächtigen Satz dem Ankommenden an die Gurgel und warf ihn gegen die Wand, daß es nur so krachte.

„Lump, elendiger, bist jetzt endlich da, wo du hingehörst!“ brüllte er· „Aber ein bißl spät ist es jetzt. Die Heimat hast mir genommen und die Mutter beinah an Leib und Seele zugrund gerichtet!“

Ächzend erhob sich Lukas. In der Schweiz war er den Behörden endlich ins Garn gegangen und dann nach München abgeschoben worden.

Ehe Klaus zum zweitenmal die Hand erheben konnte, wurde er von der Wache gewaltsam in seine Zelle gebracht. Wie ein gereizter Löwe schritt er in dem engen Raum hin und her. Sieben Schritte hin — sieben Schritte her. Wie oft war er in den langen Wochen seit seiner Verhaftung hier schon hin und her gewandert! Viele hundert Meilen würde es ausmachen.

Warum Traudi nichts von sich hören ließ? Die Zweifel marterten seine Seele. Er selbst wollte unter keinen Umständen sagen, wo er sich in der Mordnacht aufgehalten hatte. Lieber würde er alles über sich ergehen lassen. Grübelnd warf er sich auf das harte Bettgestell, stützte den Kopf in die Hände und sinnierte weiter. Eine maßlose Sehnsucht nach der goldenen Freiheit überkam ihn. „Du sitzt hier unschuldig“, sprach er zu sich „und wenn nicht ein Wunder geschieht, sperren sie dich lebenslänglich ein.“

Plötzlich traten ihm Tränen in die Augen. Ein heftiges Schluchzen schüttelte seinen starken Körper· Klaus Brückner weinte um sein verlorenes Glück. — — —

Vor dem Justizgebäude entstand nach Schluß des ersten Verhandlungstages eine große Ansammlung heftig gestikulierender Menschen. Kaum ein halbes Dutzend davon glaubte noch an eine Schuld des Angeklagten. Und als Hans Westermann über die breite Treppe herunterkam, wurde er sogleich von Röckelsbacher Bauern umringt.

„Du mußt ihn freikriegen! Jetzt mußt zeigen, daß du

sein Freund bist!“ So und ähnlich schwirrten die Stimmen durcheinander.

„Natürlich werde ich alles tun, was ich kann“, erklärte Hans. „Beruhigt euch nur, es muß sich doch herausstellen, daß er unschuldig ist.“

Während er mit den Bauern sprach, folgten seine Augen einer Gestalt — Regerl, die morgen wieder vor dem Gericht erscheinen mußte. Da sie als wichtige Zeugin betrachtet wurde, hatte man sie noch nicht entlassen.

Langsam wanderte sie die Straße entlang, abwesend die Schaufenster betrachtend. Auch ging ihr die Verhandlung noch immer im Kopf um. Plötzlich hörte sie ihren Namen rufen. Als sie sich umsah, stand der Bürgermeister-Dori vor ihr.

„Grüß Gott, Regerl! Ich hab schon Angst g'habt, du könntest dich in der großen Stadt verlaufen. Bist heute das erstemal herinn, gelt?“

Regerl, über diese Begegnung nicht sonderlich erbaut, nickte gedankenlos. Dori redete aber lebhaft weiter.

„Hast du schon ein Nachtquartier? Net? Wenn's dir recht ist, helf ich dir a Zimmer suchen für die paar Tag.“ Daß er in einem Gasthaus bereits zwei Zimmer bestellt hatte, verschwieg er wohlweislich.

In ihrem Schmerz um den Geliebten hatte Regerl gar nicht daran gedacht, sich nach einem Unterkommen umzusehen. Sie gab zögernd ihre Zustimmung und fragte dann, ob Dori noch länger hierbleiben müsse.

Dori entgegnete, daß er zwar bei Gericht schon fertig wäre, daß er aber des Interesses halber bis zum Schluß der Verhandlung hierbleibe. Sein Vater werde morgen heimfahren. Dann gingen beide langsam weiter, wobei Dori das hübsche Mädchen immer ansah.

„Gelt, jetzt hast es mit deinem Klaus!“ sagte er sarkastisch. „Ich hab's schon alleweil g'sagt, der hat's faustdick hinter den Ohren!“

Flammende Glut fuhr dem Mädchen ins Gesicht. „Über Klaus sagst mir nichts! Schäm dich, über einen unglücklichen Menschen, der unschuldig in Untersuchungshaft ist, so zu reden!"

Das ohnehin blasse Gesicht des Burschen wurde noch um einen Schein blasser. „Mädl, schrei net so!" sagte Dori. „Die Leut werden schon aufmerksam auf uns."

Er warf einen Blick rückwärts und sah dabei Hans Westermann mit raschen Schritten herankommen. Aha, sein schmalzhaariger Freund! Der fehlte mir grad noch, der Federfuchser! fuhr es Dori durch das Gehirn. Um ein Zusammentreffen zu vermeiden, zog er das Mädchen mit sich. „Komm, in die Seitengasse müssen wir hinein. Da weiß ich für dich ein schönes Lokal."

Hans Westermann aber hatte seinen Schritt noch mehr beschleunigt und stand jetzt vor den beiden. Ein Gefühl der Erleichterung überkam Regerl.

Dori zog die Stirn in Falten, als ahnte er, daß ihm Hans Westermann einen Strich durch seine Rechnung machen würde. Und richtig, Hans Westermann bat Regerl, bis zum Schluß der Verhandlung bei seiner Mutter zu wohnen. Dankbar nahm Regerl seinen Vorschlag an. Als sie Dori ansah, erschrak sie vor dessen stechendem, haßerfülltem Blick und schauerte unwillkürlich zusammen.

„Da kann ich also abfahren!" stieß Dori zornig hervor.

Erstaunt sah ihn Hans an. Dabei fielen ihm das verstörte, übernächtige Gesicht und die schwarzgeränderten Augen auf. „Bist du krank, Dori?" fragte er teilnahmsvoll. „Du schaust ganz erbärmlich aus. Komm mit zu meiner Mutter und trink dort einen heißen Tee, der wird dir guttun."

„Nein, dank schön. 's fünfte Radl am Wagen mach ich net." Dann wandte er sich höhnisch an das Mädchen:

„Das ist wohl jetzt dein Schatz, weil der andere drin hockt?"

Über das Gesicht des Rechtsanwalts fuhr ein flammendes Rot. „Dori — ich verbitte mir eine derartige Beleidigung! Deine unverschämten Worte setze ich auf das Konto deiner Erregung. Wenn mein Anerbieten an Regerl dich so verstimmt, so tut es mir leid. Ich konnte nicht wissen —" Er wollte gehen, als Regerl sich an ihn herandrängte. „Nimm mich doch mit, ich fürchte mich vor dem!"

„Du fürchtest dich?" Hans Westermann sah sie prüfend an. „So komm."

Zwei haßerfüllte Augen folgten ihnen, bis sie die Straßenbahn bestiegen hatten. Dann schob Dori den Hut in den Nacken und kniff die Augen zusammen. „Hat sich denn die ganze Welt gegen mich verschworen? Muß ich halt wieder beim Maßkrug Zuflucht suchen."

Der Alkohol war in der letzten Zeit sein bester Freund geworden. Half er ihm doch immer, wenn auch nur für Stunden, über die Gewissensbisse hinweg. Als wäre ein Dämon hinter ihm, so schritt er aus. Als er am Löwenbräukeller angekommen war, stand kalter Schweiß auf seiner Stirn.

*

Hans Westermann saß vor seinem Schreibtisch, die Hände ineinandergefaltet, und starrte vor sich hin. Vor ihm lagen zwei geöffnete Briefe. Der eine lautete:

„Sehr geehrter Herr Westermann!

Auf Ihre geschätzte Anfrage teile ich Ihnen mit, daß der Erlenhof Ende dieses Monats zur Versteigerung kommt, wenn sich bis dahin nicht ein geeigneter Käufer gefunden haben sollte. Das Anwesen ist einschließlich des lebenden und toten Inventars auf 95 000 Mark gewertet und steht Ihnen als Erstinteressenten bei 50 000 Mark Anzahlung zur Verfügung.

Gegebenenfalls würden wir Ihnen nach Übereinkunft weitgehend entgegenkommen. Ich erwarte deshalb baldigst Ihre Stellungnahme und verbleibe

hochachtungsvoll

Gregor Rosenberger, Gütermakler."

Dieser Brief machte ihm eigentlich wenig Gedanken. Die Sache konnte sofort erledigt werden, das Geld lag ja auf der Bank bereit. Im stillen dankte er Waltraud dafür, wenn er ihr auch zürnte, weil sie so spurlos fortgegangen war. Sie hatte wohl an ihn nochmals geschrieben, aber ohne eine Adresse anzugeben. Der Brief trug einen Bahnpoststempel. Wohin war sie gefahren, und wo hielt sie sich auf? Der Fürst war fort, und die Dienerschaft wußte nichts.

Waltraud hatte geschrieben:

„Lieber Hans Westermann!

Ich weiß, Sie werden mir zürnen ob meines langen Schweigens. Aber Sie werden mich verstehen, wenn ich Ihnen sage, daß ich mich für mein künftiges Leben vorbereitet habe.

Es ist schwer, in der Blüte der Jahre auf Glück und Liebe zu verzichten. Aber ich bin fertig geworden mit mir — wenn es auch ein hartes, schweres Ringen kostete. Heute noch, nach Beendigung dieses Briefes, gehe ich den Weg zum Kloster, den Weg der Buße und des Gebets für meine arme tote Mutter. Allein — ganz allein. Nichts nehme ich mit von der Welt und meiner Liebe als drei weiße Rosen, das Letzte, was mir Klaus gab. Vielleicht ist es unrecht, wenn ich das Andenken mitnehme. Ich hab noch zuviel Irdisches, der Mensch in mir ist noch nicht tot.

Es gibt Stunden in meinem Leben, in denen es nach Leben, Liebe und Erwachen in mir schreit, in denen ich verlangend die Arme ausstrecke, Augenblicke, in denen ich ein Königreich geben würde, wenn ich nur Minuten an Klausens Brust ruhen könnte. Aber all das wird man mir abgewöhnen. Ich werde beten und mich kasteien müssen, um alles, wonach mein Herz sich sehnt, zu vergessen. Es ist ein strenges Kloster, in das man mich aufnehmen wird.

Mein Verschwinden wird Klaus schmerzen, ich weiß es. Mir ist es so bestimmt. Und wenn Sie Klaus alles erzählen — denn nur Sie wissen den einzig wahren Grund — dann wird er mich verstehen und mich vergessen lernen. Mit dem Ihnen anvertrauten Geld erhalten Sie ihm die Heimat. Die Arbeit wird ihm meinen Verlust erleichtern. Handeln Sie so, wie wir es bei unserer letzten Zusammenkunft beschlossen. Ich wünsche Klaus alles Glück der Welt und werde für ihn beten, daß er recht, recht glücklich wird.

Auch für Sie, lieber Hans Westermann, alles erdenklich Gute und Dank für Ihre mir geleisteten Dienste.

Ihre
Waltraud von Rankenstein."

„Armes, armes Kind!" flüsterte Hans. „Könnte ich dich nur einmal sprechen, ich würde kein Mittel unversucht lassen, dich von deinem Gedanken abzubringen!"

Zwei junge schöne Menschenkinder! Wie grausam ist das Schicksal doch manchmal und wie häßlich und gemein so manche Menschen!

Hans Westermann stützte den Kopf in die Hände und versank in tiefes Nachdenken, so daß er ganz überhörte, wie seine Mutter bei ihm eintrat. „Hast du schlechte Nachrichten bekommen, Hans?" fragte sie, als sie den düsteren Zug in seinem Gesicht bemerkte.

„Ja, Mutter. Das Leben ist oft hart mit den Menschen."

„Gewiß, mein Junge. Aber sag mir nur, was bedrückt dich so?"

„Verstehst du, Mutter, was es heißt, den besten und liebsten Freund verlieren zu müssen?"

„Um Gottes willen, du willst doch nicht sagen, daß sie Klaus lebenslänglich verurteilen?"

„Wie die Sache gegenwärtig steht, ist kaum mit etwas anderem zu rechnen. Dabei ist er so unschuldig wie du und ich."

„Aber das ist ja entsetzlich!" klagte Frau Westermann.

„Wenn er nur nicht so verstockt wäre! Nur er allein weiß, wo er in der verhängnisvollen Nacht war. Ich vermute ja, wo er gewesen ist, und ich werde nochmals alles aufbieten, damit er sein Geheimnis lüftet. Wenn er aber weiterhin schweigt, ist er verloren. In keinem Fall war ein Indizienbeweis so lückenlos wie in diesem."

Ein Luftzug ließ ihn verstummen. Regerl stand in der Tür. Weit waren ihre Augen geöffnet, Fieber leuchtete aus ihnen.

„Nein!" schrie sie. „Das darf net sein! Er ist doch unschuldig!"

Hans Westermann trat auf sie zu und fuhr ihr über das brennende Gesicht. „Noch ist nicht alles verloren, Regerl", tröstete er. „Einige schwere Tage haben wir noch vor uns."

„Ja, kämpfen will ich", schluchzte sie, „und wenn ich mein Herzblut hergeben müßt!"

„Komm, Regerl, faß dich doch. Mit Tränen ist Klaus nicht geholfen." Er zog ihre Hände vom Gesicht und führte das Mädchen zu einem Stuhl.

„Ich habe sehr Ernstes mit dir zu reden", begann er. „Beantworte mir aber zuerst eine Frage. Welchen Grund oder Anlaß hatte Dori zu seiner heutigen Äußerung?"

„Mein Gott, ein bisserl verliebt ist er halt in mich."

Wer müßte das nicht sein, war ich es doch auch einmal, dachte Hans. Als wollte er die Erinnerung verscheuchen, schüttelte er den Kopf. „Doch nun zu etwas anderem. Was würdest du sagen und tun, wenn du plötzlich Besitzerin eines großen Hofes würdest?"

„Aber so eine Frage!" wunderte sich Regerl. „Ich und einen Hof — wie sollte das zugehen?"

„Es spielen halt so manchmal eigene Dinge. Ja, Regerl, ich gratuliere dir, du bist bald Besitzerin des Erlenhofes!"

Regerl verstand nicht, was Hans damit sagen wollte. Wie sollte ausgerechnet sie dazu kommen, den schönen Hof zu bekommen? Hans sah ein, daß er dem Mädchen eine Erklärung geben mußte. So begann er alles ausführlich zu berichten, von der ersten Aussprache mit Waltraud bis zum heutigen Brief.

Regerl saß mit glühenden Wangen da. Als sie endlich begriffen hatte, meinte sie schmerzlich: „Was nützt das alles, wenn Klaus verurteilt wird? Ich hätte mein Lebtag keine Freude mehr, weder am Hof noch am Geld."

„Paß einmal auf, Regerl. Was würdest du tun, wenn sich der wirkliche Mörder fände? Dann erlangte ja Klaus seine Freiheit und seine Ehre wieder. Wie würdest du dich hierzu stellen?"

„Natürlich würde ich ihm gleich den Hof zurückgeben", sagte Regerl ohne Besinnen.

„Du liebe, gute Seele!" sagte Hans Westermann weich. „Aber kennst du denn Klaus so wenig und glaubst, er würde dies jemals annehmen?"

„Freilich — er ist ja so stolz", antwortete Regerl enttäuscht.

„Höre, wie ich mir die Sache dachte", begann Hans nach kurzem Überlegen. „Es bleibt vorläufig alles unter uns. Niemand soll wissen, wer der neue Besitzer des Erlenhofes ist. Du bleibst bis zum gegebenen Zeitpunkt, was du bist. Ich nehme die ganze Angelegenheit in die Hand, und du brauchst nur überall deinen Namen darunterzuschreiben. Ist es dir so recht?

„Ich bin mit allem einverstanden. Wenn nur der arme Klaus herauskäm!" Sich besinnend, fuhr Regerl fort: „Ich wüßt noch einen Ausweg."

Gespannt ruhten die Augen des Anwalts auf dem Gesicht des Mädchens, und er sah, wie purpurne Röte es überhauchte.

Einigemale setzte Regerl zum Sprechen an. Endlich kam es stockend über ihre Lippen: „Wenn — wenn ich vor Gericht sagte — Klaus wäre in jener Nacht bei mir gewesen?"

Erregt sprang Hans auf· „Mädel, was redest du da? Um Gottes willen, du mußt unbedingt bei der Wahrheit bleiben! Bedenke doch, deine Aussagen stehen unter Eid! Du würdest meineidig werden. Dein Ruf und deine Ehre wären dahin. Da würde man auch dir den Prozeß machen, und Klaus wäre erst recht nicht geholfen, im Gegenteil. Nein, damit ist es nichts. Aber höre, Regerl — ich weiß, daß du Klaus liebst. Das Schicksal hat dich jetzt mit irdischen Gütern gesegnet. Ohne Schmälerung deines Vermögens könnte man einen der besten Detektive zur Aufklärung der Mordangelegenheit heranziehen. Es wurde zwar schon vieles vergebens versucht, aber es müßte sonderbar zugehen, wenn der Mann nicht irgendeine Spur fände, damit Klaus' Unschuld an den Tag kommt. Wenn es dir recht ist, würde ich gleich morgen das Weitere veranlassen. Ich weiß einen tüchtigen ehemaligen Kriminalbeamten, der sich mit Eifer der Sache annehmen würde."

„Und wenn das halbe Geld hin wäre, unternimm das, was du für gut findest! Es soll kein Mittel unversucht bleiben, dem armen Klaus zu helfen", erwiderte Regerl.

„Du bist ein braves Geschöpf!“ sagte Hans. „Aber jetzt bitte ich dich, schlafen zu gehen, denn du brauchst für die nächsten Tage Kraft. Gute Nacht, liebes kleines Mädel!“

*

Still zog der Mond seine Bahn hoch über dem wunderlichen Treiben der Menschen.

Er schien in die kleine Zelle, in der sich in verworrenen Träumen ein Unschuldiger auf hartem Lager wälzte.

Silbern überflutete er auch tief im Süden ein ruhigernstes Kloster und huschte über das Gesicht einer jungen Nonne, die dort um diese Stunde am kleinen Fenster stand — mit nassen, sehnsüchtigen Augen in die Ferne schauend.

Es war schon weit über Mitternacht, als Hans Westermann das Schriftstück zusammenklappte, in dem er sein Plädoyer aufgesetzt hatte.

*

Die Uhr schlug die sechste Stunde. Es begann leicht zu grauen. Das Leben in der Stadt erwachte. Nur undeutlich drang der wachsende Lärm hinter die hohen Gefängnismauern.

Der Wärter brachte die Morgensuppe und zugleich einen Brief. Klaus zog zitternd den Bogen aus dem schon geöffneten Umschlag und las:

„Lieber Klaus — Bub!

Nun ist es doch soweit gekommen, daß der Hof verkauft werden muß. Ich konnte und kann es nicht mehr aufhalten. Vielleicht wär's noch möglich gewesen, dieses Unheil abzuwenden, wenn Du mir geblieben wärst.

Was aus mir wird, weiß ich nicht. Ich will nicht klagen, denn ich bin ja schuld, daß es soweit kam. Mir ist nur um Dich zu tun. Ich bete, daß Du wiederkommst. Und kommen mußt Du ja, denn Du bist doch unschuldig.

Glaub mir's, Bub, von Haus zu Haus bin ich gelaufen um Geld; aber überall haben sie mich abgewiesen. Ich will Dir nicht schildern, was ich seit Deiner Abwesenheit mitgemacht hab.

Wie meinst, soll ich nicht doch das Geld vom Fürsten, das er Dir zugesprochen hat, nehmen? Zwar könnte ich den Hof damit auch nicht halten, aber wenigstens wäre es möglich, ein kleines Anwesen weit weg von hier zu kaufen, da hättest Du wenigstens wieder eine Heimat. In Röhrmoos wär ein kleines Gütl zu verkaufen, mit zwölf Tagwerk Grund. Wenn es auch nur ein Schneckenhäusl gegen den Erlenhof ist — aber Du brauchtest nicht irgendwo als Knecht unterzuschlupfen. Gib mir bald wegen dem Geld Bescheid, und sei für heute herzlich gegrüßt.

Deine Mutter Margarete Brückner"

Schlaff sanken Klaus die Hände herunter, und über die bleichen Wangen rannen die Tränen. „Was brauche ich eine neue Heimat? Das Vaterhaus ist verloren. Gott im Himmel, du strafst mich hart und schwer! Aber ist alles unverdient?"

Er sank in sich zusammen und stützte den Kopf in die Hände. Plötzlich flog der Kopf wieder in die Höhe. Ein unstetes Flackern kam in seine Augen.

„Für mich beim Fürsten betteln gehen", fuhr es Klaus über die Lippen. „Nein, Mutter, der soll sein Geld behalten! Das darfst du mir net antun."

Erregt nahm Klaus seine Wanderung in der Zelle wieder auf und rechnete dabei, wieviel beim Hofverkauf noch übrig bleiben könnte. Viel dürfte es wahrscheinlich nicht sein, die Schulden waren zu groß. Aber immerhin könnte es reichen, daß die Mutter das Gütl kaufen könnte, um dort weiter zu wirtschaften. Für sie würde es genügen. Um ihn brauchte sich niemand mehr zu kümmern. — — —

Wieder war eine Stunde vergangen, da brachte man ihm einen Besuch: Hans Westermann. Mit einem Händedruck begrüßte er den Freund.

„Ich muß dich vor dem Beginn der Verhandlung nochmals sprechen, Klaus", begann er. „Du weißt, heute ist der letzte Verhandlungstag. Deine Sache steht nicht gut. Warum schweigst du dich noch immer aus? Klaus, sei vernünftig und sage mir die Wahrheit: Warst du in jener Nacht bei Waltraud?"

„Hans, warum quälst du mich immer wieder? Du weißt doch, daß ich es nicht sagen kann und will."

„Dann mußt du mit der Höchststrafe rechnen, Klaus. Wenn du auch in deiner jetzigen Verfassung mit dem Leben abgeschlossen hast, so denke trotzdem dran, daß es Menschen gibt, die dir von Herzen gut sind, die dich liebhaben."

„Mich liebhaben?" entgegnete Klaus spöttisch. „Ach so, du meinst das Regerl, die gute treue Seele. Grüß sie mir nochmals und sag ihr, daß ich ihr ein Bruder war."

„Du bist ein sonderbarer Mensch geworden, Klaus", meinte Hans. „Vor deiner Gleichgültigkeit möchte man sich fürchten. Dein Schweigen nützt niemand. Ich bitte dich inständig, sage mir, wo du damals warst! Wir haben nicht mehr viel Zeit, die Verhandlung wird gleich beginnen."

Klaus schüttelte den Kopf, und Hans mußte unverrichteterdinge gehen.

*

Kurz danach wurde Klaus in den Sitzungssaal abgeholt. Wieder war der Saal überfüllt.

Der Vorsitzende eröffnete die Sitzung und sah den Angeklagten scharf an. „Klaus Brückner, der bisherige Verlauf der Verhandlung spricht klipp und klar für Ihre Schuld. Ich rate Ihnen zum letztenmal, legen Sie ein offenes Geständnis ab, und die Milde des Gerichtes wird Ihnen zugute kommen!"

Klaus schüttelte den Kopf. „Ich bin unschuldig, so wahr es einen Herrgott im Himmel gibt."

Diese Worte, aus denen stille Resignation klang, verfehlten ihre Wirkung auf das Publikum nicht. Der Staatsanwalt raunte dem Vorsitzenden zu: „Nerven hat der Bursche, das ist fabelhaft!"

Der Vorsitzende beugte sich dem Sprecher entgegen und sagte leise: „Um ehrlich zu sein, Herr Staatsanwalt — den Eindruck eines Mörders macht mir der Angeklagte nicht unbedingt. Man möchte fast selber an seiner Schuld zweifeln."

„Aber ich bitte Sie, Herr Kollege! Sie müssen doch merken, wie geschickt der Bursche operiert."

Die Unruhe im Saal hatte sich noch nicht gelegt. Der Vorsitzende griff nach der Klingel. Erst die Drohung, den Zuhörerraum zu räumen, brachte wieder Ruhe.

Dann hatte der Staatsanwalt das Wort:

„Meine Herren Geschworenen, meine Herren Richter. Der zur Verhandlung stehende Fall ist zweifellos ein äußerst schwieriger. Es wäre aber unverzeihlich, gerade hier Milde walten zu lassen. Es wäre ein Verbrechen an der menschlichen Gesellschaft, wenn Sie sich durch das gewinnende Äußere und die Beteuerungen des Angeklagten blenden ließen. Suchen Sie ferner nicht in der eisernen Ruhe und Selbstbeherrschung seine Entlastung. Naturen wie er können das, ohne sich besonders anzustrengen. Solche Schädlinge müssen ausgeschaltet werden — —"

In diesem Ton ging es weiter, und als er nach einer Stunde sein Plädoyer mit den Worten schloß: „Sie sind berufen, nunmehr das Urteil über einen gemeinen Mörder zu fällen — ich beantrage lebenslänglich Zuchthaus", herrschte Grabesstille im Saal.

Dann hielt der Verteidiger sein Plädoyer.

Lautlose Stille herrschte, als Hans Westermann begann. Nach wenigen Minuten schwoll seine Stimme an zu hinreißender Kraft, so daß die Herren vom Gericht die Köpfe hoben und sich erstaunt ansahen. So eine Sprache hatte niemand in dem jungen Anwalt vermutet.

In beredten Worten entrollte Hans Westermann die Geschichte des Angeklagten von seiner Kindheit an und zeichnete von ihm ein lebendiges, getreues Charakterbild· Den Indizienbeweis zerpflückte er bis ins Kleinste, und je länger er redete, desto hoffnungsfreudiger wurde das Publikum. Zum Schluß beantragte er Freispruch wegen Mangel an Beweisen.

Richter und Geschworene zogen sich hierauf in das Beratungszimmer zurück — um nach einer halben Stunde das „Schuldig" zu verkünden.

Klaus Brückner wurde wegen Mordes an dem Grafen Stegen zu lebenslänglich Zuchthaus verurteilt.

Alle Augen hingen an dem Verurteilten, der in eherner Ruhe dastand. Seine Blicke streiften den Zuschauerraum. Ein müdes Lächeln umspielte seine Mundwinkel, als er seine Nachbarn und viele Röckelsbacher Einwohner sah. In fester Haltung verließ er den Sitzungssaal. — —

Das Urteil wurde von den Zuhörern lebhaft besprochen. Die allerwenigsten hatten dieses harte Urteil erwartet. Langsam wälzte sich der Menschenstrom den Ausgangstüren zu.

Nur einer hatte es eilig — der Schweiger-Dori. Rücksichtslos, als triebe ihn das böse Gewissen, bahnte er sich einen Weg ins Freie. Draußen knöpfte er sich die Joppe bis zum Hals zu und entfernte sich sofort aus dem Bereich des Justizpalastes.

„Das Urteil ist ein bißl zu scharf ausgefallen. Zehn Jahrl wenn's ihm aufibrennt hätten, wär es auch genug gewesen. Ich kann bloß von Glück sagen, daß nicht ich es bin, der drinsitzen muß!"

Der Gedanke jagte ihm einen eisigen Schauer über den Rücken. Es fror ihn wirklich, obwohl die Herbstsonne in fast sommerlicher Wärme schien. Gleich darauf riß er sich aber wieder zusammen und lachte hämisch. „Grad recht geschieht ihm, dem Hornochs! Für was macht er sein Maul nicht auf und sagt, wo er die Nacht war? Lieber laßt er sich einsperren, als daß ein Bröserl auf die fürstliche Ehr fällt. No, ja, mir kann's recht sein, mir schadet es net. Auf alle Fälle kann ich mir ein paar Halbe zulegen."

Lachend betrat er den Mathäser, und als der schäumende Krug vor ihm stand, hob er ihn kichernd in die Höhe. „Jetzt, mei gute Seel, duck dich zamm, daß du net naß wirst, jetzt gibt's einen Wolkenbruch!" Der Dori hatte nach langer Zeit seine rosige Laune wiedergefunden. — —

Vor dem Justizpalast standen die Röckelsbacher Bauern und Hans Westermann und beratschlagten, was nun zu tun wäre.

„Nur die Hoffnung net aufgeben!" meinte Hans. „Das Urteil ist wohl gefällt, aber noch nicht rechtskräftig. Vorerst werde ich Revision einlegen. Dadurch wird Zeit für weitere Nachforschungen gewonnen. Vielleicht geschieht in der Zwischenzeit noch ein Wunder, das uns den wirklichen Mörder finden läßt. Es ist von großer Wichtigkeit, daß jeder von euch Augen und Ohren für alles offen hält, was in der Gemeinde vorgeht. Der Zufall führt oft auf Spuren, auf die im gewöhnlichen Leben selten jemand kommt. Und jetzt behüt euch Gott, Männer! Zeigt, daß ihr treue Nachbarn und echte Bergbauern seid!"

Hans Westermann reichte jedem die Hand und bestieg mit Regerl ein Taxi, um zu seiner Wohnung zu fahren.

*

Es herbstelte stark in den Bergwäldern. Ein farbenfroher Hochlandherbst durchwogte das Tal mit gelber, brauner und purpurner Laubflut. In jeder Gehängmulde lagen zusammengewirbelte Wogen Blätter.

Von den Almen begann der Abtrieb. Herde um Herde zog herab, von munterem Geläut begleitet. Die Sennerinnen und Hüterjungen sangen.

Eine Ausnahme bildete der Abtrieb der Erlenhofer-Herde. Still und traurig zogen Regerl und Franzl hinter der Herde her, die keine Bänder, kein grüner Zweig und keine Halsglocken zierten. Tieftraurig schritt Regerl dahin, kaum daran denkend, daß nunmehr sie die Besitzerin dieser stattlichen Herde und Eigentümerin des Erlenhofes mit seinen Feldern und Wiesen war. Ihre Gedanken wanderten hinein nach München, in dessen Mauern der geliebte Mann der Freiheit entbehren mußte.

Vierzehn Tage waren seit der Urteilsverkündung verstrichen, düstere, endlose Tage, in denen nichts geschah, das die Unschuld ans Tageslicht gebracht hätte. Der von Hans Westermann eingesetzte Detektiv arbeitete rastlos, mit aller Energie. Aber nicht die kleinste Spur ließ sich finden.

Es dämmerte bereits, als der Almzug den Erlenhof erreichte. Friedl stand im Hof und hieß Regerl und Franzl willkommen. Das übrige Gesinde trat aus der hellerleuchteten Stube, wo es zu Abend gegessen hatte, und half, das Vieh im Stall unterzubringen.

Dann betrat Regerl die Stube. Auf der Schwelle blieb sie stehen — der Platz der Erlenhoferin war leer. — —

Nachdem das Nachtgebet gesprochen war, trat eins nach dem andern an Regerl heran und reichte ihr die Hand. Vevi sagte:

„Einen traurigen Einstand hast, gelt?"

Die Sennerin nickte und fragte nach der Bäuerin.

Ein gequältes Lachen ließ sich aus einem dunklen Winkel vernehmen. Dann kam aus der Ofenecke die Erlenhoferin hervor und trat in den Lichtkreis der Lampe.

Ein Stich durchfuhr das Mädchen. Was hatten die wenigen Wochen aus dem kraft- und gesundheitstrotzenden Weib gemacht? Hier hatten die Wochen des Leides wie Jahre gewirkt. Regerl sah ein vergrämtes, schmales, faltiges Gesicht, wundgeweinte Augen, umgeben von schwarzen Ringen, graue Haarsträhnen hatten sich in das volle dunkle Haar gemischt. Ein schmerzvoller Blick starrte der Sennerin entgegen.

Regerl war von dem Anblick dieser gebrochenen Gestalt erschüttert, faßte die Schluchzende und führte sie zum Lehnstuhl.

„Schau, du mußt net verzagen!" tröstete sie. „Die Hoffnung darfst net aufgeben, wirst sehen, eines Tages kommt dem Klaus seine Unschuld 'raus, dann hast ihn wieder, verlaß dich drauf!"

Die Erlenhoferin hob das tränenüberströmte Gesicht

zu der Sprecherin empor und sagte: „Der Hof ist nimmer unser, er hat jetzt einen anderen Herrn."

„Hast du den neuen Besitzer schon gesehen? Aber ich. Laß dir nur erzählen, Bäuerin!" Und genau wie es ihr Hans Westermann eingetrichtert hatte, wiederholte Regerl, daß der neue Besitzer so gut wie gar nichts von der Landwirtschaft verstehe und beabsichtige, daß Klaus, wenn er wieder frei wäre, den Hof auf drei Jahre in Pacht bekäme und ihn eventuell dann zurückkaufen könnte. Der Herr habe den Hof nur gekauft, weil er sein Geld so am besten angelegt glaubte.

Ein schwerer Seufzer löste sich aus der Brust der Erlenhoferin. „Sonderbar ist eigentlich doch, daß der Herr den Hof so mir nichts, dir nichts kaufte. Man schaut sich das Objekt doch zuerst an. Hans Westermann kann doch nicht alles so schildern, wie es in Wirklichkeit ist. Ferner: weiß der Herr denn so bestimmt, daß der Klaus wiederkommt?"

„Mein, man hofft halt. Unschuldig ist er, das sagt ein jeder, der der Verhandlung beigewohnt hat. Jetzt müssen wir die Revision abwarten."

„Aber die Richter haben es net glaubt, daß er unschuldig ist; und das wär doch die Hauptsache gewesen."

„Die werden schon noch einsehen, daß sie ein Fehlurteil gefällt haben, wenn man den wirklichen Mörder findet."

„Meinst, daß man den noch erwischt?" fragte die Bäuerin zweifelnd.

„Nur die Hoffnung net aufgeben und auf Gott vertrauen! Alles wird noch recht werden. — Du, Bäuerin, was ist denn mit dem Schweiger? Ich hab auf der Alm gehört, daß er einen großen Teil Wald verkauft hat. Sein Hof soll doch schuldenfrei sein. Ich wüßt net, was ihn dazu veranlaßt hätte."

„Du hast recht gehört. Mich hat's auch gewundert. Bei dem Schweiger vermutet man sogar Geld. Auffällig ist mir nur, daß unlängst vom Bezirksamt mehrere Herren da waren. Man munkelt etwas. Ich kümmere mich net ums Leutgerede, hab mit mir selbst genug zu tun."

Lange saßen die beiden Frauen an diesem Abend noch beisammen und sprachen von der Gerichtsverhandlung.

„Völlig umgewandelt hat die mir mein Gemüt", murmelte die Erlenhoferin, als sie dann allein war. Es war ein peinliches Erinnern an die Zeit, wo sie, gleich vielen andern, dieses Mädchen als eine „junge Hex" bezeichnet hatte. „Ja, so kann man sich in den Menschen täuschen", seufzte sie. — — —

Regerl aber stand droben in ihrer Kammer und lehnte das Köpfchen an die kalten Scheiben. Eine klare Herbstnacht war draußen, und silbern überflutete der Mond Berg und Tal. Still war die Nacht. Die Menschen schliefen wohl alle, während das einsame Mädchen durch seltsame Gedanken vom Schlaf abgehalten wurde.

Plötzlich schrak sie auf, und ein kalter Schauer rann ihr über den Rücken. Durch den finsteren Erlenhain sah sie eine Gestalt schleichen. Jetzt kam sie aus dem Bereich der dunklen Schatten und mußte eine mondhelle Blöße überqueren. Regerl erkannte die gebückte Gestalt — und riß das Fenster auf. „Großmutter!"

Ein Kichern ward vernehmbar, dann war die Erscheinung verschwunden, als hätte der Erdboden sie verschlungen. War das Wirklichkeit gewesen, was sie gesehen hatte, oder hatten die erregten Sinne ihr etwas vorgegaukelt?

Morgen werd ich die Großmutter fragen, dachte sich Regerl.

*

Am anderen Morgen gegen zehn Uhr verließ Regerl den Erlenhof und schritt über die Wiesen dem Walde zu. Aufatmend blieb sie stehen und sah zurück auf den Weiler Bürg. Still und friedsam lagen die Häuser. Nirgends eine Spur von Leben im weiten Umkreis. Es war ja Sonntag und das Hochamt noch nicht zu Ende.

Als ob Regerl von dem kurzen Weg schon müde geworden wäre, lehnte sie den Kopf an den Bergstock, den die schmale Hand umschlossen hielt, und sah mit den großen Augen sehnsüchtig hinaus in die Weite. Sie wünschte sich Schwingen wie ein Adler, um hinzufliegen in die große Stadt — zu ihm, nach dem ihr Herz sich verzehrte.

Wie lange Regerl so dagestanden war, wußte sie nicht. Erst das Läuten von der Kirche weckte sie aus ihren Träumen. Mit einem tiefen Seufzer zog sie den Bergstock aus dem Boden und stieg durch den pfadlosen Fichtenwald empor.

Als die Hütte durch die Stämme schimmerte, blieb sie stehen und unterzog sie einer eingehenden Musterung. Einer der Herbststürme hatte den Kamin umgeworfen. Die Trümmer lagen auf dem Moos des von graugelben Schwämmen überwucherten Schindeldaches. Die Altane, die sich rings um die Hütte zog, war auf der einen Seite herabgestürzt. Die Balken und Bretter, auf denen die Wurzelmarie die Kräuter zum Trocknen auslegte, lagen verstreut umher. Schief hingen die Fensterläden vor den zum Teil zerbrochenen Scheiben.

Da schaut's ja sauber aus! dachte sich das Madchen, während sie den Stock an die Hauswand lehnte und über die Schwelle schritt.

Sie öffnete eine Tür zur Linken und trat in einen armseligen Raum. Trotz der Dämmerung, die hier herrschte, erspähte Regerl sofort die Großmutter, die neben dem Ofen saß und ihre Mittagsuppe löffelte.

„Grüß Gott, Großmutter."

„Auch so viel", klang eine hohle Stimme aus dem Winkel hervor. „Hast jetzt wieder heimgefunden ins warme Nest?"

Das klang gerade nicht sehr freundlich. Aber Regerl kannte die Großmutter und ihre Art, und deshalb erwiderte sie unter leisem Lachen: „Na, gar so warm ist es grad net herin bei dir. Und finster ist es, man möcht meinen, es wär schon Nacht, derweil es kaum Mittag ist."

Die Alte ließ den Löffel sinken. „Ah, wie redest denn du mit mir?"

„So, wie ich es draußen gelernt hab, Großmutter."

„Hat's dich auch schon packt, das närrische Fieber, wie? Laß dich einmal anschauen!" Die Greisin maß ihr Enkelkind mit stechenden Blicken. „Nobl schaust aus in dem G'wand, fein hast dich 'rausgewachsen, schier feiner wie deine Mutter war."

„Aber Großmutter, ich kann doch nicht dreckig unter den Leuten 'rumlaufen!"

„Freilich, tät dich ja keiner anlangen mögen", kicherte die Alte. „Ich hab keine Spiegel im Haus, wirst dich wohl nimmer so zusammenschniggln können. Oder hast es gar nicht im Sinn, daß du dableibst? Kannst gleich wieder gehen, ich hab dir nicht geschrien."

„Ich will bei dir bleiben. Ich hab Verlangen nach dir g'habt", stieß Regerl hervor. Sie fiel vor ihrer Großmutter nieder und umklammerte sie. „Großmutter, du mußt mir helfen, ich bin ja so unglücklich!"

Der zahnlose Mund der Kräutermarie verzog sich zu einem hämischen Grinsen. „Also, Hilf willst von mir? Bloß deswegen hast du den Weg wieder zu mir 'raufgefunden."

„Großmutter, du weißt und siehst so viel, was anderen Leuten ihr Lebtag ein Rätsel bleibt. Du mußt mir helfen, ich bitt dich inständig! Klaus muß wieder 'raus aus dem Gefängnis — und bald, sonst ist es zu spät. Du weißt doch, daß man ihn zu lebenslänglich Zuchthaus verurteilt hat."

„Warum hat er denn net geredet?" warf die Alte ein. „Warum hat er net gesagt, daß er in jener Nacht im Fürstenschlößl war? Ich hab ihn hineingehen sehen. Um zwei Uhr war er noch nicht am Heimweg."

Regerl schnellte in die Höhe. „Weißt du das g'wiß, Großmutter? Ich bitt dich um Gottes willen, sag mir's!"

Die Alte humpelte ans Fenster. Sie tat, als hätte sie die Frage und das Flehen nicht verstanden. Sie sah längere Zeit hinaus und sagte dann: „Da sieht man's wieder, wie dumm die Menschen sind! Verurteilen einen Unschuldigen und lassen den wirklichen Mörder laufen."

„Großmutter!!" Das Wort war ein Schrei, der die schmutzigen Fenster erzittern machte. Mit einigen Schritten war Regerl bei ihr und schlang ihre Arme um den mageren Hals der Greisin. „Großmutter! Beim Andenken an meine Mutter, und wenn du mich bloß ein bisserl gern hast, beschwör ich dich: sag mir alles, was du weißt! Daß du so redest, möcht mich schier erlösen aus meiner Angst. Kniefällig bitt ich dich, sag es mir! Denn du weißt ja gar nicht, wie gern ich ihn hab, und wie jeder Tag, den er hinter den grauen Mauern des Gefängnisses schmachtet, ein verlorener meines Lebens ist!"

Ein krampfhaftes Schütteln ging durch den Körper der Greisin, da sie erkannte, wie gewaltsam die Liebe über ihre Enkelin, das letzte und einzige, was sie überhaupt noch auf der Welt hatte, hereingebrochen war. Bei aller Härte, die ihr Äußeres zeigte, hatte die Wurzelmarie einen tiefen Blick für die Herzen der Menschen. Sie sah die heiße Flamme, die in dem jungen Leben loderte, das gleiche heiße Blut, wie es ihre Tochter besessen hatte. Und hatte sie damals versucht, die Tochter mit eisernen Fäusten zurückzuhalten, so kam heute Erbarmen und Mitleid für das junge Ding über sie.

Langsam und schwer legte sie die welke Hand auf das Haupt des Mädchens und sagte mit einer Stimme, die noch niemand bei ihr gehört hatte: „Sagen tu ich nichts. Reden hilft da nichts, aber handeln werde ich. Warte nur noch eine Weile, die Zeit ist noch net da."

„Großmutter!" Das war ein Jauchzen. In trunkener Freude preßte Regerl das alte Weiblein an sich. Wenn die Großmutter handeln wollte, dann hatte sie bereits alle Fäden in der Hand.

Die Greisin schmerzte der Druck der jungen Arme. Doch gab sie keinen Ton von sich, aber über die runzligen Wangen rollten zwei große Tränen. Es waren keine Tränen des Schmerzes. Sie wollte das Mädchen glücklich machen und ihm das geben, was ihre Tochter nicht besitzen konnte — das Glück auf Erden.

Am andern Morgen war Regerl schon frühzeitig im Dorf. Ihr erster Gang war zum Zimmermann, dann zum Maurer, zum Schreiner, zum Glaser und schließlich noch zum Hafner.

Die Röckelsbacher hatten schon wieder etwas zu reden. Daß die Handwerker droben bei der Wurzlin arbeiten sollten, sogar im Akkord und bei guter Bezahlung, wirkte auf die Leute, als wenn das Große Los in ihren Ort gefallen wäre.

Regerl schritt unbekümmert um die verwunderten Blicke, die ihr folgten, nach Erteilung der Aufträge durch das Dorf.

„Du, die hat sich aber 'rausgewachsen!" sagte die Schusterbäuerin zu ihrer Nachbarin, als Regerl am Hause vorbeiging. Wirklich sah das Mädchen schick und sauber aus in dem dunklen, gutsitzenden Dirndlkleid. Das waren die Dörfler nicht gewohnt, und sie konnten sich mit der gänzlichen Veränderung der „jungen Hex" nicht abfinden. Die sonst zerzausten Haare lagen in schöne dicke Zöpfe geflochten um den Kopf. Fein und zart war das Gesicht, und unendlich groß und fragend blickten ihre Augen in die Welt. Alles Scheue und Schüchterne, das ihr früher anhaftete, war gewichen. Frei und wohlüberlegt war jedes ihrer Worte, sicher und selbständig ihr Handeln und ihre Bewegungen.

Jetzt betrat Regerl den Kramerladen und kaufte Kaffee, Zucker, Mehl, Reis und verschiedenes andere, Dinge, die in der Berghütte noch nie gesehen worden waren. Die Kramerin war zuerst mißtrauisch gewesen. Als Regerl aber einen Zwanzigmarkschein zur Bezahlung hinlegte, war sie verwandelt und die Freundlichkeit selber. Als Regerl wieder ging, schlängelte sie sich hinter dem Ladentisch hervor und öffnete geschäftig die Tür. „Behüt dich Gott, Madl, komm wieder, wenn du was brauchst! Weißt —" die Kramerin dämpfte ihre Stimme zu einem vertraulichen Flüsterton, „unter uns gesagt, dem oberen Kramer seine Ware ist meistens schon ein bißl abgestanden, und feucht ist sie auch, gewiß wahr!"

„Ist schon recht, Kramerin", lachte Regerl. „Wenn ich wieder Bedarf hab, komm ich zu dir."

„Grüß mir deine Großmutter recht schön!"

Wie das Geld die Menschen gleich freundlich machen kann! dachte Regerl im Weitergehen. Es fiel ihr ein, wie gerade diese Kramerin einmal unter den Schulkindern in der Pause Malzzuckerl verteilt hatte; nur sie allein, das verachtete Hexenmädel, war leer ausgegangen. Bitter war das Erinnern an die freudlose Kinderzeit. Wie traurig war alles gewesen, bis Klaus sich ihrer annahm und sie herausriß aus dem trüben Alltag! Und doch —

war sie in ihrer Einsamkeit nicht glücklicher und sorgloser gewesen als jetzt? Damals hatte sie nichts von Liebe gewußt und nichts von seelischen Leiden.

Ein schrilles, flinkes Hämmern schreckte Regerl plötzlich aus ihren quälenden Gedanken. Als sie den Kopf hob, fuhr ein Schreck durch ihre Glieder.

Im gleichen Augenblick hatte Dori sie auch erspäht. Rasch legte er die Sense, die er eben dengelte, zur Seite und trat auf die Straße heraus. Mißtrauisch schaute Regerl den Burschen an, in dessen Augen es in verhaltener Glut zu flimmern begann. Es war ein Blick, so wild und heiß, wie das Mädchen ihn schon einmal gesehen hatte.

„Guten Morgen", grüßte Dori. „Dös freut mich, daß du mich aufsuchst."

„Das brauchst dir net einzubilden", erwiderte Regerl. Dabei vertiefte sich die Furche auf ihrer Stirn.

„Aber geh", meinte Dori, „bist mir noch immer bös? Schau, es ist doch ganz gut, daß wir uns einmal treffen. Ich denk, wir hätten uns doch ein bißl was zu sagen."

„Wir zwei? Net, daß ich wüßt." Regerl wollte weitergehen, Dori stellte sich aber in den Weg.

„Pressiert's denn gar so, daß d' außikommst zum Erlenhof?" Ein häßliches Lachen glitt über das vom Alkohol stark mitgenommene Gesicht des Burschen. „Versäumst doch nichts, der Klaus ist ja net daheim. Der sitzt in München im Zuchthaus."

Ein froher Atemzug hob die Brust des Mädchens. „Und ich sag dir, er wird bald 'rauskommen!"

Dori verfärbte sich. Schnell hatte er sich aber wieder gefaßt.

„Meinst? Da darfst dir aber das Warten net verdrießen lassen. Wenn die einmal einen in den Klauen haben, den lassen sie nimmer so leicht los."

Eine heiße Empörung wallte in Regerl auf. „Du",

schrie sie dem Burschen ins Gesicht, „hast denn du gar so viel Interesse dran, daß er eingesperrt ist?!“

Dori sah hinauf ins Blaue.

„Mein ganzes Lebensglück hängt davon ab“, murmelte er nach einer Weile tonlos.

„Ein schönes Glück, für das ein anderer schuldlos büßen soll! Hast denn kein Funken Ehrgefühl mehr in deiner Brust?“

„Ja, Kruzitürken!“ fuhr Dori auf. „Hast du mir net versprochen, daß du mir vielleicht ein bißl gut sein könntest, wenn der Klaus net wär? Meinst, ich hab da recht viel Sehnsucht, daß er wiederkommt, um mir im Weg zu sein?“

„So, im Weg war er dir?“

Ein Schauder rann dem Mädchen über den Rücken, erschreckend weit öffneten sich ihre Augen und bohrten sich fest in das Gesicht des Burschen, der bleich zu werden begann. Dann sprang Regerl plötzlich zur Seite und rannte wie von Furien gejagt davon.

Dori taumelte an den Gartenzaun. „Jetzt wird die Gschicht brenzlig. Wie mich die angschaut hat, durch und durch ist mir das gangen. Mir ist grad, als wenn's was g'spannt hätt —“ Diese Minuten hatten dem Dori den Schweiß auf die Stirn getrieben. Er schob den Hut aus dem Gesicht und fuhr sich mit dem Hemdärmel über das Gesicht. Dann raffte er sich zusammen. „Ha — wer will mir was beweisen? Wenn die was wüßt, hätt sie schon lang geredet.“ Er guckte in die Richtung, wo Regerl verschwunden war. „Du Gans, du dumme, da bist am Holzweg, wenn du meinst, du kommst mir aus! Jetzt erst recht!“ — — —

Fast ohne Atem erreichte Regerl den Erlenhof. Frau Margaret sah verwundert von ihrer Arbeit auf.

„Um Gottes willen, Madl, was hast denn? Du siehst ganz käsig aus.“

„Nicht recht gut ist mir. Es vergeht schon wieder."

„Geh zu, setz dich ein bißl her zu mir, Dirndl", sagte die Bäuerin. „Daß du heut schon im Ort herunten bist?"

„Die Handwerker hab ich bestellt. O mei, Bäuerin, da droben hat's bös ausgeschaut! Das hätt nimmer lang gedauert, wär der Großmutter das Häusl überm Kopf zusammengefallen."

Die Erlenhoferin stemmte die Arme in die Hüften. „Aber Mädl, hast denn du ein Geld zum Richtenlassen?"

„Zu dem langt's noch, vielleicht noch ein bißl drüber", lachte Regerl geheimnisvoll. „Was ich sagen wollt — kannst mir den Franzl net mit 'naufgeben? Ein paar Wochen könnt ich ihn schon brauchen. Es gibt viel Arbeit jetzt bei uns."

„Selbstredend kann er mit", versicherte die Bäuerin schnell, als wäre sie froh, einen Esser weniger bei der Schüssel zu haben, meinte aber dann, daß man den Friedl fragen sollte, ob er ihn entbehren könnte.

„Den Friedl? Warum? Ist der denn jetzt Bauer?"

„Das net. Aber er hat sich halt in der schweren Zeit um den Hof angenommen und tut zehnmal mehr als seine Schuldigkeit."

So war es auch. Was Friedl anordnete, geschah, und alles hatte Hand und Fuß. Auf ihn konnte man sich verlassen, er kannte kein anderes Ziel, als den Hof wieder in die Höhe zu bringen.

Regerl sagte sinnend: „Wenn er so tüchtig ist, muß ich ihm den Lohn aufbessern."

„Was hast g'sagt?"

„Den Lohn, weißt — der Herr, der den Hof kauft hat, sollt ihm doch ein paar Mark zulegen." Ein verräterisches Rot war dem Mädchen bei diesen Worten aufgestiegen.

„Brauchen könnt es der Friedl schon, wo Familienzuwachs zu erwarten ist. Aber der Besitzer laßt sich ja net sehen, man weiß net, wer er ist, wie er heißt und wo er steckt."

Regerl war ans Fenster getreten und sagte: „Das ist auch gar net notwendig. Die Hauptsach ist, daß er dem Klaus so günstige Bedingungen stellt, daß er nach Ablauf der Pachtzeit den Hof zurückkaufen kann."

„Ja, der Klaus", die Bäuerin fing wieder zu weinen an, „bis jetzt hat man noch nichts gehört, wie die Geschicht laufen wird."

„Jetzt muß einmal die Revision abgewartet werden. Der Klaus ist unschuldig und muß unbedingt frei werden. Und er wird's auch, verlaß dich drauf, Bäuerin!"

„Was sagst du da, Madl?" stammelte die Bäuerin hoffnungsfroh. „Regerl, wie redest denn daher heut? Man möcht meinen, du hättest schon was Gewisses."

„Vielleicht —" Regerl wandte sich um und faßte die Bäuerin an der Hand. „Wart's nur ab. Meine Großmutter hat g'sagt, bis wieder Vollmond ist, ist der Klaus wieder bei uns. Das glaub ich auch, denn wenn sie so etwas sagt, das ist so gewiß wie das Amen im Gebet." — —

Eine Viertelstunde später wanderten Regerl und Franzl zur Waldhütte hinauf. Schweigend stiegen sie empor. Das welke Laub raschelte unter ihren Füßen. Immer wieder sah Franzl in das Gesicht des Mädchens. Ihr verändertes Wesen gab dem Buben zu denken. Er selbst war in den letzten Wochen ein anderer geworden. Das Unglück, das über seinen Herrn und dessen Hof hereingebrochen war, lastete schwer auf seinem Gemüt.

Plötzlich blieb Regerl stehen und fragte unvermittelt: „Franzl, kannst dich denn nimmer besinnen, an welchem Tag dir das Messer wegkommen ist? Oder hast es verloren und traust dir's net zu sagn?"

„Verloren hab ichs gewiß net", beteuerte der Bursche. Diese Frage war ihm in den vergangenen Wochen oft vorgelegt worden. „Und beim Tag ist es mir auch net wegkommen. Ich weiß ganz bestimmt, daß ich am selben Abend geschnitzelt hab, bis ich nimmer gesehen hab; dann hab ich mich unter die Schaf gekuschelt und bin eingeschlafen. Wie ich gegen vier Uhr aufwach, war das Messer weg. Der Stecken, an dem ich bastelt hab, lag neben mir."

„Warum hast es denn net in die Taschen g'steckt, wie du es sonst immer getan hast?"

„Weil meine Hosensäck zerrissen waren. Und meinen Janker hast du zum Flicken drunten g'habt."

„Um Gottes willen!" stieß Regerl hervor. „Besinn dich, Bub, ob es wirklich an dem Abend war?"

„Wenn ich dir sag, gewiß wahr ist es."

„Allmächtiger Gott! Sollt' das möglich sein?"

Der Verdacht gegen Dori überwältigte das Mädchen. Der Gedanke war ihr ja schon früher einmal gekommen. Mit schnellen Schritten stieg sie bergan, so daß Franzl, der den Korb trug, kaum mehr Schritt halten konnte.

Regerl stand vor der Großmutter und erzählte ihr mit fliegendem Atem, was ihre Gedanken bewegte und ihr Gemüt so schwer belastete.

Die Alte saß auf einem alten Stuhl und lauschte den Worten ihrer Enkelin. Ein Lächeln umspielte den faltigen Mund.

„Und das fällt dir erst jetzt ein? O mei, Mädl, was du da sagst, ist mir nichts Neues. Ich hab es schon lang gewußt. Halt dich nur jetzt still, sonst könntest mir das, was ich eingefädelt hab, noch verderben. Das Wild geht mir so schön in die Schlingen, und ehe der Mond wieder voll ist, wird der Klaus frei sein."

Schon am Nachmittag kamen die Arbeiter, und es begann ein emsiges Hämmern und Klopfen. Auch Regerl und Franzl griffen fleißig zu. Nach fünf Tagen war die Hauptsache geschehen. Die Hütte sah wieder schmuck aus. — —

Eines Tages war die Wurzelmarie spurlos verschwunden und kam erst bei sinkender Dämmerung zurück.

„Wo warst denn, Großmutter?" fragte Regerl während des Essens.

„Die Schlingen hab ich gelegt heut", kicherte die Alte leise.

Als dann Franzl die Hütte verließ, rückte die Greisin ganz nahe an das Mädchen heran und flüsterte geheimnisvoll: „Paß auf und verdirb mir net durch ein zu früh gesprochenes Wörtl alles! Der Dori wird heute kommen. Nimm dich z'samm und tu, als wenn du in ihn verliebt wärst. Vergiß net, was auf dem Spiel steht. Ich steh hinter der Tür und geb auf jedes Wörtl acht, was er sagt."

Da kam Franzl zur Tür herein. „Mir scheint, da kommt noch jemand 'rauf. Drunten am Steig hört man einen Bergstecken klappern."

Die zwei Frauen wechselten einen schnellen Blick.

„Ah, geh, da hast dich täuscht", meinte die Wurzelmarie, hatte aber besondere Eile, den Buben in seine Kammer zu bringen, wo man ein Bett aufgestellt hatte.

Franzl sah ihr verwundert nach, als sie wieder ging. Es kam ihm spaßig vor, daß man ihn so rasch abgeschoben hatte. Sinnend sah er vor sich hin. „Mir scheint, da geht was vor, von dem ich nichts wissen soll."

Der Wind fuhr fauchend durch die Ritzen und löschte die Kerze aus, die in eine Flasche gesteckt war. Den

Knaben gruselte. Schon wollte er die Decke über die Ohren ziehen, als er im Fußboden einen Spalt bemerkte, durch den von unten Licht heraufschimmerte. Die Neugierde trieb ihn wieder aus dem Bett. — —

Kaum war die Greisin in die Stube zurückgekehrt, als der Schweiger-Dori eintrat. Unschlüssig blieb er ein Weilchen an der Tür stehen. „Guten Abend beisammen!"

Regerl antwortete so ruhig, wie es ihr möglich war. Aus dem Herdwinkel klang es kichernd: „Das ist aber schön von dir, daß dir der Weg zu uns 'rauf net zu weit war!"

„Hoffentlich verlohnt sich's auch", sagte Dori, die Greisin forschend ansehend.

„Das liegt nur an dir. Ein Bursch wie du, da müßt ja ein Mädl völlig blind sein", erwiderte die Greisin. In ihren Augen lag Hohn und Spott. Dori bemerkte es aber nicht, sondern reckte geschmeichelt seine Gestalt. „Setz dich, Dori, wirst uns doch die Ruh net 'naustragen wollen."

Dori nahm Regerl gegenüber Platz. „Hast dich jetzt doch anders b'sonnen?" fragte er.

Schmeichelnd legte er einen Arm um Regerl, als er bemerkte, daß die Alte die Stube verließ. „Ich bin ja schier aus den Wolken gefallen", flüsterte er heiß, „als deine Großmutter heut zu mir kommt und sagt, ich sollt 'raufkommen, du hättest soviel Zeitlang nach mir. Du G'schmacherl, du liebs, warum hast mir denn das net früher gesagt, wie es dir ums Herzerl ist?"

Regerl hatte sich ganz in der Gewalt. Sie zwang sich zu einem Lächeln und sagte: „Das kann man doch net gleich so frei 'raussagen, wie einem inwendig zumute ist. Es braucht immer seine Zeit, bis alles reif ist." Sich überwindend, beugte das Mädchen sich ganz nahe an

Dori und sah ihm fest in die Augen. „Oder meinst, daß es jetzt schon zu spät ist?“

Dori mußte dem zwingenden Blick ausweichen. „Warum denn?“ fragte er verdutzt. „Zu spät? Ich mein, es ist immer besser, es tobt sich einer in der Jugend aus. Man soll doch ein bisserl Erfahrung haben. Wie steht's denn bei dir? Hast du gar nichts hinter dir? Darfst es mir schon sagen, ich nimm es dir net übel. Gelt, ein bißl ist dir der Klaus schon im Köpfl umgangen?“

„Ach, der —“ antwortete Regerl geringschätzig, während ihr Herz aufjubelte.

„Hast recht!“ trumpfte Dori auf. „So eine Milchsuppe von einem Mannsbild, der passet gar net zu dir. Der wollte höher hinaus.“

Regerl hatte eine heftige Antwort auf den Lippen, als die Großmutter wieder eintrat. Sie stellte eine Schnapsflasche und drei Gläser auf den Tisch. Mit zitternder Hand schenkte sie ein und schob dem Burschen das größte Glas hin. „Da, Dori, trink! Ein Enzian, wie du ihn weit und breit net kriegst.“

In Rede und Gegenrede war die Zeit schnell vergangen, und Mitternacht war nahe. Die Greisin hatte nicht versäumt, dem fleißig Trinkenden das Glas immer wieder zu füllen. Ihre Augen funkelten grausam. Die Zeit mußte bald kommen.

In Doris Hirn begann das scharfe Getränk zu wirken. Die Augen wurden ihm glasig, immer öfter fielen ihm die Lider zu.

„Jetzt ist er reif“, raunte die Alte dem Mädchen zu. „Jetzt kannst ihn packen.“

„Was ist reif?“ lallte der Betrunkene und öffnete mühsam die Augen. Er sah nur das Mädchen sitzen. Die Alte hatte sich hinter den Kachelofen zurückgezogen.

Als Dori nur noch das Mädchen sah, kam sein leichtsinniges Blut in Wallung. Verlangend streckte er seine

Arme aus. Regerl wich schaudernd zurück. Ein zischender Laut aus dem Winkel brachte sie zur Besinnung. Sie biß die Zähne aufeinander und ließ sich von ihm umfassen. Ekel erfaßte sie, als Doris Lippen auf den ihren lagen. Sie mußte die Augen schließen, um nichts mehr zu sehen.

„Jetzt gehörst' mir!" keuchte er. „Was ich einmal in den Händen hab, nimmt mir so leicht keiner weg!"

Regerl entwand sich seinen Armen. Dori bettelte: „Sei g'scheit, Madl!" Er preßte sie in heißem Verlangen wieder an seine Brust. „Wir sind nur einmal jung."

Ihre Abwehr entflammte seine Sinne mehr und mehr. Drängender wurden seine Küsse, und er fragte, ob sie denn für ihn gar kein liebes Wörtl hätte. „Madl, was du für Augen hast! Schier verrückt könnt ich werden, wenn ich dich so anschau."

„So gern hast mich?" fragte Regerl.

„Und wie! Sterben tät ich für dich, wenn du es verlangen tätst."

Schweigen trat ein. Der keuchende Atem, den Dori durch die Nase stieß, war zu vernehmen. Regerl wurde sich ihrer Aufgabe wieder bewußt, schlang die Arme um seinen Nacken und fragte: „Wenn jetzt ein anderer käm und mich dir wegnähm?"

„Grad unterstehen soll sich einer!" fuhr Dori auf. „Umbringen tät ich ihn!"

Fester schmiegte sich Regerl an ihn. „Sag, Dori, tätst ihn — erstechen?"

Bei diesen Worten zuckte Dori zusammen. Wäre er nüchtern gewesen, so hätte er die Schlinge gefühlt, die ihm um den Hals gelegt wurde. So aber spürte er nur den Körper an seiner Brust und sah die roten Lippen. Rot waren sie wie Blut, und rote Nebel tanzten plötzlich vor seinen Augen — er mußte sie schließen.

„Was fragst denn?" sagte er nach einer Weile. „Du

gehörst jetzt mir, und daß mir keiner ins Gäu geht, dafür sorg ich schon."

„Freilich gehör ich dir", erwiderte das Mädchen tonlos. „Du, Dori —"

„Was hast denn, Schatz?"

Jetzt oder nie! dachte Regerl und hörte nicht mehr auf den Zuruf der Großmutter. Mit brennenden Augen stand sie vor dem Burschen, in heller Empörung schreiend:

„Du, Dori, hast den Grafen umgebracht, und der andere sitzt für dich im Zuchthaus!"

In jähem Erschrecken fuhr Dori hoch und starrte das Mädchen an, das gleich einer Rachegöttin hochaufgerichtet vor ihm stand. Dann fiel er auf die Bank zurück. „So eine Narretei — —"

Da war die Alte wieder am Tisch und schalt auf das Mädchen ein: „Dumme Gans, was mußt den Buben mit der G'schicht so erschrecken, über die schon lang Gras gewachsen ist! Gelt, Dori, die Sach bleibt unter uns?"

„Was für eine Sach?" stotterte Dori kreidebleich hervor.

„Du weißt doch, daß ich nirgends und doch überall bin. Bist halt verliebt gewesen, Bub, in solchem Zustand ist man ein halber Narr."

„Ich versteh net, was du meinst."

„Aber geh, du wirst dich doch erinnern, wie du mir am selben Abend begegnet bist? Im Wald war's. Hast mich net gesehen? Ich bin am Hohlweg gesessen und hab Kräuter sortiert. Keine drei Schritt bist an mir vorbeigegangen. Gar net lang hat es dauert, bist wieder zurückkommen und hast dich grad mir gegenüber hinter einen Baum gestellt."

„Das ist net wahr!" fuhr Dori auf.

„Reg dich net auf, Dori. Was ich einmal seh, hat seine Richtigkeit. Freilich hast du dir einen andern erhofft.

Aber die Nacht ist halt finster, und so hat statt dem Klaus der Graf dran glauben müssen."

Dori fiel in sich zusammen. Seine bisherige Selbstbeherrschung hatte nur in dem Glauben bestanden, daß ihm niemand etwas beweisen könnte. Mit einem Schlag war nun eine Änderung eingetreten. Er wußte, die Alte hatte ihn vollkommen in der Hand. Schwieg sie auch in Zukunft? Unsicher sah er sie an und sagte kleinlaut: „Vor Gericht warst du ja net. Aber warum hast du den Kriminalern nichts gesagt, wenn du es so gewiß weißt?"

„Wie kannst denn da fragen, wenn ich weiß, wie gern du das Madl hast! Soll ich ihr denn die Zukunft verderben? Außerdem bin ich net darüber gefragt worden."

Dori faßte Regerl am Arm. „Warum hast mir das net eher gesagt, daß du mich gern hast? Das alles hätt es dann net gebraucht."

Regerl, die bisher wie versteinert dagestanden hatte, berührten die letzten Worte wie ein elektrischer Schlag.

„Wenn ich in meiner Eifersucht nicht mehr gewußt hab, was ich tu", fuhr Dori fort, „dann bist du schuld. Du hast mir einmal gesagt, wenn's keinen Klaus gäb, könntest mir vielleicht gut sein. Seit der Stunde hat mir das keine Ruhe mehr lassen, bis das Unglück fertig war. Wie mir anderntags zumut gewesen ist, wie ich gehört hab, daß ich den Unrechten erwischt hab, das kann ich keinem Menschen sagen. Aber man hat den Klaus verhaftet — und mein Weg zu dir war frei."

Ein eigenartiges Geräusch ließ alle drei aufhorchen. Sie schwiegen betroffen. Aber es ließ sich nichts mehr hören.

Franzl, der die ganze Zeit gelauscht hatte, war, als er das Eingeständnis der Tat gehört hatte, aufgesprungen und zum Fenster hinausgestiegen; jetzt rannte er wie ein gehetztes Tier ins Dorf hinunter.

Drinnen schilderte Dori, wie Haß und Eifersucht an ihm gezerrt, wie er seiner Sinne nicht mehr mächtig war — und zum Mörder wurde. In seiner Trunkenheit hin- und herwankend, erzählte er mit kurzen Unterbrechungen in gleichgültigem Ton. Dann wollte er Regerl wieder umfassen. Doch sie stieß ihn zurück, daß er taumelte. „Rühr mich net an!“ schrie sie heftig.

„Ah, da schau, wie sich die schnell verwandelt hat!“

Ganz nahe trat das Mädchen nun an ihn heran. „Weißt, wo du jetzt hingehörst?“

„Wie kannst denn fragen? Doch zu dir. In deiner Wildheit gefallst mir grad noch mal so gut. Die Weibsbilder sind immer am schönsten, wenn ihnen ’s Blut ein bißl rebellisch wird.“

„Ja, die Scham könnt einem aufsteigen, wenn man dich bloß anschaut. Glaubst du, daß ich einen mögen könnt, der ein Mörder ist und für kein Pfennig Ehrgefühl hat? Hättest du dich dem Gericht gestellt, könnt man wenigstens ein bißchen Respekt vor dir haben. Aber so graut mir schon, daß ich die gleiche Luft mit dir atmen muß.“

Mit eisernem Griff erfaßte er ihren Arm. „Du — zum Narren willst mich halten? Madl, ich sag’s dir im guten, reiz mich net zum Äußersten!“

Regerl wollte sich losmachen, aber Doris Finger hielten sie fest wie Klammern. Sie wollte schreien, aber er hielt ihr den Mund zu und drückte sie gegen des Fenstersims. Brutal preßte er das Mädchen an sich.

Ekel und Entsetzen lähmten Regerl die Zunge. Widerlicher Alkoholgeruch streifte ihre Wange, und als sie in sein Gesicht sah, schauerte sie zusammen vor dem sinnlich rohen Blick seiner Augen. Kaum, daß sie sich vor Doris Lippen retten konnte.

Da — plötzlich lockerte sich die Umklammerung an ihrem Körper. Sich duckend, sprang Regerl zur Seite, nicht ahnend, warum Dori sie losgelassen hatte. Dori wischte mit dem Rockärmel über die Fensterscheibe und starrte in die Nacht hinaus. Kamen da nicht Lichter den Berg herauf? Was bedeutete das?

Dori fuhr kreidebleich zurück und sah das Mädchen mit funkelnden Augen an. Er war mit einemmal nüchtern geworden. „Habt's mich verraten!" knirschte er bebend. „Hexenbrut, verfluchte! Aber so leicht geht euch der Dori nicht in die Falle!"

Mit heiserem Lachen riß er einen Revolver aus der Tasche, stürzte auf die Tür zu und schob den Riegel vor.

Regerl wollte den Burschen zurückdrängen. Er schleuderte sie an die Wand, daß sie mit einem Aufschrei zusammenbrach. Dann rannte er zum Fenster hin, riß es auf und feuerte auf die sich nahenden Gestalten.

Man hörte eine Kommandostimme: „Die Taschenlampen aus, und das Haus umzingeln!"

Wieder blitzte es aus Doris Revolver auf. Ein weher Schrei klang durch die Nacht, dem leises Wimmern folgte. Regerl hatte den Schrei auch vernommen. Trotz ihrer Schmerzen sprang sie auf und rannte zur Tür, deren Riegel sie zurückschob. Ehe Dori sie hindern konnte, war sie draußen.

„Großmutter! Großmutter!" Wild und verzweifelt schrie Regel den Namen in die Nacht.

Dori stand mit gezücktem Revolver in der Haustür. Er wußte, daß er nur noch einen Schuß hatte. Mit Blitzesschnelle überlegte er seine Lage. Wenn er bis zum Dorf durchkäme, wäre er am Morgen schon über der Grenze, schoß ihm durch den Kopf.

Aber es war schon zu spät. Im gleichen Augenblick sprang ein Polizist heran und warf sich auf ihn.

Ein verzweifeltes und erbittertes Ringen begann. Wäre dem fremden Polizisten, der den von Hans Westermann gesandten Detektiv begleitete, nicht der Wachtmeister des Dorfes beigesprungen, so wäre er zweifelsohne unterlegen. Dori hatte eine Hand frei bekommen und zückte schon das Messer zum Stoß.

Nun lag er gefesselt am Boden. Ehe er noch mit den Beamten die Hütte verließ, brachte man die Wurzelmarie herein. Des Todes Majestät hatte bereits den Stempel in ihr Gesicht gedrückt. Blut quoll aus ihrem Mund und rann über Hals und Brust herunter.

Franzls Janker war voll Blut. Er hatte mit einem Mann zusammen die Schwerverwundete hereingetragen und sie auf die Ofenbank gelegt.

Während Regerl aus der Kammer ein paar Kissen holte, erwachte die Greisin aus ihrer Ohnmacht und sah mit glänzenden Augen auf den gefesselten Burschen, dessen Kugel ihr in den Mund gedrungen war.

„Da, schau, was du angerichtet hast!" sagte der Wachtmeister und schob den Täter über die Schwelle hinaus.

Regerl lief ihnen nach und bat, daß sie sofort den Arzt und den Pfarrer heraufschicken sollten. Vielleicht könnte man noch helfen.

Dann wankte Regerl in die Hütte zurück und kauerte sich neben der Großmutter zu Boden. Still war es in dem kahlen Raum, der noch nie Glück und Frieden gesehen hatte.

Die Schwerverletzte öffnete langsam die Augen, die im Halbdunkel umherirrten und am Gesicht des Mädchens haften blieben. Ein mattes Lächeln huschte um den blutenden Mund.

„Mir scheint — mit mir geht es zu Ende. Deswegen hab ich so alt werden müssen, daß es nun so dahingeht. Das hätt ich net gedacht. Ich hätt es gern gesehen, daß mei Madl noch glücklich wird." Ermattet schloß die Greisin wieder die Augen.

Aufschluchzend umschlang Regerl den mageren Körper. Dann sprang sie auf, wusch das blutige Gesicht und netzte die Schläfen mit starken Essenzen, die die Großmutter selbst gebraut hatte. Ein halbes Leben lang hatte sie Kräuter und Wurzeln gesammelt und verarbeitet, gegen alle Arten von Gebrechen. — —

Der Morgen dämmerte, als die Alte wieder zu sich kam. Mühsam und röchelnd ging der Atem, die Augen blieben geschlossen. Eine Hand hob sich und legte sich auf das Haar der Enkelin.

„Madl, hast nach dem Pfarrer g'schickt? Es dauert nimmer lang, ich spür's. Schad, ich hätt noch mit einem ein Wörtl zu reden g'habt — mit dem Fürsten — jetzt ist es schon zu spät."

Schwerer immer schwerer wurde die Hand auf dem Kopf des Mädchens — das Ende kam. Die Lippen der Sterbenden zuckten und formten sich zu einem frohen Lächeln. „Gott Vater im Himmel, verzeihe mir meine Sünden! Heilige Maria, stehe mir bei! Madl, wenn ich gestorben bin, vergiß mich net und bet für mich. Und bleib brav — und werd glücklich — mit deim Klaus — Glück — so was Schönes — Leb wohl, Kindl —"

Der Körper streckte sich — die Wurzelmarie war tot, hatte ausgelitten von allem Erdenleid. Das Lächeln auf ihrem Gesicht erlosch nicht. Es blieb und wurde wächsern.

Mit einem Schrei warf sich Regerl über die Tote und preßte ihre Lippen auf das starre Gesicht.

Gegen den Tod hatte die Alte doch keine Wurzel gefunden.

*

Allerseelentag. Von undurchdringlichem Nebel waren Berg und Tal eingeschlossen. Am Nachmittag kam die

Sonne ein klein wenig durch, als wollte sie sehen, ob die Röckelsbacher die Gräber ihrer Verstorbenen nicht vergessen hätten.

„Rar macht sich die Sonn schon“, sagte der Niedermeier zu seiner besseren Hälfte, als sie an dem frischen Grabhügel der Wurzelmarie vorübergingen.

„Wart ein bißl“, erwiderte die Bäuerin, „und laß mich für die arme Haut auch ein Vaterunser beten.“

Ein einfaches schlichtes Holzkreuz trug den Namen „Maria Hanauer“. Ein Strauß weißer Astern lag auf der feuchten braunen Erde.

„Herr, gib ihr die ewige Ruhe“, flüsterten die beiden und verließen bedächtigen Schrittes den Friedhof.

Die Dämmerung erhellte nur der Schein einiger Laternen, die noch hier und dort an einem Grabe brannten.

Am Grabe des Erlenhofbauern stand in stummem Gebet versunken ein junges Mädchen.

Plötzlich fuhr sie zusammen. Waren nicht auf dem bekiesten Wege harte, feste Schritte vernehmbar? Sie horchte auf. Nichts rührte sich mehr. Es mußte eine Täuschung gewesen sein. Man hörte nichts als das Knistern der Kranzschleifen, mit denen der Wind spielte.

Regerl tauchte den Tannenzweig in das Weihwasserkesselchen und besprengte das Grab des Mannes, den sie kaum gekannt hatte. Dann verließ sie die Stätte des Friedens. — —

Als ihre Schritte auf der Straße verklungen waren, löste sich hinter dem mächtigen Monument der fürstlichen Familie eine Männergestalt und trat auf die Grabstätte zu, die Regerl soeben verlassen hatte.

Es war Klaus. Erst heute war er zurückgekehrt aus der Stadt, die in wenigen Monaten einen ernsten, verbitterten Menschen aus ihm gemacht hatte.

Eigentlich war er schon vor drei Wochen aus der Untersuchungshaft entlassen worden. Nach der Einlieferung Doris und dessen Geständnis hatte er die Gefängnismauern verlassen und sich bei Hans Westermann aufgehalten, da er in der Untersuchung wiederholt vernommen werden mußte. In der darauffolgenden Verhandlung wurde Dori wegen zweifachen Mordes zu lebenslänglich Zuchthaus verurteilt.

Klaus hatte sich dann noch einige Tage in München aufgehalten und war am Allerseelentag nach Röckelsbach gefahren, ohne jedoch einem Menschen Mitteilung zu machen. Sein erster Gang war an das Grab seiner Eltern gewesen. Niemand war ihm auf dem Wege von der Station her begegnet. Und nun hatte er sich vor der ersten Begegnung hinter das fürstliche Grabmal geflüchtet.

Ob er recht getan hatte? Klaus grübelte nach und bereute, daß er Regerl nicht begrüßt hatte. Sie hätte wohl als erste einen freundlichen Händedruck, ein gutes Wort verdient. Nun, daheim konnte er das ja nachholen; denn Klaus betrachtete es als Selbstverständlichkeit, daß Regerl, nachdem ihre Großmutter tot war, auf dem Erlenhof eine zweite Heimat gesucht und gefunden hatte.

„Zu Hause!" Bitter lachte Klaus auf und schlug fröstelnd den Mantelkragen hoch. Hatte er überhaupt noch ein Zuhause?

Wäre Hans Westermann nicht gewesen, weiß Gott, was aus ihm geworden wäre, als er nach der langen Haft wieder in die Freiheit kam! Unschlüssig war er nach seiner Entlassung auf der Straße stehengeblieben, nicht wissend, ob er sich über die erlangte Freiheit freuen könnte. Hans hatte ihn in ein Auto geschoben, das sie zu seiner Wohnung brachte.

„So, jetzt schlaf dich einmal richtig aus", hieß es. „Und morgen reden wir weiter." — —

Am anderen Morgen redete ihm Hans ins Gewissen. Vom Selbsterhaltungstrieb, den jeder Mensch haben müsse, wenn auch Not und Sturm ihn bedrohten, sprach er. Lange dauerte es, bis er ganz vorsichtig auf ein anderes Thema überspielte — als hätte er Angst, eine Wunde in des Freundes Brust wieder aufzureißen — auf ein stilles und schönes Glück, das er erhalten könnte, wenn er nur möchte.

Auf all das hatte Klaus nur halb gehört und es mit einem spöttischen Lächeln abgetan. Erst als er den Pachtvertrag vorgelegt erhielt und ihn lange studiert hatte, kam Leben in ihn. Ohne Zweifel, der Vertrag war für ihn sehr günstig. Bei solchen Bedingungen ließ sich aus dem Hof schon etwas herauswirtschaften.

Warum bot man ihm eine solche günstige Gelegenheit, die Heimat wieder zu erwerben? Vergebens grübelte Klaus darüber nach. Man verschwieg den Namen des Käufers. Warum wollte jener unerkannt bleiben? Irgendein Geheimnis lag über der ganzen Sache. — —

Klaus hatte das Dorf erreicht. Wie ausgestorben schien es zu sein. Durch die Ritzen der Fensterläden drang spärliches Licht.

Einmal blieb er stehen und sah finster hinauf zur Höhe, wo im Nebel gespensterhaft die Umrisse des Schlosses sichtbar wurden. Nur einige Fenster waren beleuchtet. Von dort oben war alles Unheil gekommen.

Ins Grab versunken war seine Liebe — vorbei — vorüber.

Unwillkürlich hatte er einen schnelleren Schritt angeschlagen, als wollte er den Erinnerungen entfliehen, die auf ihn einstürmten.

Nun ging er durch den Erlenhain dem Hof zu, der seit mehr als zweihundert Jahren immer vom Vater auf den Sohn übergegangen war. Er war der erste, der sich der Ahnen Erbe durch fremde Hand entreißen lassen mußte. Einem Fremden gehörte nun das alles hier — —

Dem Heimgekehrten stieg ein heißes Würgen in die Kehle. Niemand kam, um ihn zu empfangen. Oder doch? Mit heiserem Gekläff, das in freudiges Winseln umschlug, sprang ihn der Haushund an. Er hatte seinen Herrn wiedererkannt. Gerührt streichelte Klaus das zottige Fell. Dann umspannte er mit beiden Armen die weiße Hauswand, als wollte er sie mit seiner Liebe erdrücken.

Eine Weile blieb er noch stehen und trat dann in den finsteren Flur. Nach einigem Überlegen öffnete er die Tür. Bleich, mit regungslosen Zügen stand er auf der Schwelle und schaute in die verdutzten, ratlosen Gesichter.

Die Stiefmutter hatte Klaus zuerst erkannt. Mit einem Schrei trunkener Freude flog sie auf ihn zu und umarmte ihn. Die plötzliche Freude lähmte ihre Zunge. Aber die Kraft, mit der sie ihren Stiefsohn umfing, sprach zur Genüge, wie lange die leidgeprüfte Frau auf diesen Augenblick gewartet und gehofft hatte.

Nun drängten sich auch die anderen herbei und begrüßten ihn.

Seine Augen begannen plötzlich zu suchen. „Wo ist denn der Franzl?“ fragte er. „Und das Regerl seh ich auch nicht.“

Klaus kam aus dem Staunen nicht heraus, als er hörte, daß das Mädchen den Winter in der Waldhütte verbringen wollte. Der Bub sollte mit ihr die Waldeinsamkeit teilen.

„So, eine Erbschaft hat sie gemacht?“ fragte er gedehnt und schüttelte verwundert den Kopf. Zu weiteren Fragen blieb ihm keine Zeit, denn alle wollten Näheres über seinen Freispruch und seine Entlassung hören.

Es ging schon auf Mitternacht, als Klaus seine Kammer aufsuchte. Sie war freundlich hergerichtet, wohlig durchwärmt und das Bett blendend weiß überzogen. Und doch fehlte etwas — Waltrauds Bild und die Karten an der Wand. Wer hatte es gewagt, Hand an das zu legen, was ihm heilig gewesen war? Schon schritt er zur Tür, um die Mutter zu rufen, doch besann er sich eines besseren. Es war gut so. Weshalb sollte er die Vergangenheit wieder wachrufen, die tot sein mußte? Der Traum von seiner Liebe war ausgeträumt, das Märchen vom Glück vorbei. Jetzt dankte er der Mutter, daß sie so gründlich aufgeräumt hatte. — —

In den folgenden Tagen war der Erlenhof der reinste Taubenschlag. Alle Röckelsbacher Ortsbewohner kamen, um Klaus zu begrüßen und zu beglückwünschen. Nur drei blieben ferne: der Fürst von Rankenstein, der noch nicht im Schloße weilte, der Bürgermeister, weil ihn ein Nervenzusammenbruch aufs Krankenlager geworfen hatte, und Regerl Hanauer aus unbekannten Gründen. Durch Franzl hatte sie ihm nur einen Gruß sagen lassen.

Es schien, als wäre zwischen den beiden eine gewisse Fremdheit eingetreten. Sie hatten sich doch einmal ganz gut verstanden. Woher nur das Verhalten Regerls kam? Klaus beschloß, sie darüber einmal zu befragen.

Die Gelegenheit sollte sich bald finden. An einem Samstagnachmittag kam Hans Westermann unerwartet nach Bürg. Er wollte Regerl aufsuchen, da er verschiedenes mit ihr zu besprechen hatte. Da Klaus ihn nicht zur Hütte begleiten konnte, versprach er bald nachzukommen.

Als er dann einige Stunden später hinauf kam, sah er Regerl und Hans plaudernd vor der Hütte hin und her gehen. Unter dem fragenden Blick von Klaus senkte Regerl die Lider.

„Warum gehst mir denn so aus dem Wege? Bin ich denn nicht mehr dein Bruder?“

„Wie kannst so was denken?“ stotterte Regerl, und eine Blutwelle schoß ihr ins Gesicht.

Hans Westermann lachte gutmütig, während er Klaus' Rechte drückte. „Weißt, das viele Geld hat ihr halt das Köpferl etwas verdreht, jetzt schaut's uns arme Schlucker von der Seite an.“

Es sollte ein Scherz sein. Doch Klaus verstand es anders. „So, so. Oh, du runde Welt, was tragst du so sonderbare Geschöpfe!“

Gallig lachte er auf, machte kehrt und ging heim, die beiden andern stehenlassend. Von diesem Tage an mied er Regerl, wo er nur konnte. Dabei hatte er keine Ahnung, daß er Regerl bitter unrecht tat. Nach wie vor sehnte sie sich nach ihm und seiner Liebe. Sie wollte ihm aber nicht nachlaufen, wollte nicht, daß er sie aus Mitleid oder aus Dankbarkeit heiratete, weil ihre Großmutter und sie seine Unschuld ans Tageslicht gebracht hatten.

In ihrer Weltabgeschiedenheit wartete sie auf ihn. Er blieb fern. Kein Gruß und keine Zeile kam. Jeden zweiten Tag schickte sie Franzl hinunter ins Dorf, um Lebensmittel und Zeitungen zu holen. Mit Bangen zählte sie die Stunden bis zur Rückkehr des Buben, in der Hoffnung, Klaus ließe ihr durch Franzl eine Botschaft sagen. Vergebens.

*

Nun lag der Winter über der Welt in starrer Majestät und verbreitete in dem großen weißen Schweigen jene Einsamkeit und Leere, wie sie nur die entlegenen

Gebirgsdörfer kennen, die keine Sportgelegenheit bieten.

Im Reich des Erlenhofpächters herrschte die Arbeit des Winters. Für die Knechte war diese streng und voll Gefahr, für die Mägde voller Behaglichkeit.

Lange hatte Klaus nachgesonnen, wie er für die langen Wintermonate eine Verdienstmöglichkeit finden könnte. Früher hatte es nichts ausgemacht, wenn man an besonders kalten oder stürmischen Tagen sich daheim im Schuppen oder im warmen Stall irgendeine Bastelarbeit hervorholte und die Pferde drei oder vier Tage im Stall standen. Heute war es anders. Jeder Tag kostete Geld. Die Leute wollten ihren Lohn, der Hofeigentümer seine Pacht, und übrigbleiben mußte auch noch etwas, wenn man nach Pachtablauf wieder eigener Herr sein wollte.

Nach langen Verhandlungen war Klaus mit einer Holzfirma übereingekommen, dreitausend Festmeter Langholz aus den entlegensten Tälern und Schluchten herauszuschleifen und an die Bahn zu fahren. Die Firma hatte, wo sie nur konnte, den Preis gedrückt.

Mit dem ersten starken Schneefall begann die Arbeit. Schlag sechs Uhr ging es mit zwei Schlitten und vier Pferden mit Schellengeläut aus dem Hof. Die Pferde wußten nach einigen Tagen den Weg allein, so daß Klaus und Friedl und Michl zwischen dem ersten und zweiten Schlitten gehen konnten, ohne die Hände aus den Taschen zu nehmen. Bis sie an den Holzplatz kamen, begann es bereits zu tagen.

Die Stämme wurden zusammengeschleift. Der stille Wald hallte vom Gerassel der Ketten und dem schrillen Ton der eisernen Haken, die oft absprangen, wenn sie in das gefrorene Holz geschlagen werden sollten. Gegen zehn Uhr waren zwei Fuhren fertig, die so schwer waren, daß die festen Schlitten unter der Last zu ächzen begannen.

„Die laden aber auf!“ staunten die Bauern, als die vom Erlenhof durch das Dorf fuhren. Nachmittags war es wieder das gleiche. Man schaffte täglich dreißig bis vierzig Festmeter zur Bahn. — —

So kam der Heilige Abend heran. Eine sternenklare Nacht. Die Berge standen in ihrer weißen Pracht unter dem tiefblauen Himmel.

Da, um Mitternacht — ein weihevolles Klingen, ein eherner Ruf hallte durch die Nacht: „Kommt zur Krippe! O kommet alle, die ihr mühselig und beladen seid.“

Die Berge schienen sich auf einmal zu beleben. Rote Fackeln leuchteten von den Hängen und aus Tälern und Schluchten. Aus allen Höfen begannen die Menschen zu pilgern. Nur die Ahne und der Säugling blieben in der warmen Stube zurück. Alles strebte der Kirche zu, von deren Turm noch immer die Glocken läuteten.

Vom Chor herab brauste bereits die Orgel die hehre Weihnachtsmelodie „Ehre sei Gott in der Höhe und Friede den Menschen auf Erden“, als Klaus die Kirche betrat.

Schon wollte er den Platz einnehmen, den sein Vater, Großvater und Urgroßvater innehatten, als er sah, daß der Platz schon besetzt war. Er glaubte sich um eine Stuhlreihe geirrt zu haben. Aber nein, da blinkte das helle Messingschild mit seinem Namen. Er stutzte und warf einen Blick auf die regungslos kniende Gestalt. Jetzt hob sie den Kopf und sah ihn an mit einem unbeschreiblichen, wehmutsvollen Blick. Dann rückte sie etwas zur Seite. Das Regerl.

Klaus schaute sie fragend, fast vorwurfsvoll an. Wie

kam das Mädchen dazu, sich den Platz der Erlenhofer anzueignen? Und dann rückte sie beiseite, so quasi: Da hast leicht noch Platz neben mir.

Klaus drehte sich um und mischte sich unter die Burschen, die auf der Emporenstiege standen. Als einer der ersten verließ er die Kirche.

Klaus verlangsamte den Schritt, als wollte er warten und Regerl zur Rede stellen, weshalb er so vor allen Leuten blamiert worden war. Deutlich hatte er gesehen, wie die Nachbarn den Vorfall schadenfroh aufnahmen. Aber dann schritt er aus. Nein, das vergaß er ihr nicht. Von heute an war es aus mit aller Freundschaft und guter Gesinnung für sie. Er hatte sie einst aus der Einsamkeit herausgeholt und ein Wesen aus ihr gemacht, das unter die Menschen paßte.

Zu Hause angekommen, zog er die schweren Stiefel aus, setzte sich auf die Ofenbank und stützte den Kopf in die Hand.

Die Bäuerin betrachtete ihn eine Weile, dann fuhr sie ihm kosend durch das Haar. „Was hast denn, Bub?"

„Nichts, Mutter. Nur geärgert hab ich mich."

„In der Kirche?"

„Ja, dort", stieß er hervor und begann erregt hin und her zu gehen. Plötzlich blieb er stehen. „Sag einmal, wie kommt denn die Hanauer Regina dazu, unseren Kirchenstuhl zu benutzen?"

„Bist deswegen bös?"

„Ist das vielleicht kein Grund? Solang ich denk, hat den Platz nur einer vom Erlenhof eingenommen. Heut hab ich es gespürt, was es heißt, nimmer Bauer am Erlenhof zu sein."

„Aber geh doch", beschwichtigte die Bäuerin, „s' Mädel hat's sicher net so gemeint."

Klaus brummte noch etwas Unverständliches vor sich hin und setzte sich dann wieder auf die Ofenbank.

Im Flur ließen sich Schritte vernehmen. Die Leute kamen von der Christmette heim, und die Bäuerin stellte das Mettengericht auf den Tisch. Friedl fehlte noch.

„Wo bleibt denn der Friedl so lang?“ fragte Klaus.

„Der steht draußen am Wegkreuz beim Regerl“, antwortete Vevi.

Vevi war bei diesen Worten verlegen geworden und sah zum Fenster hinaus.

Jetzt kam Friedl herein, setzte sich wortlos an den Tisch und begann aus der großen Schüssel zu löffeln. Klaus gewahrte den schmunzelnden Blick, den der Knecht seinem jungen Weib zuwarf, nahm aber davon keine weitere Notiz. Was Ehehalten miteinander haben, kümmert mich net, dachte er. Aber was Friedl mit dem Regerl so Geheimnisvolles beredete, hätte er gern gewußt.

Als alle die Stube verlassen wollten, hielt Klaus den Friedl zurück. „Du Friedl, ich möcht dich was fragen!“

„Ich hätt auch was zu reden mit dir“, räusperte sich Friedl verlegen. „Lichtmeß mußt dir einen anderen Knecht suchen, auch eine andere Magd.“

Betroffen starrte Klaus den Sprechenden an. „Ist euch der Lohn zu wenig, so sag’s! Oder ist sonst etwas nicht in Ordnung? Nur ’raus mit der Farb, du weißt, daß ich mit mir reden laß.“

„Nein, nichts von dem“, begann Friedl nach einer Weile. „Schau, Klaus, solang man jung und ledig ist, ist es ganz schön zu dienen. Aber wenn Nachwuchs kommt, sehnt man sich nach einem eigenen Heim.“

„Wo nehm ich bloß wieder einen so guten Knecht her?“ unterbrach ihn Klaus.

„Wenn es dir recht ist, kannst meinen Bruder nehmen. Der ist in Gmund drüben Fuhrknecht. Am Stefanitag will er mich besuchen, dann werd ich mit ihm reden."

„Friedl, das wär mir schon recht", sagte Klaus erleichtert, „ich wär dir dankbar, wenn sich die Angelegenheit so regeln ließ. Denn heutzutage ist es schwer, einen guten Knecht aufzutreiben."

„Verlaß dich drauf, Klaus, du machst keinen schlechten Tausch. Mein Bruder ist um zwei Jahr jünger, und in der Arbeit steht er mir net nach. Sein jetziger Herr wird zwar auch net erfreut sein, daß er geht." Ein frohes Lachen umspielte die Lippen des Knechtes, als er treuherzig seinen jungen Herrn ansah. „Jetzt bin ich aber froh, daß das überstanden ist! Wär ja gern noch ein paar Jahr bei dir am Erlenhof blieben. Aber weißt, wenn man Familienvater wird, heißt es ein bißl weiter denken."

Klaus lachte und streckte dem Knecht die Hand hin. „Trotzdem bleiben wir gute Freund. Habt's ihr denn schon was in Aussicht?"

„'s Huber-Anwesen in Röhrmoos ist zu verkaufen", nickte Friedl. „Ich möcht mir's morgen einmal anschauen."

Klaus neigte sinnend den Kopf. Soviel konnten die beiden Leute noch nicht erspart haben, daß sie es bar bezahlen könnten. Und bei den hohen Zinssätzen ein Kapital aufzunehmen, wäre eine brenzlige Sache.

„Wenn du Geld aufnehmen mußt", warnte er den Knecht, „dann laß es lieber bleiben. Die Zinsen, Friedl, täten dich kaputt machen, wie mich."

Friedl senkte den Kopf und sah vor sich hin. Dann blickte er Klaus offen an. „Dir kann ich es ja sagen. Das Regerl will mir ein Kapital vorstrecken, ganz zinslos. Mit dem Zurückzahlen pressiert es gar net, hat sie gesagt."

„So, die? Hat die es dir vielleicht eingeredet, daß du vom Erlenhof fort sollst?"

Friedl hob überrascht den Kopf. „Net in dem Sinn, wie du meinst. Das Mädl hat mir schon früher einmal gesagt, wenn ich was brauch, soll ich mich an sie wenden. Und wenn einem Menschen Hilf angeboten wird, soll er sie net ausschlagen. Das Regerl hat auch gemeint, wenn die Vevi nimmer da ist, übernimmt sie die Stell am Erlenhof."

„Da kann sie lang drauf warten, bis ich sie rufe!" erwiderte Klaus heftig. „Einer Person, die mir die Leut vom Hof weglockt, lauf ich net nach." Er drehte dem Knecht den Rücken hin und trat ans Fenster.

„Wenn du es so meinst, dann hätt ich lieber nichts gesagt", ließ sich Friedl nach einer Weile vernehmen.

Ohne sich umzuwenden, antwortete Klaus: „Ist schon gut, ich weiß, woran ich bin. Gute Nacht."

Langsam verließ Friedl die Stube. Verbittert starrte Klaus in die Nacht hinaus. Was hatte Regerl bewogen, ihn seines Knechtes, seiner besten Stütze zu berauben? Heftiger Zorn überkam ihn gegen dieses Mädchen, das einst um seine Liebe gebettelt hatte. Lüge war es, nichts als Lüge und Heuchelei und Spekulation. Bäuerin hätte sie auf dem prächtigen Erlenhof werden mögen. Er hatte ihr den Finger gereicht, und sie wollte nun die ganze Hand.

Nun hatte der Wind die Fahne gedreht. Das Schicksal hatte ihn zum Knecht gestempelt und das ehemalige Bettelkind mit irdischen Gütern bedacht. Aber es mußte wieder anders werden. Drei Jahre noch, und er war wieder der Erlenhofbauer. — —

Um diese Zeit betrat Regerl mit Franzl ihr Waldhaus. Während Franzl die brennende Fackel im Schnee verlöschte, warf sich Regerl auf den nächsten Stuhl. Alles in ihr schien in Aufruhr zu sein. Was hatte sie ihm getan, daß er sie so herablassend behandelte? Er hatte sich geschämt, in der Kirche neben ihr zu knien. Es war wohl ungeschickt von ihr gewesen, daß sie diesen Platz eingenommen hatte. Aber was tut man nicht, wenn alles in einem vor Sehnsucht zittert und schreit! Nur in seiner nächsten Nähe hatte sie weilen wollen. Sie wäre damit glücklicher gewesen als eine Bettlerin, der man einen Taler geschenkt hätte. Regerl preßte ihr Taschentuch vor die Lippen, um nicht vor Schmerz aufzuschreien. Dann warf sie die Arme über den Tisch und weinte bitterlich.

Ratlos stand Franzl neben ihr. „Na also“, meinte er, „jetzt tröpfelt's. Es wird dann schon wieder leichter.“

Regerl richtete sich auf und umschlang den Buben mit beiden Armen. „Du bleibst bei mir, Franzl, auch wenn er dich holen wollte! Versprich's mir, daß du zu mir hältst! Dein Schaden soll es nicht sein.“

Franzl versprach es. Dabei stiegen ihm selber die Tränen in die Augen. Er begriff allmählich, woran das Mädchen litt, und tröstete: „Mußt deswegen net weinen. Es kommt doch, wie es euch bestimmt ist. Und wenn er wirklich so blind ist, laß ihn laufen! Du findest schon einen anderen, der dich zu schätzen weiß.“

Nach diesen gutgemeinten Worten verließ er die Stube und stieg in sein Kämmerlein hinauf.

*

Am anderen Tag war es. Das reichliche Festtagsessen war vorüber. Die beiden Knechte lehnten sich behaglich zurück und zündeten sich Zigarren an, mit denen sie am

Weihnachtsabend beschenkt worden waren. Friedl hatte die Fahrt nach Röhrmoos auf den nächsten Sonntag verschoben. Wortlos saß Klaus dabei, vor sich hinsinnend. Plötzlich stand er auf, zog die Skistiefel an, die frisch geschmiert hinter dem Ofen standen, und begab sich in seine Kammer. Nach kurzer Zeit erschien er wieder in einer dicken, braunen Lederjoppe mit Pelzkragen und gestrickten Fäustlingen. Zur Mutter sich wendend sagte er: „Vorm Abend bin ich zurück."

„Wo willst denn hin, Bub?"

„Einen wichtigen Gang hab ich."

„Muß denn das grad heut am ersten Feiertag sein?" jammerte die Bäuerin. „Gönn dir doch auch einmal ein bißl Ruh!"

„Wär schad, wenn ich an einem Werktag wegen so was auch nur eine Stund vertrödeln tät."

Im Flur trat ihm Friedl in den Weg. „Wenn du zur Regina 'nauf willst, wär's g'scheiter, du bleibst da."

Klaus kniff die Augen zusammen. „Sagen muß ich es ihr doch einmal, daß sie sich in Zukunft nimmer in meine Sachen einmischt."

„Sonst fällt dir nichts ein?" klang die Stimme Friedls erregt.

„Nein. Und im übrigen, seit wann ist es denn Brauch, daß ich meinen Knecht fragen muß?"

„Ich laß das Mädl einfach net beleidigen, von dir net und von keinem andern", erwiderte Friedl und stellte sich mit gespreizten Beinen vor die Tür.

„Ruck ein bißl", sagte Klaus und schob den Knecht mit dem Ellenbogen auf die Seite. „Merk dir's, Friedl, einreden laß ich mir von keinem Menschen was, auch von dir nicht."

Bevor dieser etwas sagen konnte, war Klaus draußen, holte sich aus dem Schuppen die Ski und spurte davon.

Unwillig sah Friedl dem Davoneilenden nach. Die

letzten Worte hatten ihn empfindlich getroffen. Das war also der Dank, daß er sich in der schweren Zeit um den Hof so angenommen hatte, als wäre es sein eigener! Ferner war noch zu bedenken, daß Klaus noch ein kleiner Junge war, als Friedl auf den Hof kam.

Brummend stieg der Knecht die Stiege hinauf.

Aus der Kammer tönte das Rattern einer Nähmaschine. Vevi sah von ihrer Arbeit auf und bemerkte die ärgerliche Miene ihres Mannes. Friedl schob sich einen Stuhl zum Ofen und setzte sich schweigend nieder.

„Was hast denn, Friedl?“ fragte sein Weib.

„Nichts.“

Vevi nähte weiter. Sie kannte ihren Mann und wußte, daß er in Dingen, die ihn ärgerten, nicht gefragt sein wollte. Später, wenn er ruhiger geworden war, fing er von selber an.

Nach einer Viertelstunde setzte sich Friedl neben sie und sah ihr beim Nähen zu. „Kindswäsch machst?“ fragte er leise.

Die Maschine stand still, und Vevi lehnte sich an die Schulter ihres Mannes. „Ja, für unser Kind.“

„Für unser Kind —“ Feierlich, wie ein Gebet, sprach er es nach. Das feste, strenge Gesicht bekam einen Schimmer von Freude, und in heißer Dankbarkeit drückte er sein Weib an seine Brust. „Herrgott, wird das schön! Eine eigene Heimat und ein Kind, für das man schaffen und arbeiten kann, und ein Weiberl, um das mich ein Graf beneiden könnt. O Gott, ich dank dir für soviel Glück!“

*

Langsam stieg Klaus den steilen Waldweg hinauf. Obwohl er ein sehr guter Skifahrer war, stand ihm der Schweiß auf der Stirn, als er die Waldlichtung erreichte und das Haus der Wurzelmarie sichtbar wurde.

Er stutzte. Von der Instandsetzung des Häuschens hatte er wohl gehört, aber daß es so schmuck und sauber inmitten des verschneiten Waldes dastehen würde, hätte er nicht geglaubt. Die Fenster blickten hell und freundlich aus der dunklen Umrahmung heraus. Das Parterre war weiß abgeputzt, das hölzerne Obergeschoß braun gebeizt. Der schön geschnitzte Giebelfang, die Altane und die Fensterläden waren grün gestrichen.

Aus dem Schornstein stieg leichter Rauch in die klare Luft.

Lange stand Klaus am Waldrand und betrachtete die Stätte des Friedens, die einst eine verfallene alte Hütte war. Ein neuer Geist schien dort eingezogen.

Als er so hinüberschaute, gewahrte er, wie hinter einem der Fenster ein Kopf verschwand. Regerl hatte ihn gesehen.

Er glitt an das Häuschen heran, lehnte Ski und Stekken an die Wand und trat ein. Eine wohlige Wärme schlug ihm entgegen, und alles, das sah er auf den ersten Blick, war blitzblank gescheuert und geputzt. Von dem dumpfen Modergeruch von einst war nichts mehr zu spüren. Hier hatte sich alles verändert, auch Regerl.

Sekundenlang leuchteten ihre Augen über den unerhofften Besuch auf, aber schnell überschattete ein Zug von Schwermut und Melancholie das schöne Gesicht. „Du bist es, Klaus?"

„Du siehst's, Regina Hanauer!" erwiderte er.

Wie fremd seine Stimme klang, und wie kalt sein Blick auf ihr ruhte! Ihr Herz drohte zu stocken. „Weißt mir keinen andern Gruß?"

„Grüß Gott und Behüt Gott", lachte er eisig. „Komisch, wie gern die Menschen das hören! Gewiß, es sind zwei schöne und gute Wünsche; aber was dazwischen liegt, ist Falschheit und Trug."

Regerl zuckte bei diesen Worten zusammen. „Klaus, willst du mich beleidigen?"

„Ich? Nein, nur sagen möcht ich dir, was ich denk."

„Dann sag es frei heraus. Versteckheiten bin ich von dir net gewohnt." Regerl deutete auf einen Stuhl, trat an den Tisch, glättete die gestickte Decke und verschwand in der anstoßenden Kammer.

Klaus sah ihr zornig nach. Der Trotz, mit dem sie ihm die letzten Worte hinwarf, empörte ihn. Was erlaubte sie sich eigentlich?

Regerl erschien wieder, stellte ein Glas auf den Tisch und schenkte ein. Klaus verfolgte jede ihrer Bewegungen. Nachdem sie sich beide gesetzt hatten, bemerkte er gehässig: „Ist dir jetzt wohl, daß du mir den Friedl und die Vevi vom Hof weggehetzt hast?"

„Ich — dir weggehetzt?" Ihre Augen weiteten sich.

„Hast du ihn net auf das Gütl in Röhrmoos aufmerksam gemacht und ihm das Geld vorgestreckt? Auf Lichtmeß gehen alle zwei."

„Ist es nicht ein gutes Werk", erwiderte Regerl und richtete sich auf, „wenn man zwei braven und tüchtigen Leuten zu einer Existenz verhilft?"

„Meinen besten Knecht hast mir abspenstig gemacht", begann er von neuem.

„Jeder Mensch ist zu ersetzen", meinte Regerl ruhig.

„Hast recht", spottete Klaus, „ein solchener gleich gar, der sich von dir helfen läßt. Ich laß mir von niemand beispringen, ich helf mir selbst."

Das Mädchen beugte sich über den Tisch und sah ihn fest an. „Weißt du, Klaus, daß du sehr hochmütig bist?"

„Besser so, als ein Feigling."

„Und daß du ein Egoist bist, oder wie man das

nennt, wenn ein Mensch dem anderen nichts vergönnt?"

„Von mir aus soll jeder was haben!" brauste Klaus auf.

„Bloß dein Knecht nicht, der sich schon weiß Gott wie lange am Erlenhof geschunden hat. Weil er sich jetzt selber eine Heimat schaffen könnt, paßt es dir nicht."

Klaus biß sich auf die Lippen. „Ich hab gar nichts dagegen", sagte er nach einer Weile, „wenn sich einer selbständig macht. Aber ich verbitt mir, daß du dich einmischt. Und daß du es weißt, am Erlenhof hast nichts mehr zu suchen. Den Franzl kannst bis Lichtmeß behalten, dann brauch ich ihn." Er wandte sich zum Gehen.

Erschrocken die Hände ausstreckend eilte ihm Regerl nach.

„Was willst?" forschte er rauher, als er eigentlich wollte.

„Wir haben uns doch einmal so gut verstanden", sagte das Mädchen und sah ihn mit einem Blick voll unendlicher Liebe an. In der Erinnerung an jene Zeit glänzten ihre Augen.

Es überrieselte ihn kalt und warm zugleich. Er hob die Arme, als wollte er sie an sich ziehen, ließ sie aber wieder sinken. „Ich hab den Glauben an jedes Frauenzimmer verloren."

Regerl von der Tür wegschiebend, trat er ins Freie. Er hatte es plötzlich sehr eilig, im Nu hatte er die Ski angeschnallt und glitt mit einem „B'hüt Gott" davon.

Als er eine Strecke gefahren war, machte er plötzlich kehrt und kam zurück.

„Verzeih mir, wenn ich vorhin grob gewesen bin. Und — und —" er räusperte sich verlegen, „kehrst halt bei uns ein, wenn du vorbeikommst. Die Mutter freut sich sicher."

In Regerls Herzen jubelte es laut auf. Klaus hatte

eine Antwort nicht abgewartet und sauste bereits den Abhang hinunter. Eine Schneewolke hüllte ihn ein.

Regerl trat in die warme Stube zurück und weinte still vor sich hin. — —

So fand sie Franzl, als er nach einer Stunde heimkam. Schweigend nahm er neben dem Mädchen Platz und streichelte ihre Hände. Doch als es ihm zu lange dauerte, rüttelte er sie und sagte: „Regerl, kannst denn gar nichts anders mehr als weinen? Ich möcht dich so gern einmal recht herzlich lachen hören."

„Bub, ich glaub, ich hab's verlernt", sagte sie leise.

„Aber geh, wer wird denn alles so tragisch nehmen! Sag, wer war bei dir, weil eine Spur vorm Haus ist? Es wird doch der Klaus nicht dagewesen sein, um mich zu holen?"

„Ja, der war da. Aber nicht wegen deiner."

Mittlerweile war es dunkel geworden, und Regerl zündete die Petroleumlampe an. Franzl schob zwei mächtige Stücke Holz in den Ofen.

„Hättest ihn halt nicht gehen lassen", meinte der Bub. „Na ja, er wird schon wiederkommen", setzte er schlau lächelnd hinzu.

Regerl gab keine Antwort mehr, sondern machte sich am Herd zu schaffen, um das Abendbrot herzurichten. Sie schnitt die von Mittag übriggebliebenen Knödel in die Pfanne, um sie zu rösten. Ihre Gedanken schweiften zum Erlenhof und seinem hochmütigen Pächter. Dabei vergaß sie ganz, in der Pfanne zu rühren.

Als das Essen auf dem Tisch stand, meinte Franzl, bedauernd die Nase hochziehend: „Du, Regerl, die Knödel brandeln aber schön. Macht nichts, wer weiß, von was man fett wird. Was von dir kommt, ist alles gut, wenn's auch ein bisserl angebrannt ist."

Darüber mußten sie alle beide lachen. — —

Während sie ihr Nachtmahl einnahmen, stand Klaus unten an der Brücke, in Gedanken versunken.

Nacht war es geworden, eine stille, kalte Dezembernacht. Mit ruhigem Glanz blinkten die Sterne hernieder.

Klaus wischte mit dem Ärmel den Schnee vom Brückengeländer und lehnte sich darauf. Die Wellen des Kupferbaches, deren emsigen Lauf auch die eisige Kälte nicht zum Stocken brachte, sangen dem Einsamen ein Lied aus längst entschwundenen Tagen. „Weißt du noch, wie's damals war?"

Hier hat's angefangen, dachte Klaus mit wehem Lächeln.

Mai, Frühling in Wald und Flur, Frühling mit Vogelgesang und Fliederduft. Ein warmer Abend. Zwei junge Menschen wandelten Hand in Hand über die blühende Flur, aus dem Gebüsch klang in kichernden Lauten ein wunderliches Lied der Wurzelmarie. Alles zog an seinem Geist vorüber und weckte trübe Erinnerungen.

Der Träumer schrak zusammen, umklammerte die Stecken und fuhr seinem Hof zu, die Augen starr zu Boden gerichtet, um die Lichter, die vom Schloß herunterblinkten, nicht sehen zu müssen.

Vor der Stalltür traf er mit Friedl zusammen. Schweigend wandte sich der Knecht von ihm ab. Klaus streckte ihm die Rechte entgegen: „Sind wir wieder gut, Friedl!"

Fest umschlossen sich die Fäuste der beiden Männer.

*

Das Leben am Erlenhof ging den gewohnten Gang weiter. Tag für Tag wurden mächtige Fuhren Holz zum Bahnhof gefahren.

Zu Lichtmeß, als Friedl und Vevi nach Röhrmoos übersiedelten, wurde einige Tage ausgesetzt. Klaus selbst fuhr ihnen die Möbel nach dem neuen Wohnort und nahm dann herzlich von ihnen Abschied mit dem Versprechen, sie ab und zu zu besuchen.

Am Lichtmeßtag stand auch der neue Knecht, Friedls Bruder, auf dem Erlenhof ein. Der Ersatz für Vevi kam erst zwei Tage später, eine lustige, lebensfrische Dirn aus der Jachenau. Ihr Lachen steckte die anderen mit an. Nur Klaus war der gleiche geblieben. Seit dem Weihnachtstag war er noch verschlossener geworden. Er ärgerte sich, daß Regerl den Hof nur betrat, wenn er abwesend war. Und als er einmal an einem Sonntag nach der Kirche in der Stube ihre Stimme vernahm, schlich er durch den Stall hinaus, schnallte die Ski an und fuhr in den Wald.

Die Mutter schalt ihn am Abend deswegen und meinte, es wäre doch nicht angebracht, daß er sich dem Mädchen gegenüber so ablehnend verhalte. Das hätte sie um ihn gewiß nicht verdient.

„Soll das ein Vorwurf sein?" fragte Klaus, die Brauen hochziehend.

„Das grad nicht. Aber schön ist es auch nicht, Bub, daß du ihr den Franzl wegnehmen willst."

„Der kann bis zum Sommer bei ihr bleiben, aber dann brauch ich ihn auf der Alm."

Längeres Schweigen trat ein. Dann begann die Bäuerin vorsichtig: „Ein so viel gutes Mädl ist die Regerl. Wenn ich einen Vergleich mit den andern Dirndln vom Dorf anstell, muß ich sagen, daß das Regerl eine von die Besten und Schönsten ist."

„Kann schon sein", meinte er gleichgültig. „Im Grund genommen ist doch eine wie die andere."

„Hackstock!" brummte die Bäuerin und wandte ihm beleidigt den Rücken zu.

Er zündete sich amüsiert eine Pfeife an und stieß den Rauch gegen die Decke. „Hast recht — Hackstock. Ich glaub, daß ich auch einer bleib." Er fing an einen Ländler zu pfeifen und ging in den Stall hinüber.

„Ein Kreuz ist es mit dem Buben!" schalt sie hinter ihm her. „Das Mädel ist schier krank vor Lieb, und er kümmert sich net drum. So eine Dummheit! Die andere kann er nimmer vom Kloster 'rausholen."

Dabei aber hatte sie vor dem Stiefsohn den allergrößten Respekt. Wenn er so fortmachte und die Verhältnisse sich nicht veränderten, konnte er in zwei Jahren den Hof zurückkaufen. Es war ja auch schließlich vernünftiger, wenn er sich bis dahin um die Weiber nicht kümmerte. Sie nahm sich vor, das Gespräch nicht mehr auf Regerl zu bringen. — —

So verging eine Woche.

Die Bäuerin war sehr erstaunt, als Franzl eines Abends kam und Klaus sagte: „Geh, Mutter, gib dem Buben bißl was aus der Speisekammer mit."

Ja, er ging sogar selber auf den Boden, nahm ein Stück Rauchfleisch aus dem Kamin und steckte es dem Buben in die Kraxe.

Ob der Grund seiner plötzlichen Fürsorge in einer brieflichen Mahnung Hans Westermanns zu suchen war, er möge sich um das verlassene Mädchen etwas mehr annehmen, oder ob er irgendeiner Stimme in seinem Herzen Gehör schenkte, wußte Klaus selber nicht.

Auch ahnte er nicht, welche große Freude er dem Mädchen damit gemacht hatte.

*

Mit Gewalt brach der Frühling über die Alpen herein. Wie in einen Farbenrausch der Blumen war Berg und Tal getaucht. An allen Ecken und Enden ertönte lustiges Trillern und Schlagen.

Ein schöner Sonntag ging zur Neige. Die Gipfel der Berge erglühten im Abendrot, laue Luft strich über den Wald und trug den harzigen Duft über die Wiesen zu dem einsamen Mann, der tief in Gedanken versunken am Stamm einer Erle lehnte und dem scheidenden Tagesgestirn nachsah.

In den letzten Wochen war mit Klaus eine große Läuterung vor sich gegangen. Hatte auch ihn der Frühling erfaßt, war die Sonne, nach der sich die winterliche Erde, jeder Baum und Strauch sehnte, auch in sein Herz gedrungen und hatte den Eispanzer aufgetaut?

Das Bild Waltrauds verblaßte immer mehr, und er versuchte sich jetzt einzureden, daß er an eine Verheiratung mit ihr eigentlich nicht gedacht hätte. Er mußte das Ganze als romantisches Abenteuer ansehen. Es war eine Liebe gewesen, die ihn leiden lehrte. Achtlos konnte man darüber nicht hinweggehen oder lächelnd an jene Stunden zurückdenken. Es hatte seine Seele krank gemacht. Allmählich wuchs in ihm das Gefühl, daß eine Heilung möglich wäre, wenn er eine Seele fände, die die Tugenden Traudis in sich barg. Und er wußte eine solche, die ihr schon durch die Bande des Blutes ebenbürtig war.

Warum er immer noch zögerte, wo doch in diesen lauen Frühlingsnächten alles nach Liebe und Leben drängte, wußte er selbst nicht. Seit Wochen hatte er Regerl nicht mehr gesehen. Manchmal überkam ihn das brennende Verlangen, hinaufzusteigen in ihr Reich — das Reich der Einsamkeit, um zu fragen, ob sie sich noch sehne nach seiner Liebe.

Die Angst, daß sein Inneres noch nicht restlos von den Schlacken frei war, trieb ihn jedesmal zurück. Oder war es der Gedanke, daß er nur Pächter war und nicht sagen konnte: Das ist mein Besitz, hier sollst du Herrin sein.

Auch heute war er auf halbem Wege wieder umgekehrt, hatte lange auf der Brücke gestanden, wie damals vor einem Jahr. Er sah die Flagge auf der Schloßzinne wehen. Das hatte ihm einen Stich ins Herz gegeben und die verheilende Wunde neu aufgerissen.

Vom Dorf klang der Abendsegen über die stille Flur. Klaus schreckte aus seinen Träumen auf, nahm den Hut ab und schritt gesenkten Hauptes die Straße entlang.

Es dämmerte schon, und Klaus wäre beinahe mit einem Herrn, der aus der entgegengesetzten Richtung kam, zusammengestoßen. Beide sahen gleichzeitig auf, und jäh erkannten sie sich. Die Gestalt Klaus Brückners straffte sich zur vollen Größe, und seine Züge verfärbten sich.

Der Fürst trat einen Schritt vor und streckte ihm mit stummer Gebärde die Hand entgegen.

Klaus übersah dies absichtlich und fragte heiser: „Was will der Herr Fürst von mir?"

„Sehen Sie es nicht? Meine Hand will ich Ihnen bieten."

„Sonst nichts? Daß ich net lach!"

Der Fürst betrachtete das von Gram und Zorn entstellte Gesicht des jungen Burschen. „Sie sind ungerecht, Klaus. Ich höre nur den Schmerz, der aus Ihnen spricht. Glauben Sie, ich leide nicht mehr als Sie? Ich wollte, ich könnte alles ungeschehen machen!"

„Da wird's schon zu spät sein!" fuhr Klaus mit rauhem Lachen auf. „Das hätten Sie sich früher überlegen müssen. Eines will ich Ihnen sagen: Meine Schuld war es net, daß die Geschicht mit der Traudi unter die Leut kommen ist. Ich hätte ja vor Gericht nur ein Wörtl sagen dürfen, so hätte ich mein Alibi gehabt auf die Minute — aber ich bin still gewesen. Lieber hab ich mich verurteilen lassen. Wie ich dann aus dem Zuchthaus 'rauskommen bin, da war mein einziger Gedanke Haß, Haß und wieder Haß. Hassen will ich den, der mir meine Jugend zerstört und meine Ruhe genommen hat, der mir —" Die Stimme brach ihm.

Stumm standen sie voreinander, Fürst und Bauer, jeder in seinem eigenen Schmerz, der doch der gleiche war.

Der Mond schob sich über die Berge herauf und überflutete das ganze Tal mit seinem Silberlicht. Die Schatten der beiden Männer lagen auf der Straße.

„Ich verstehe Sie nur halb. Ich will es als Entschuldigung gelten lassen, daß mein unerwarteter Anblick Sie über alles Maß erregt hat. Aber wenn Sie wüßten, wie schwer ich jetzt meine damalige Härte bereue, würden Sie barmherziger und nachgiebiger sein."

„Barmherzig?" schrie Klaus. „Haben Sie so etwas mit uns und unserer Jugend gefühlt? Haben Sie überhaupt schon einmal Barmherzigkeit im Leben geübt? Nie — nicht mit Ihrem Bruder, nicht mit Ihrem Kind! Alle beide haben Sie auf dem Gewissen. Auch die Tochter von der Wurzelmarie — und vielleicht noch einen. Mehr brauch ich Ihnen nimmer zu sagen."

Der Fürst war bei dieser Anklage noch blasser geworden. Mit abgewandtem Gesicht murmelte er: „Ich hoffte auf Sie, Klaus Brückner. Mein Kummer trieb mich zu Ihnen, um Trost zu empfangen. Aber Sie verachten mich, Klaus. Sie haben nur den Teil verloren, der ihr Herz besaß. Sie sind jung, Ihnen blüht vielleicht nochmals der Lenz Ihres Lebens. Mir aber ist mit Waltraud alles verloren. Ich bin alt und werde einsam sterben, weil ich zu spät erkannte, was gut sein heißt."

Mit diesen Worten wandte sich der Fürst ab und ging. Mit müden, kurzen Schritten stieg er den Schloßberg hinan. — —

Klaus stand wie versteinert da. Die Begegnung hatte all seine mühsam errungene Ruhe fortgeweht. Die Wunde in seinem Herzen war wieder aufgebrochen, und die Erinnerung an seinen Liebesfrühling kam mit einer Gewalt, vor der es kein Entrinnen gab. Sie nahm ihn gefangen und überschüttete ihn mit Bildern, die so süß und voll Wonne, Schmerz und Qual waren.

Sinnend lauschte Klaus auf die Stimmen der Nacht. Da war sie wieder, die ewig gleichtönende Melodie des Kupferbaches, dasselbe Murmeln, dasselbe Schluchzen wie an jenem Maientag.

Taumelnd wie ein Trunkener wanderte er schließlich die Straße entlang, irrte ab und wußte nicht, wohin sein Fuß ihn führte. Willenlos wanderte er durch den Mondschein und Schatten.

Plötzlich stand er still und erschrak bis ins Herz hinein. Diesen Weg hatte er nicht gehen wollen, nicht gesucht! Nun hielt es ihn trotzdem fest. Regungslos stand er vor dem Parktor des Schlosses Rankenstein, krallte die Finger um die Eisenstäbe und preßte die Stirn an das kalte Gitter. Schwarz und dunkel war die Ulmenallee. Dahinter lag das stille weiße Haus, in dem zwei Fenster erleuchtet waren.

Im Zimmer schritt der Fürst ruhelos hin und her. Klaus sah den Schatten gegen die Fenster kommen, verschwinden und wieder kommen.

Wehmutsvoll gedachte er der süßen Stunden, die er dort verlebt hatte. Was er sann und fühlte, verwandelte sich für seinen Blick in gaukelnde Bilder.

Erst spät, als die Sterne schon erblaßten, trat Klaus den Heimweg an.

*

Am Morgen brachte ein Bote ein versiegeltes Schreiben zum Erlenhof. Klaus betrachtete unschlüssig das fürstliche Siegel und wußte nicht recht, ob er es annehmen sollte. Doch der Bote, der Waltrauds Goldfuchs ritt, sprengte sofort wieder davon.

Unruhig betrachtete Klaus die schweren, großen Schriftzüge. Der Brief war dick.

Nach langem Besinnen schlitzte er den Umschlag auf. Ein kleiner Bogen und zwei unverschlossene Briefe fielen ihm in die Hände. Er las.

Schloß Bürg, den 11. Mai

Herrn Brückner.

Unsere gestrige Begegnung zeigte mir, daß eine Verständigung, wie sie uns beiden nötig wäre, um gegenseitig tröstend zu wirken, nach Ihrem Verhalten aussichtslos scheint. Ich möchte daher die beiliegenden Briefe, deren Inhalt mich aufs schwerste erschüttert hat, in Ihre Hände legen. Vielleicht werden

Sie verstehen, wie sehr ich leide. Die Briefe erbitte ich zurück.

Hochachtungsvoll
Eberhard Fürst zu Rankenstein

Die anderen Briefe trugen ausländische Marken und waren an den Fürsten adressiert. Der erste lautete:

Santa Palma, den 4. Februar

Hochverehrter gnädiger Fürst!

Als verantwortliche Leiterin des Klosters sehe ich mich leider veranlaßt, Ihnen eine schmerzliche Wahrheit ohne Rückhalt mitzuteilen.

Ich stand von jeher auf dem Standpunkt, daß man in ein Kloster nur eintreten solle, wenn wahre und volle Überzeugung und Frömmigkeit dazu den Anlaß gibt, wenn man mit allem Irdischen abgeschlossen hat und bereit ist, ein Leben der Buße, der Entsagung und des Gebetes auf sich zu nehmen. Das Leben einer Nonne soll ein gottgefälliges sein. Wir dürfen nicht Dingen nachträumen, die mit der Außenwelt in Verbindung stehen. Zu einer Ordensfrau muß man berufen sein. Von den achtzehn Novizinnen, die mit Prinzessin Waltraud am 1. August vorigen Jahres unserem hl. Orden beigetreten sind, ist jede besser zur Nonne geeignet als sie. Ihre Durchlaucht hat noch zu viel Weltliches an sich und kann ihre Gefühle nicht ersticken.

Diesem Zustand, der eigentlich an sich schon eine Aufnahme in das Kloster ausschließt, gesellte sich noch etwas anderes hinzu.

Während der Weihnachtsexerzitien wurde beobachtet, daß sie in ihrem Gebetbuch drei weiße, gepreßte Rosen aufbewahrt. Darüber befragt, gab sie zu, die Blumen in Erinnerung an eine Person aufzuheben, die sie einst sehr lieb gehabt habe. Die Klosterregel verlangt unbedingten Gehorsam. Man mußte jedoch fast Gewalt anwenden, um ihr die Blumen abzunehmen. Seit dieser Stunde ging mit Prinzessin Waltraud eine Wandlung vor sich. Es gab Nächte, in denen sie stundenlang den Namen Klaus ausrief, so laut und gellend, daß alles erwachte. Dann saß sie wieder still und teilnahmlos in einem Winkel und redete wirres Zeug. Wenn wir beteten, lachte sie und höhnte. Gestern war es derart, daß ich mich entschließen mußte, ärztliche Hilfe in Anspruch zu nehmen. Der Arzt hielt es für angebracht, Prinzessin Waltraud in die bekannte Privatklinik des Professors Brentano zu verbringen, wo sie einer längeren Beobachtung und sorgfältiger Untersuchung unterzogen werden soll.

Ich bitte Sie, hochverehrter Fürst, mir diesen Schritt, der unerläßlich war, nicht übelzunehmen. Ich tat nur, was die Pflicht von mir verlangte. Ich werde mir erlauben, Ihnen von Zeit zu Zeit Nachricht zukommen zu lassen, und verbleibe

in aller Hochachtung
M. Clericona, Äbtissin zu Santa Palma.

Zutiefst erregt starrte Klaus auf den Brief. Müde ließ er sich auf die Bank fallen, und es dauerte lange, bis er den Mut fand, den zweiten Brief, der vom Professor stammte, zu lesen. Die ersten Zeilen überflog Klaus.

„— habe ich nach wochenlanger genauester Beobachtung festgestellt, daß ein schweres Nervenfieber die Ursache zu den Ausbrüchen gewesen ist. Mit Geistesschwäche oder einer sonstigen Krankheit hatte es nichts zu tun."

Eine Hoffnung stieg in Klaus auf. Aber jäh erstarb das Leuchten in seinem Gesicht, als er weiterlas.

„Leider gilt es aber eine noch viel größere Gefahr von dem jungen zarten Wesen abzuwenden. Wiederholte starke Lungenblutungen lassen ernstlich für die Gesundheit Ihrer Durchlaucht befürchten. Ich fand es angebracht, die Kranke nach Davos zu senden. In Begleitung eines Spezialarztes und zweier Krankenschwestern trat Ihre Durchlaucht die Reise gestern an. Ich wünsche von ganzem Herzen eine baldige Gesundung dieses wertvollen Lebens und verbleibe untertänigst

Ihr

Professor Luigi Brentano."

Mit stummer Gebärde fuhr sich Klaus über die Augen, stützte dann den Kopf in die Hände und verharrte in stillem Schmerz. Als ihn die Mutter gegen Mittag zum Essen rief, fuhr er erschrocken auf.

„Ich mag nichts. Hab keinen Hunger", stieß er hart hervor und nahm den Weg über die Wiesen dem Hochwald zu.

*

Acht Tage später fuhr Klaus gegen Abend mit dem leeren Holzfuhrwerk von der Stadt heim. Auf der erst kürzlich fertiggestellten Asphaltstraße rollte der schwere Leiterwagen ruhig dahin. Nur das Geklapper der Pferdehufe störte die Stille des Abends. Klaus saß auf dem Wagen und dachte über das im Dorf umgehende Gerücht nach. Prinzessin Waltraud sollte kommen, um in der Heimat völlig zu genesen. Der Fürst sollte geäußert haben: „Alles, was sich mein Kind wünscht, soll es haben. Jeder Wunsch soll ihr erfüllt werden."

Es wurde dunkler und dunkler.

Auf einmal fiel ein heller Lichtkegel auf die Straße.

Das Licht der Scheinwerfer umspielte den Wagen, und ein kurzes Hupen wurde laut. Klaus griff in die Zügel. „Hott, Bräundl!“ In lautloser Fahrt glitt ein eleganter Sechssitzer an dem Gefährt vorbei.

Trotz der Dunkelheit glaubte Klaus in dem Auto eine Krankenschwester gesehen zu haben. Auch beleuchtete das Schlußlicht die Buchstaben „CH“, das Nationalitätszeichen der Schweiz. Klaus wußte das zwar nicht, aber trotzdem befiel ihn auf einmal eine starke Unruhe.

Er griff nach der Peitsche. „Hü, Rösser, lauft's ein wenig!“ Die Pferde griffen tüchtig aus. Schon lichtete sich der Wald, der die Straße zu beiden Seiten umsäumte; das Dorf Röckelsbach und über ihm das hellerleuchtete Schloß wurden sichtbar.

Das fremde Auto fuhr soeben den Schloßberg hinauf und verschwand in der Ulmenallee.

Nun gab es für Klaus keinen Zweifel mehr: Waltraud, die Gespielin seiner Kindheit, das Glück seiner Jugend, seine große herrliche Liebe war zurückgekommen. Sein Herz schlug stürmisch, und alles in ihm drängte sich um den Gedanken, ob sie ihn noch liebte? Wenn ja, dann würde sie sicher morgen schon nach ihm verlangen. Er würde sich wieder eine Geige kaufen und mit ihr spielen müssen.

Das helle Glück leuchtete ihm aus den Augen, als er daheim die Stube betrat. Und als ihn die Mutter fragte, drückte er sie so fest in die Arme, daß sie stöhnte.

*

Agnes Viktoria Waltraud war zurückgekehrt, um in der Heimat zu sterben.

Schon in Davos war jede Hoffnung aufgegeben worden. Ihr Wunsch war nur, die Heimat noch einmal zu schauen. Mit Glück und Liebe hatte sie abgeschlossen. Nur gesunde Menschen durften daran denken. Es war bewundernswert, mit welcher Ergebenheit die Kranke dem Ende entgegensah.

Am Morgen nach der Ankunft brachte die Pflegerin sie in einem Rollstuhl in den Park. Mit fieberglänzenden Augen blickte Waltraud auf die Kette der Berge, die im Sonnenglanze lagen, und auf das grüne Wipfelmeer der Wälder.

Plötzlich faßte sie die Hand der Schwester und flüsterte: „Sehen Sie, Schwester Ludowika, diese kraftvolle Jünglingsgestalt, die dort soeben am Parktor vorbeiging — war einst mein Glück und mein alles."

Die Schwester sah nach der Richtung, in die Waltraud gedeutet hatte. Dort ging tatsächlich Klaus langsam vorüber. „Sie werden wieder gesund und glücklich werden", versuchte sie zu trösten.

Waltraud lächelte ernst. „Warum wollen Sie nicht ehrlich sein, liebe Schwester? Ich fühle es und bin darauf vorbereitet. Seltsam, daß so wenige Menschen ehrlich sein können. Nur einer war es — mein Klaus. Armer Junge!" flüsterte sie traumverloren. „Glauben Sie mir, liebe Schwester — ich sterbe viel leichter hier in der Heimat als in dem bunt zusammengewürfelten Chaos der Nationen in Davos. Was sah ich denn dort? Blasse, abgemagerte Gestalten, die sich an das bißchen Leben klammern, Menschen, die mit ausgetrockneten Lungen mit dem Tode um die Wette rennen. Hier kann ich frei atmen und noch einmal froh werden, wenn auch nur für kurze Zeit, wo mir einst ein Glück erblühte. Ein kurzer Bergfrühling war es — —"

Ein starker Hustenanfall erstickte die weiteren Worte.

Als Waltraud wieder ruhiger wurde, lag sie erschöpft, mit geschlossenen Augen in den Kissen. Nicht lange dauerte es, dann fing sie, ohne die Augen zu öffnen, von neuem zu sprechen an.

„Mein Märchen — das nehme ich mit hinüber — da kann es mir niemand nehmen. Und für meinen Klaus will ich beten — daß er recht glücklich wird — mit Regerl.“ Die Kranke richtete sich auf und redete mit fliegendem Atem auf die Pflegerin ein. „Dort oben — sehen Sie, Schwester, wo der Wald eine Blöße hat — steht eine alte Hütte. Eine wunderliche Frau haust dort mit ihrem Enkelkind. Dies Mädchen soll zu mir kommen — heute noch — gleich!“

Verstummend fiel sie zurück und lag still und friedlich. Goldene Sonnenstrahlen huschten über das bleiche zarte Gesicht der Kranken, als wollten sie die Schatten des Todes verscheuchen, die sie bereits umwoben. Wie Purpur leuchteten die kupferdunklen Locken, die über die schwer atmende Brust herniederrieselten.

Besorgten Blickes betrachtete die Schwester die immer mehr verfallende Gestalt, und aufrichtiges Mitleid erfaßte sie mit der zarten Schönheit, deren Leben schon ein verlorenes sein mußte, als sich in ihrem Herzen das Wunder der Liebe regte.

Die Schwäche nahm sichtlich zu. Nach einer Stunde brachte man die Prinzessin wieder zu Bett. Ihr Zustand war sehr ernst, man rechnete mit dem baldigen Ableben. Der Arzt war ständig um die Leidende. Nichts im ganzen Hause rührte sich. Der Fürst hatte strengsten Auftrag gegeben, jedes Geräusch zu vermeiden.

Regungslos lag Waltraud da. Ab und zu huschte ein feines Lächeln über ihre Züge.

Als nachmittags gegen zwei Uhr die Kirchenglocken zu läuten begannen — es war Samstag — schlug Waltraud die Augen groß und fragend auf. „Ist das Regerl noch nicht gekommen?"

„Nein, mein Kind", entgegnete der Fürst, der neben dem Bett saß. „Aber sie muß jeden Augenblick kommen."

Man sah es dem Fürsten an, wie er litt. Er biß die Zähne aufeinander, um nicht aufzuschreien. Er wich kaum von ihrem Lager.

Es klopfte zaghaft und schüchtern an der hohen Flügeltür. Die Schwester öffnete, und Regerl trat über die Schwelle. Mit schwachem Lächeln richtete sich Waltraud auf.

„Ich danke dir — daß du gekommen bist."

Erschüttert stand Regerl vor dem Bett und streichelte die weißen, durchsichtigen Hände. Dann sank sie in die Knie und weinte bitterlich.

„Warum weinst du, Regerl?" fragte Waltraud mit rasselndem Atem. „Um mich soll niemand weinen. Ich war von jeher schon ein verfallenes Opfer. Aber du, liebes Mädchen — du bist ein Kind des Lichtes — und Licht soll sich mit Hellem paaren. Ich hätte dich und Klaus so gern glücklich gesehen."

„Er hat doch dich lieb!" schluchzte das Waldkind.

„Mich — — Ja, ich weiß es." Ein müdes Lächeln huschte über das immer fahler werdende Gesicht der Kranken. „Ich weiß es, ich wußte es. Man soll bescheiden sein — ich durfte einst für kurze Zeit ein schönes Glück mein eigen nennen — es reichte für mich — mehr durfte ich vom Leben nicht verlangen."

„Du sollst nicht soviel reden, Kind", mahnte der Fürst, der merkte, daß Waltrauds Stimme immer schwächer wurde.

„Papa, laß mich nur reden. Meine Zeit ist gemessen. Was ich noch zu sagen habe, muß ich jetzt sagen. Außerdem schmerzt mich das Reden wirklich nicht, ich fühle mich so — leicht, so frei. Und was mir im Leben versagt und verboten war — das darf ich jetzt — —“ Sie richtete sich auf, schlang die Arme um Regerls Hals und küßte sie auf die Stirn.

Die im Zimmer Anwesenden fuhren plötzlich zusammen. Draußen auf dem Korridor war ein Lärm entstanden. Eine laute Männerstimme rief: „Ich möcht sehen, wer mich zurückhalten könnte!“

Bestürzt eilten der Fürst und der Diener Felix an die Tür, um nachzusehen, wer sich da so ungebührlich benahm.

Da wurde die Tür schon aufgerissen, und Klaus stand auf der Schwelle. Sein Gesicht war weiß wie Kalk. Auf den ersten Blick hatte er bemerkt, daß der Tod dort am Bett bereits den Arm mit der Sense hob.

Langsam, die dunklen Augen unverwandt auf Waltraud geheftet, trat er auf das Krankenbett zu und sank auf die Knie.

„Waltraud“, flüsterte er heiser, „Traudele!“

Ein versonnenes Lächeln umspielte die bleichen Lippen der Sterbenden, und mit stummer Gebärde streckte sie Klaus beide Hände hin. Er nahm sie und preßte seine Lippen darauf. Plötzlich begann er zu zittern, und der große Mann sank in sich zusammen. Klaus hatte sich zuviel zugemutet. So hatte er nicht erwartet Waltraud wiederzusehen.

Regerl streichelte seinen Kopf, seine feuchten Wangen, während Waltraud sich in die Kissen zurücklegte.

Erst nach einigen Minuten hatte Waltraud wieder die Kraft zu sprechen. Ihre Augen dagegen bekamen einen starren, seltsamen Blick.

„Klaus — ich hab dich — sehr lieb gehabt — habe dich noch lieb. Ich nehme diese Liebe mit — hinüber — in jene Welt, die ohne Schmerzen — und ohne Qual sein wird. Dort werde ich für dich beten. Sag, Klaus — hast du mich auch lieb?"

„Ja, ja!" kam es aufschluchzend von ihm.

„So lieb, Klaus — daß du mir den letzten Wunsch erfüllen wirst?"

„Alles, Traudele, tu ich — alles, was du von mir verlangst."

„So führe — das Regerl — auf den Erlenhof — als dein Weib", kam es stockend aus Waltrauds Mund. „Ich würde — vom Himmel auf euch herabschauen — und würde mich freuen — wenn ihr beide — glücklich würdet. Ihr seid beide so jung — so gut — und gesund. Willst du, Klaus, mir das in die Hand versprechen?"

Tieferschüttert stand Klaus vor der Todgeweihten. Ergriffen von ihrer Großherzigkeit sagte er laut und klar: „Ja!"

Als Waltraud Regerls Hand ergriff und in die seine legte, wollte er etwas sagen. Er brachte aber kein Wort heraus. Aber er duldete es, daß Regerl ihren Kopf an seiner Schulter barg und mit zitternden Händen seinen Arm umklammerte.

Ganz still war es im Zimmer geworden. Durch die hohen Fenster drangen die Strahlen der sinkenden Sonne herein.

In stummem Schmerz umstanden die fünf Menschen das Sterbelager. Herr und Diener standen nebeneinander, als wären sie Brüder. Der Schmerz machte alle Herzen gleich.

Ruhig lag Waltraud. Mühsam ging ihr Atem.

Als die Abendglocken zur Maiandacht riefen, öffnete Waltraud die Augen und sah auf alle, die im Zimmer waren. Kaum hörbar flüsterte sie:

„Mein Regerl — mein braves — und mein guter Klaus — lebt wohl — werdet glücklich!"

Dann fielen ihr die Lider wieder zu. Halb schlummernd murmelte die Prinzessin Agnes Viktoria Waltraud von Rankenstein die letzten Worte ihres Lebens.

„Schau — jetzt sitzen sie vor dem Erlenhof — auf der Hausbank. Wie seine Geige klingt — und das Regerl lächelt. Ach, wie schön ist das — Glück zu sehen — wie schön!“

Immer leiser und leiser wurden die Atemzüge. Kaum merkbar hob sich die Brust, ein glückliches Lächeln breitete sich über das Gesicht der Sterbenden, das auch im Erkalten schön blieb. Noch ein letzter Atemzug, und Waltraud hatte ausgelitten. Still und schmerzlos war die reine Seele hinübergeschlummert in die Ewigkeit.

Alle Farbe war aus Klaus' Gesicht gewichen. Während die anderen unter ersticktem Schluchzen die Totenkerzen anzündeten, kam keine Träne in seine Augen.

Zum Abschied strich er noch einmal über die kalte Wange der Verblichenen, faßte dann Regerl an der Hand und forderte sie auf zu gehen. Draußen sagte er: „Ich hätt es nimmer ausgehalten drinnen.“

Auf dem Weg zum Erlenhof sprachen die beiden nichts mehr.

Erst vor der Tür sagte Klaus: „Ein halbes Jahr wollen wir mit der Hochzeit warten, gelt? Das halbe Jahr soll unserm Traudele geweiht sein.“

„Ja, unserm Traudele“, flüsterte Regerl und schmiegte sich im dunklen Flur an den geliebten Mann. — —

*

Zwei Tage vergingen.

Waltraud wurde zu Grabe getragen. Ein endlos langer Trauerzug schritt hinter dem Leichenwagen her, der sich in langsamer Fahrt zum Friedhof bewegte. Unter den Trauergästen befand sich auch Miß Harton, die eigens aus Mailand, wo sie nach ihrer Entlassung eine neue Stellung gefunden hatte, hergereist war.

Als sie in der Wandelhalle mit Klaus zusammentraf, vergaß sie trotz der Trauer, die sie äußerlich in überreichem Maße zur Schau trug, ihre eigenartigen Bewegungen nicht. Trotz allen Schmerzes konnte sich Klaus eines müden Lächelns nicht enthalten, als er sich daran erinnerte, wie drollig Waltraud die Hartonschen Grimassen nachahmte, wenn sie als Kinder unten am Kupferbach gespielt hatten.

Bei dieser Erinnerung stieg es in ihm heiß auf, und er war froh, als er Hans Westermann auf sich zukommen sah.

Soeben betrat der Fürst, vom alten Felix gestützt, die Wandelhalle. Als er die beiden Freunde erblickte, kam er auf sie zu und drückte ihnen die Hand. „Ihr beide habt meinem Kind soviel Freude in sein einsames Leben gebracht. Ich danke euch nochmals."

Als der Trauerzug sich in Bewegung setzte, forderte er sie auf, an seiner Seite zu bleiben, denn ihnen gezieme dieser Platz. So standen sie auch am offenen Grabe. Erst als die Trauerfeier beendet war, gesellte sich der Fürst unter die auswärtigen Gäste.

Nach der Beerdigung nahm Hans Westermann Regerl zur Seite. Vor der Kirchhofmauer blieben beide in lebhaftem Gespräch stehen. Als Klaus hinzukam, verstummten sie jäh und wurden verlegen. Klaus hatte es wohl bemerkt, und eine scharfe Falte grub sich in seine Stirn. Aber er unterließ es, zu fragen.

„Kommst mit auf den Hof?" wandte er sich an Hans.

„Es geht wirklich nicht, Klaus", lehnte Hans bedauernd ab. „Ich konnte mich nur für einige Stunden frei machen, ich habe sehr viel Arbeit. Und auch sonst — wartet verschiedenes auf mich."

„Ja, ja", lachte Klaus bitter auf. „Besuchst mich halt in drei Jahren wieder, wenn ich, so Gott will, Bauer bin und nimmer Pächter."

„Um Gottes willen, Klaus! So darfst und sollst du nicht von mir denken! Du bist einfach du, und was du bist, ist mir egal. Wenn ich dir sage, daß ich mit dem nächsten Zug nach München zurück muß, so glaube es mir doch. Wäre es nur meine Berufspflicht, ich würde sie deinetwegen gern hinausschieben. Aber es gibt Pflichten im Leben, die keinen Aufschub leiden."

„Ach, geh?" zweifelte Klaus und sah dem Freund aufmerksamer in das Gesicht. „In deiner Stimme schwingt was Frohes, Hans. Ich glaub gar, du bist verliebt?"

„Mehr als das, Klaus", antwortete Hans Westermann glücklich lachend. „Doch dieser Platz ist wohl nicht geeignet, von Glück und Leben zu sprechen. Begleite mich zum Bahnhof. Du kommst natürlich auch mit, Regerl", wandte er sich an das Mädchen. — —

Langsam wanderten die drei auf der Landstraße dahin, und Hans erzählte dem Freund von der Frau, die er liebte. Der Auftrag, Maria von Kroneck in einer Erbschaftsauseinandersetzung mit ihren geldgierigen und rücksichtslosen Stiefgeschwistern zu vertreten, war Hans' erste Aufgabe als Anwalt gewesen, und es war ihm gelungen, die verworrene Angelegenheit zu klären und seiner Mandantin zu ihrem Recht zu verhelfen. In jener Zeit waren er und die stille, vornehme junge Witwe einander nähergekommen; Hans liebte sie und wurde wiedergeliebt. In drei Wochen wollte er nun Maria von Kroneck zum Traualtar führen. Es sollte eine stille Feier werden, so wünschte es Maria. Einige Wochen wollten sie an der Adria verbringen und auf der Rückreise im Erlenhof einkehren.

„Das freut mich, und ich wünsche euch von Herzen alles Gute und viel Glück!“ sagte Klaus. „Da bin ich aber neugierig, was du dir für eine Frau ausgesucht hast.“

„Ich bin überzeugt, daß sie dir gefallen wird. Maria ist übrigens auf deine Bekanntschaft auch neugierig. Ich habe ihr viel von dir erzählt.“

Sie hatten den Bahnhof erreicht. Als der Zug einfuhr, streckte Klaus dem Freunde die Hand hin und wünschte ihm nochmals alles Gute.

„Ich dir auch, Klaus. Mögest du so glücklich werden, wie ich es bin!“

„Ach, was kommt's auf mich an? Ich muß halt mit dem vorlieb nehmen, was mir's Leben übrig gelassen hat“, bemerkte Klaus ein bißchen sarkastisch und sah, wie sich Regerl bei diesen Worten verfärbte.

Als die beiden zehn Minuten später schweigend gegen Bürg wanderten, fühlte Klaus doch etwas wie Reue aufsteigen. Zu dumm war das auch! Dieses Mädchen hatte ihm bisher nur Gutes getan, und zum Dank quälte er sie, wo er nur konnte. Wäre die Straße nicht so belebt gewesen, vielleicht hätte er sie in seine Arme genommen und geküßt. Aber sagen mußte er doch etwas Tröstendes; so begann er von Hans Westermanns Hochzeit zu reden. Gleich darauf beging er aber schon wieder eine Unvorsichtigkeit, indem er meinte: „In einem halben Jahr haben wir zwei es auch überstanden.“

Mit einem Ruck blieb Regerl stehen und sah ihn groß an. „Wird es dir denn gar so schwer, weil du vom

Überstehen redest?“ Die Tränen schossen ihr in die Augen. „Wenn es dich aber gar so hart ankommt, Klaus — dann will ich lieber verzichten. Du sollst nicht mit dem vorlieb nehmen müssen, was übriggeblieben ist.“

„Aber Regerl! So war's doch net gemeint!“ stotterte er verlegen.

„Es hat nicht viel anders geklungen. Schau, Klaus, ich will ja gar nicht viel Lieb, bloß daß du mich ein bisserl gernhast und ich bei dir sein darf.“

Er konnte nichts mehr erwidern, da sie schon vor dem Erlenhof standen. Er faßte sie nur an der Hand, zog sie in den dunklen Flur, nahm sie in die Arme und küßte sie auf den Mund.

„Regerl, hab nur Geduld mit mir! Ich muß mich erst zurechtfinden. Es wird dann schon recht werden. Geh her, ich wisch dir deine Tränen ab. Weißt, die Mutter braucht's net merken, daß du geweint hast.“

Gegen Abend begleitete er das Mädchen dann hinauf zu dem stillen Waldhaus.

*

Wochen waren vergangen.

Das Dorf war nach den letzten Ereignissen kaum zur Ruhe gekommen. Eines Tages hieß es, Schloß Bürg solle verkauft werden.

In der zweiten Juliwoche wurde Klaus auf das Schloß gerufen.

„Lieber Klaus“, begann der Fürst, seinem Gegenüber eine Zigarre anbietend, „Sie werden ja auch schon gehört haben, daß Schloß Bürg einen anderen Herrn bekommt?“

„Ist der Verkauf wirklich schon perfekt?“

„Ja, mit Ausnahme der Bildergalerie und einiger Grundstücke ist alles verkauft. Der Tod meiner Tochter hat mir den Aufenthalt hier verleidet. Ich nehme an, daß Sie mir heute eine kleine Erkenntlichkeit nicht abschlagen. Ich wollte — ich möchte Ihnen gern den Goldfuchs meines unvergeßlichen Kindes zum Geschenk machen. Verkaufen will ich ihn nicht, und ich weiß, daß er es bei Ihnen gut haben wird. Ich will ihn nicht in anderen Händen wissen."

„Ja, Herr Fürst, ich nehme ihn!" rief Klaus freudig. „Ein schöneres Andenken könnte ich mir nicht denken. Ich danke Ihnen von Herzen."

„Schon gut, lieber Brückner", wehrte der Fürst ab. „Was nun die Grundstücke anbelangt, handelt es sich um etwa achtzig Tagwerk Wiesen und dreißig Tagwerk Wald. Die Wiesen möchte ich gern an bedürftige Kleinhäusler verpachten. Der Pachtpreis soll äußerst gering sein. Bei der großen Wiese, die an Ihr Besitztum anstößt, haben natürlich Sie den Vorzug. Es handelt sich um fünfundzwanzig Tagwerk. Ich habe für diesen Zweck schon meinen Inspektor einen Pachtvertrag aufsetzen lassen. Wollen Sie ihn einmal durchlesen?" Er reichte Klaus ein Formular über den Tisch.

„Aber Herr Fürst", sagte Klaus nach einer Weile. „Das ist ja fast geschenkt. Da schlagen's keinen Nutzen draus."

„Muß denn jede Handlung Nutzen bringen? Sollten sich die armen Häusler nur abschinden, um den Pachtbetrag herauszubekommen? Wäre das meine Absicht gewesen, hätte ich die Wiesen ebenso mitverkaufen können. Nein, so wie ich es haben will, wird es gut sein. Die Röckelsbacher sollen ihren Fürsten in gutem Andenken behalten, auch diejenigen, die gegen mich arbeiteten."

„Jetzt nimmer, Herr Fürst", warf Klaus ein, der wußte, wer gemeint war.

Der Fürst begleitete dann seinen Gast hinaus. Als sie durch die Wandelhalle schritten, wurden unter der Aufsicht des alten Felix die Ahnenbilder von den Wänden genommen und verpackt. Die Bilder und der alte Diener waren das einzige, was der Fürst mitnahm. Alles andere ging in fremde Hände über.

Als Klaus von dem guten Alten Abschied nahm, standen Felix die Tränen in den Augen. Klaus war froh, als er vor dem Parktor war. Die letzten Minuten hatten ihm ans Herz gegriffen.

Noch am selben Abend brachte der Stallmeister die Fuchsstute samt Sattel und Zaumzeug zum Erlenhof.

Drei Tage später reiste der Fürst mit dem alten Felix ab.

Klaus war wieder der alte geworden. Mit den neuen Pachtwiesen war die Arbeit gewachsen, er sah sich genötigt, einen dritten Knecht einzustellen. Tagsüber hatte Klaus wenig Zeit zum Nachdenken, aber abends suchte er sich irgendein stilles Plätzchen und träumte vor sich hin. Sonntags nach dem Mittagessen sattelte er den Goldfuchs und ritt durch den Bergwald empor zu dem schmucken Häuschen. Anfangs tat er es als eine Art Pflichterfüllung, aber von Woche zu Woche fühlte er sich immer mehr zu dem Mädchen hingezogen.

Es war so friedsam dort oben, das malerische, von alten Tannen umsäumte Häuschen und auf der Bank die zwei jungen schönen Menschenkinder mit dem träumenden Glanz in den Augen.

Wieder vergingen Wochen. Immer kürzer wurden die Tage. Die Zeit der Almrosenblüte war vorüber, doch auf den steilen Schroffen streckte jetzt die lieblichste aller Hochlandsblumen ihre schneeigen Sterne in voller Pracht über das kümmernde Berggras: das Edelweiß.

Es war an einem schönen Septemberabend, als Regerl auf der Bank saß und auf Klaus wartete, schon seit einigen Stunden. Die Sonne hatte ihren Lauf nun fast beendet, und in banger Angst trat Regerl immer wieder an den Weg vor, um auf den vertrauten Hufschlag zu lauschen.

Still war es heute. Aus der Tiefe klang das Rauschen des Kupferbaches herauf und von den Almen herüber das melodische Läuten der Herdenglocken.

Traurig und enttäuscht kehrte Regerl zum Häuschen zurück. Sollte Klaus sie vergessen haben? Diese Sonntagsbesuche waren ihr zum Lebensbedürfnis geworden. Heute lag es wie ein Alp auf ihrem Herzen.

Gerade wollte das Mädchen die Stufen zur Hütte emporsteigen, als ein schneidiger Jodler zu vernehmen war. Regerl sah auf und empor zu der nahen, schräg aufsteigenden Felswand und stieß einen jubelnden Ruf aus. Dort oben stand auf einem Vorsprung, vom Gold der sinkenden Sonne beleuchtet, Klaus und schwenkte den Hut. Und wieder ertönte ein Jubelschrei von den steinigen Halden herab in trunkener, heißer Lebenslust.

Eine halbe Stunde später trat Klaus vor Regerl hin und warf ihr ein Büschel Edelweiß in den Schoß. Sein Gesicht glühte vom raschen Abstieg. Er streckte dem Mädchen beide Hände hin. Als Regerl vor Freude und Überraschung sich noch nicht rührte, fragte er leise: „Na, krieg ich kein Bussl für die schönen Blümerl?“

Mit Staunen und Lachen flog sie an seinen Hals und küßte ihn auf den Mund. Schweigend hielten sie sich umschlungen.

Die Sonne war schon hinter den Bergen verschwunden, als endlich Regerl wie aus einem Traum erwachte. „Warum hast denn heut gar so lang auf dich warten lassen?"

„Hast Zeitlang g'habt?"

„Und wie! Hab schon denkt, du vergißt mich heut."

„Weißt, der Hans ist mit seiner Frau kommen, und da hab ich mich daheim länger aufhalten müssen. Und wie ich die zwei gesehen hab, wie sie lachen und scherzen miteinander, grad wie zwei Turteltauben, da hat es mich nimmer daheim gelitten, daß ich mir gesagt hab: Was die können, kann ich auch! und bin fort. Mei gutes Rößl hab ich beim Edelweißsuchen net brauchen können. Die schönsten Stern hab ich dir 'rausgesucht. Freuen sie dich doch?"

Statt aller Antwort umklammerte Regerl seinen Hals.

„Mädl, weißt, was der Hans gemeint hat?"

„Ja, und —?"

„Wir zwei sollten bald heiraten, um jede Stund wär's schad, die man versäumt. Und weil er grad dawär, könnt er gleich den Trauzeugen machen, hat er gemeint."

„Klaus, wär das möglich? Hast jetzt nimmer Angst vor dem Überstehen?" neckte Regerl.

„Was will ich denn sonst machen, du Dirndl, du liebs! Von Sonntag bis wieder zum Sonntag kann ich's vor Zeitlang gar nimmer aushalten. Unter der Woch muß ich bis in die Nacht hinein arbeiten, wenn ich wieder zu was kommen will. Drum ist es am besten, wenn du ganz bei mir bleibst und 'runterkommst auf den Erlenhof, für immer, als mein Weib. Und wenn es dir recht ist, kann uns der Pfarrer am Sonntag zum erstenmal verkünden."

„Da werden aber die Leut im Dorf schauen", meinte das Mädchen lächelnd und kuschelte sich an seine Brust.

„Die da drunten warten schon lang wieder auf einen Gesprächsstoff. Über einen Menschen wird ja nie mehr geredet, als wenn er heiratet oder stirbt." Ernster werdend fuhr Klaus fort: „Die paar Jahre, die ich noch Pächter bin, heißt es halt fest sparen und arbeiten. Aber es geht schon, gleich gar, wenn ich für noch jemand sorgen darf. Da brauchst gar net lachen!" meinte er, lebhaft auf Regerl einredend. „Auf Rosen sind wir nicht gebettet, weißt, es ist schwer, sich wieder in die Höhe zu arbeiten."

Regerl lachte nicht mehr. Im stillen stellte sie sich vor, was Klaus für Augen machen würde, wenn sie ihn mit ihrem Hochzeitsgeschenk überraschte. Aber diese Gedanken verschwanden so rasch, wie sie gekommen waren. In dieser Stunde war sie nur liebendes Weib mit keuscher, unberührter Seele.

Siedend heiß ward es dem Manne unter den scheuen und doch so zärtlichen Liebkosungen. Mit keinem unbedachten Wort störte er diese Stunde. Ein frohes Leuchten flog über seine Züge. Diese Stunde glich die schweren Tage der Vergangenheit aus, alles Dunkle im Leben bekam hellen Glanz, alle Schatten wurden zu lichten, hellen Schleiern.

Als Klaus um die Mitternachtsstunde durch den stillen Wald heimging, war ein leises Klingen in ihm, das von seiner Seele ausging und mit dem Pulsschlag seines Herzens in eins verschwamm.

Die freudige Stimmung ließ ihn alles vergessen, was er noch bis vor kurzem als Narrheit des Lebens bezeichnet hatte. Das Glück und die Liebe, beides war zu ihm gekommen und hatte von ihm Besitz ergriffen. „Und das andere?“ fuhr es ihm durch den Kopf. „Ein Märchen war's — ein Märchen, das vorüber ist, mir aber vor dem Ende den Weg wies zum Frieden und zum Glück.“

Klaus betrat seinen Hof und wollte leise durch das Haus gehen. Doch die Tür knarrte, und er hörte rufen: „Bist du's, Bub?“

„Ja, Mutter, grad bin ich kommen“, sagte er, in die Kammer tretend.

„Wo warst denn so lang? Jetzt ist es ein Uhr.“

„Dem Glücklichen schlägt keine Stunde“, erwiderte Klaus lachend und ergriff die Hand der Mutter.

„Bist jetzt endlich zur Vernunft gekommen?“

„Ja, heut hab ich's fest gemacht. Wenn du nichts dagegen hast, kann in drei Wochen die Hochzeit sein.“

„So?“ Überrascht setzte sich die Bäuerin im Bett auf. „Mit wem denn nachher, wenn ich fragen darf?“

„Mit der, die du dir schon lang gewünscht hast — dem Regerl.“

„Ah, ah!“ schmunzelte die Erlenhoferin befriedigt. Sie wollte noch etwas sagen, aber Klaus war schon draußen und zog lachend die Tür hinter sich zu.

*

Drei Wochen später, an einem Montag fand die Hochzeit statt.

Um die neunte Stunde klang feierliches Glockengeläut. Aus dem ganzen Tal waren die Leute zusammengeströmt. Die Kirche konnte sie kaum fassen.

Nach der Trauung und dem Hochamt wurde vor dem

Familiengrab der Erlenhofer ein Choral gespielt. Dann trat das junge Paar an Waltrauds frischen Grabhügel. In stummem Gebet standen die zwei jungen Menschen.

Neugierig drängten die Leute näher und sahen, wie Regerl den bräutlichen Kranz aus leuchtenden Edelweiß vom Kopf nahm und ihn auf den von Efeu umwucherten Hügel legte.

Schüchtern blickte Regerl in Klaus' Gesicht, ob er ihre Handlung billigte. Klaus nickte, ihre Hand drückend.

Nachdem man auch dem Grabe der Wurzelmarie einen Besuch abgestattet hatte, ging es mit klingendem Spiel zum mit Fahnen und Fichtenzweigen geschmückten Wirtshaus, wo das Mahl auf die Gäste wartete. Der ganze Saal wurde von den Hochzeitsgästen gefüllt.

Das Hochzeitspaar hatte kaum Platz genommen, als der Wirt an den Tisch trat mit der Mitteilung, der Bräutigam möchte hinunterkommen, es sei mit der Post ein eingeschriebener Brief eingetroffen, den er in Empfang nehmen solle. Klaus unterschrieb den Zettel, nahm den Brief in Empfang und wollte sich wieder in den Saal begeben.

„Da hab ich noch was für Frau Regina Brückner", sagte der Postbote und deutete auf ein umfangreiches, festverschnürtes Paket, das er an die Wand gelehnt hatte.

„Muß sie selber unterschreiben?" fragte Klaus. „Wart, ich hol sie."

Er kam aber nur bis in den Gang hinaus. Dort traf er Regerl, Hans Westermann, dessen Frau und Friedl, der der zweite Trauzeuge war, in lebhafter Unterhaltung.

„Da sollst unterschreiben, Regerl."

Während Regerl den Empfang bestätigte, öffnete Klaus den Brief und las.

Sehr geschätzter junger Freund!

Fern von Bürg gestatte ich mir, Ihnen und Ihrer jungen Frau auf diesem Wege zu Ihrem Herzensbunde die herzlichsten Glückwünsche zu senden mit der Bitte, die fünfundzwanzig Tagwerk Pachtgrund vom heutigen Tage an als Ihr Eigentum zu betrachten.

Ich nehme an, daß Sie Ihrem Gönner dieses Hochzeitsgeschenk nicht abschlagen, und wünsche Ihnen auf Ihrem ferneren Lebensweg alles erdenklich Gute.

Ihr

Eberhard Fürst von Rankenstein.

NB. Mit gleicher Post sende ich das Hochzeitsgeschenk für Ihre junge Frau ab. Es ist das Porträt meines Bruders Prinz Friedrich. Ich weiß, daß Sie die Zusammenhänge kennen, und überlasse es Ihnen, ob Sie eine Erklärung Ihrer Frau gegenüber für angebracht halten."

Klaus drehte sich um und sah Regerl, die inzwischen das Paket geöffnet hatte, ganz versunken vor dem Bilde stehen. Er selbst staunte über diese Ähnlichkeit, welche sich hier zeigte. Klaus legte den Arm um Regerls Schultern und sagte leise: „Er ist dein Vater."

„Mein Vater?"

„Ja, ich werde dir später alles erzählen. Komm, jetzt wollen wir wieder hinauf in den Saal. Zuvor möcht ich aber noch eins wissen: Was habt ihr denn allweil so heimlich zu reden, du und der Hans?"

Regerl stieß die Tür, die nur angelehnt war, zu und schlang unter glücklichem Lachen die Arme um seinen Hals. „Morgen weißt alles, du neugieriger Bub. Heut will ich mein Geheimnis noch für mich behalten." — —

Bis spät in die Nacht hinein dauerte die Feier. Das junge Paar hatte sich schon frühzeitig entfernt. Sie flohen den lauten Trubel.

Als beide daheim waren, kramte Regerl aus einer Schublade unter Wäschestücken ein Schriftstück hervor und reichte es ihrem Mann schelmisch lächelnd hin.

„Was ist denn das?" fragte er und begann es zögernd auseinanderzufalten.

„Mein Hochzeitsgeschenk!"

Klaus begann zu lesen. „Ja, was ist denn das — ein Grundkataster? Und auf deinen Namen? Was soll das heißen?"

„Verstehst es denn net, du dummer Bub? Der Hans hat damals durch einen Dritten den Hof für mich kaufen lassen."

Auf Klaus' Stirn standen Schweißtropfen. „Da habt ihr mich ja schön drankriegt!" schalt er. „Aber deine Pacht zahl ich dir trotzdem!" setzte er eigensinnig hinzu.

Regerl lachte und küßte ihn auf den Mund.

„Zahl sie doch, die Pacht, du eigensinniger Klaus! Es geht doch alles in die gleiche — in unsere Kasse."

Klaus konnte noch nicht alles fassen und stand schweigend da. Endlich faßte Regerl ihn an der Hand und bat:

„Klaus, erzähl mir jetzt von meinem Vater!"

*

Ein Jahr später, an einem schönen Augustabend saßen Klaus und Regerl auf der Hausbank und sahen mit glücklichem Lachen auf den kleinen pausbackigen Kerl, der schlafend in seinem Wägelchen lag.

„Wenn es ein Mädel gewesen wär, hätten wir es Traudele getauft", meinte der Erlenhofer.

„Jetzt sagst so. Zuerst hast immer einen Buben gewollt."

„Ja, ja. Geh, Regerl, tu meinen Buben ins Haus, es wird schon kühl."

„Warum sagst denn alleweil ‚mein Bub'? Meiner ist es doch grad so gut."

„No, ja, sagen wir halt unser Bub, daß du zufrieden bist!"

Während Regerl das Kind ins Haus brachte — die alte Erlenhoferin hatte es sich ausgebeten, den kleinen Klaus nachts bei sich zu haben — dachte Klaus über das verflossene Jahr nach.

Er war glücklicher Mann geworden und liebte sein junges Weib. Kein Schatten war in dieses Glück gefallen. Jedes bemühte sich, den Wunsch des anderen aus den Augen zu lesen.

Klaus war einer der bestsituierten Bauern der Gegend geworden. Der Hof war schuldenfrei. Verschiedenes wurde noch ausgebaut. Der Viehstand wuchs, wie die glückliche Zeit.

Regerl war inzwischen wieder aus dem Haus gekommen und setzte sich neben ihren Mann. So saßen sie noch lange, ganz in sich und ihre Liebe versunken.

Hoch über den Bergen stand der Mond, lächelte ruhig hernieder auf den Erlenhof und in das stille, friedliche Tal — das Land, wo die Alpenrosen blühen.

* *

*